Fantasy

Herausgegeben von Friedel Wahren

Das Schwarze Auge

ALEXANDER WICHERT &
CHRISTIAN THON

Blakharons Fluch

Sechzigster Roman
aus der
aventurischen Spielewelt

begründet von
ULRICH KIESOW

Originalausgabe

WILHELM HEYNE VERLAG
MÜNCHEN

HEYNE SCIENCE FICTION & FANTASY
Band 06/6060

Umwelthinweis:
Dieses Buch wurde auf
chlor- und säurefreiem Papier gedruckt.

Originalausgabe 12/2000
Redaktion: Joern Rauser

http://www.heyne.de
Printed in Germany 2001
Umschlagbild: Paul Butvila/Agentur Kohlstedt
Umschlaggestaltung: Nele Schütz Design, München
Technische Betreuung: M. Spinola
Satz: Schaber Satz- und Datentechnik, Wels
Druck und Bindung: Ebner Ulm

ISBN 3-453-19626-0

Gewidmet:

Meiner Mutter. Das Ewige ist Stille.
Michele Ivo Polacco
Den Flammenvögeln und Aschegeborenen
Meinen Lehrern, Freunden und meiner Familie

Gewidmet:

Meiner Mutter und meinem Vater,
die mich das Träumen lehrten, und Tanija,
mit der ich viele Träume erlebte

1. Kapitel

Ucurian Jagos falkengleicher Blick blieb auf den Ausbilder der Gruppe junger Bannstrahler gerichtet, während er seinen Ratgeber ansprach. »Ihr meint Praiodan von Weißfels?«

Der Ratgeber trat respektvoll an seine Seite und deutete auf den Schwertmeister unten im Hof, der soeben einen der Schüler mit der behandschuhten Hand heranwinkte, um ihm eine Lektion zu erteilen. »Das ist er, Herr.«

Ucurian Jago beobachtete den Schwertmeister eine ganze Weile. Von hier oben, vom Balkon von Jagos Studierzimmer aus, wirkte die Burg so gewaltig, dass einzelne Menschen in ihr kaum größer oder bedeutsamer als Ameisen schienen. Aber in der Betriebsamkeit und der kämpferischen Entschlossenheit der Bannstrahler unten im Hof war der Mann, auf den der Ratgeber deutete, doch leicht auszumachen. Es war weder seine Größe noch sein Aussehen; es war die Weise, wie das Licht um ihn herum heller zu sein schien – wie das Sonnenlicht sein Haar aufblitzen ließ, als sei es Metall. Was Ucurian sah, gefiel ihm.

Wenn es nur um eine gewöhnliche Hexe gegangen wäre oder um einen einzelnen Ketzer … Aber dieser Fall lag komplizierter, und Ucurian zögerte. Diese Dinge mussten wohl überlegt sein, und doch duldeten sie keinen Aufschub. »Wenn Ihr gewiss seid, dass er der rechte Mann dafür ist, so sorgt dafür, dass er heute

Abend an meinem Tisch speist. Danach wünsche ich ihn persönlich zu sprechen.«

»Sehr wohl, Herr.« Der Ratgeber raschelte mit seinen Notizen. »Es gibt keinen besseren Mann für diese besondere Mission.«

Jago nickte leicht. »Ich weiß.«

Praiodan bemerkte nicht, dass der Hochmeister des Ordens seinen Kampf studierte. In der Tat war er es gewohnt, dass man ihn anstarrte. Es war Teil seines Lebens, wie die Sonne Teil des Tages war.

Das übliche Treiben der Burg Auraleth kümmerte ihn nicht. Zu gut kannte er die Abläufe innerhalb der Festung, das Lärmen, den endlosen Strom von Karren, die Waren brachten und leer wieder nach Weiden oder in die umliegenden Gutshöfe zurückkehrten, zu gut kannte er den Anblick der gesichtslosen Knechte und Mägde, die den Bannstrahlern die mannigfaltig anfallenden niederen Arbeiten abnahmen.

Er war längst nicht der einzige Schwertmeister, der sich den späten Nachmittag und diesen Innenhof ausgesucht hatte, um seine Schüler auszubilden. Von weiter hinten hörte er den einäugigen Rordrim brüllen, der einen Schüler für einen Fehler zurechtstutzte.

Ja, dachte Praiodan, Rordrim wählte den Nachmittag, weil die Schüler so lernten, den Stand der Sonne in ihre taktischen Überlegungen einzubeziehen. Den Gegner zu blenden und aus der Sonne heraus anzugreifen – das passt zu einem Veteranen des Bannstrahls wie Rordrim. Als Rordrim ihn damals ausgebildet hatte, wie verblüfft war der alte Krieger gewesen, dass er diese Dinge bereits wusste. Der Anflug eines Lächelns kräuselte Praiodans Lippen.

Praiodan stand mitten auf dem Waffenhof, seitlich vor der Gruppe von Schwertschülern, Angar, sein heutiges Opfer, ihm gegenüber. Er hielt das Langschwert trügerisch gesenkt und wartete darauf, dass sich Angar dazu durchrang, ihn endlich anzugreifen. Dieser aber umkreiste ihn zuerst mit den vorsichtigen Schritten eines ungeübten Seiltänzers. Auch das würde ihm nichts nützen.

Zu gut war der letzte Übungskampf in Angars Gedächtnis geblieben. Praiodan verfluchte sich, dass er ihm beim letzten Mal Angst eingejagt hatte, statt ihm nur seine Fehler zu zeigen. Er blickte in die unsteten, mit Schreck erfüllten blauen Augen, die nervös auf ein Zucken in seiner Schulter oder Hüfte warteten, das dem Schüler verriete, was der Meister im Schilde führte. So, wie Angar ihn anblickte, fragte sich Praiodan, wie dieser reagieren würde, wenn er sich tatsächlich bewegte. Das Schwert fortwerfen und panisch wegrennen, vermutete er. Es würde sehr viel Zeit kosten, aus diesem Jungen einen Krieger zu machen. Falls es überhaupt möglich war und er nicht bei den Gelehrten oder Knechten besser aufgehoben wäre.

Schließlich war er es leid, auf eine Aktion seines Schülers zu warten. Blitzschnell schlug er zu. Mit einem Ausfallschritt und einer halben Drehung stand er plötzlich neben Angars Schulter und trat diesem von hinten hart in das rechte Knie. Überrascht aufschreiend, ging der Junge schwer und ungelenk zu Boden. Bevor er noch verstanden hatte, was geschehen war, richtete Praiodan bereits das stumpfe Übungsschwert auf sein Gesicht.

Praiodan starrte ihn an. »Du besitzt den Kampfgeist eines Schweinehirten, Angar.«

Niemand aus der Gruppe wagte zu lachen. Die anderen jungen Schüler blickten mit einer Mischung aus Achtung und Begeisterung auf das Schwert ihres Lehrmeisters, als er es wieder fortsteckte.

Tiefrot vor Scham rappelte sich Angar hoch.

Praiodan seufzte und musterte die sieben Halbwüchsigen, deren Schwertkampfausbildung seit einigen Tagen zu seinen Aufgaben gehörte. Es war keiner dabei. Keiner, der wirkliches Talent mitbrachte. Ihre weichen Kindergesichter waren nur von der Hoffnung erfüllt, er möge es für heute gut sein lassen und sie verschonen. Bis morgen. Und morgen würden sie wieder wie verschüchterte Welpen vor ihm kuschen. In keinem der auf ihn gerichteten Augenpaare glommen Trotz oder gar Kampfgeist.

Der Übungsplatz der stolzen Feste Auraleth erstreckte sich in der nachmittäglichen Hitze in flimmernde Fernen. Bannstrahler und Gesinde gingen ihrem Tagewerk nach, die Wachhunde lagen faul und dösend im Schatten der Mauern und betrachteten die Staubwolken, die die Schritte von Mensch und Tier emporwirbelten.

Rordrim erging sich in einer seiner endlosen theoretischen Predigten, die keiner seiner Schüler verstand. Über die Reinheit des Bannstrahls, die Ehre des praiosgefälligen Kriegers, über die Gesetze, die einen wahren Gläubigen binden. Über die Feinheiten des Inquisitions-Codex. Es hatte wenig Sinn, Schwertschüler damit zu langweilen, die kaum Arme und Beine koordinieren konnten, ohne sich zu verletzen.

Praiodan ließ einen seiner Schüler vortreten. »Hol mir Sandres Atjan.«

Der Schüler nickte und rannte los. Praiodan löste die Scheide des Übungsschwertes von seinem Waffengürtel und ersetzte es durch die Schwertscheide, in der sein eigenes Schwert ruhte. Die schweren Handschuhe wieder stramm ziehend, sagte Praiodan leise und bedächtig, als spreche er nur zu sich selbst: »Der Götterfürst herrscht über jeden Augenblick des Kampfes, vom ersten Blick bis zum letzten Stoß. Er gebietet uns, dem Gegner mit Respekt zu begegnen, und ihn ohne Furcht zu bekämpfen. Jedoch muss der Gegner sich dieses Respekts als würdig erweisen. Wer wie ein Schweinehirt kämpft, wird wie ein Schweinehirt sterben.«

Aus dem Augenwinkel sah er Angar, der nahezu purpurrot geworden war. Auch die anderen scharrten nervös im Staub des Kampfplatzes herum. »Um euch einen Geschmack davon zu geben, wie ihr kämpfen sollt, werde ich euch nun einen richtigen Kampf zeigen.«

Und da nahte bereits sein Gegner; Sandres Atjan trug noch den Bognerhandschuh und die Armschiene, die den Unterarm vor der vorschnellenden Sehne des Langbogens schützten. Vermutlich hatte ihn der Schüler bei seiner Lieblingsbeschäftigung unterbrochen. Sandres' Gesicht unter dem schwarzen Schopf war von der Anstrengung gerötet, aber Praiodans erster und bester Schüler bewegte sich mit der selbstverständlichen Zuversicht und Kraft, die einen wirklichen Krieger auszeichnete. Praiodan betrachtete ihn stolz. Sein Schüler war bereits in den Rang eines Leutnants aufgestiegen. Nur eine wirkliche Schlacht konnte Sandres noch den letzten Schliff geben. Mit Genugtuung bemerkte er, dass Sandres ebenfalls sein Schwert gegürtet hatte.

»Ihr habt gerufen, Hauptmann?«, fragte Sandres ernst, nachdem er sich knapp verneigt hatte.

»Zieh dein Schwert und kämpfe.«

»Sehr wohl, Hauptmann.«

Praiodan wich einige Schritte zurück, um seinem Schüler mehr Raum zu geben, zog das Schwert und grüßte ihn, sobald Sandres Aufstellung genommen hatte. Aufrecht wie ein junger Baum stand Sandres vor ihm, formvollendet, leichtfüßig und wachsam wie ein Leopard. Das Licht der Sonne brach sich auf der scharfen Klinge von Sandres' Schwert. Die umstehenden Schüler bemerkten mit Unruhe, dass dieser Kampf mit richtigen Waffen ausgefochten werden würde.

Die Gefahr des Kampfes mit dem blanken Stahl, so gering sie in dieser Situation für ihn auch sein mochte, pumpte Aufregung und eine finstere Freude durch Praiodans Adern.

Kein Umkreisen, kein Lauern, kein Abwarten. Sandres brach über ihn herein wie ein Gewitter.

Ihre Klingen sangen ihr stählernes Lied, als Praiodan seinem Schüler mit gleicher Wucht begegnete. Er kannte jedes seiner Manöver, schließlich hatte er sie ihm beigebracht. Aber Sandres war ein ausgezeichneter und ungeheuer schneller Kämpfer. Praiodan musste alle Erfahrung und Raffinesse aufbieten, um Sandres' Klinge wieder und wieder abzufangen, deren Hiebe exakt und mit großer Kraft geführt waren.

Mit einer gewaltigen Anstrengung, die ihm die Schweißperlen auf die Stirn trieb, wendete Praiodan das Blatt. Er unterlief Sandres' Angriffsserie und hieb ihm das Schwert in die ungeschützte Seite. Im letzten Augenblick drehte er die Klinge, bevor sie auf Sandres' nur mit einem wattierten Wappenrock geschützten Oberkörper auftraf. Der Hieb presste seinem Gegner die Luft aus den Lungen. Praiodan wich zurück wie ein Wolf, der die erste Wunde gerissen hat.

Sandres hustete, hielt sich die Seite und wich ebenfalls zurück.

»Nicht zu viel Kraft«, mahnte Praiodan. »Du öffnest dich zu sehr.« In der Tat war die Lücke in der Deckung nur winzig gewesen, aber es war doch Fehler genug, um im Kampf gegen einen weniger freundlich gesinnten Gegner sein Leben zu lassen.

Sein Schüler nickte zum Dank für die Warnung und sammelte sich für den nächsten Waffengang.

Praiodan, der diesen Kampf gleichermaßen aus Freude und als Exempel für seine anderen Schüler focht, ging nun seinerseits zum Angriff über. Er täuschte einen Schlag gegen die bereits wunde Seite an. In einem scharfen, riskanten Manöver drehte er die Klinge. Er traf Sandres' Schulter, als dieser versuchte, die Finte abzuwehren. Erneut traf die breite Seite des Schwertes mit voller Wucht, kaum durch den Wappenrock gedämpft.

Sandres keuchte wieder auf. Er wusste gut, dass sein Lehrer keine Aufgabe anerkennen würde, um die er leichthin bat. Sie kannten einander bereits zu gut dafür.

Mit großer Freude sah Praiodan, wie sich sein Schüler gegen die Schmerzen stählte und die beiden schweren Treffer nicht zu beachten schien. Mehr noch – Sandres konterte mit einem noch immer präzisen und kraftvollen Gegenangriff und wandelte diesen sogar in eine neue Serie um. Diese zwang Praiodan, fast zehn Schritt zurückzuweichen, während er unablässig Paraden ausführte. Unmöglich für ihn, dabei einen einzigen Schlag anzubringen.

Schließlich, als Sandres seine Schnelligkeit in die Waagschale warf, traf sein Schwert Praiodan am Oberschenkel. Der dumpfe Schmerz, den die breite Klingenseite verursachte, zuckte bis zu seiner Kehle hoch.

Praiodan beschloss, dass es nun genug war. Er bot Sandres eine Schwäche an, eine Lücke in seiner Verteidigung. Sandres, ebenfalls darum bemüht, den Kampf rasch zu beenden, nahm die Gelegenheit wahr. Er schlug zu – nur um verblüfft auf seine Hand zu blicken, als Praiodan ihn mit einer raschen Drehung des eigenen Schwertes entwaffnete.

Praiodan fing die Klinge geschickt mit dem gepanzerten Handschuh auf und reichte sie, Griff voran, seinem keuchenden Schüler. »Gut gemacht«, sagte er knapp und klopfte ihm auf die Schulter.

Sandres grinste jungenhaft und nickte. »Schöner Kampf … Hauptmann.«

Mit vor Ehrfurcht offenen Mündern blickten nun die anderen Schüler ihren Schwertmeister an. Natürlich, so dachte Praiodan, hatten sie nur die Oberfläche des Kampfes gesehen, aber es mochte ihnen eine Ahnung davon geben, worum es ging, und eine noch deutlichere Ahnung von dem, was er von ihnen erwartete. Praiodan sah, wie tief sie die Vorführung beeindruckt hatte und nickte knapp. »Ihr seid entlassen.«

Für gewöhnlich stoben sie daraufhin wie gehetztes Wild davon, diesmal jedoch zogen sie gemeinsam zum Schülertrakt der Burg zurück. Die Stilleren sehr nachdenklich, die zwei Offeneren diskutierend, wie ihr Lehrmeister es wohl zustande gebracht haben mochte, Sandres zu entwaffnen.

»Sie machen Euch Sorgen, Hauptmann?«

»Allerdings. Ich scheine sie eher zu erschrecken, als dass ich sie ausbilde«, erklärte Praiodan mit einem knappen Lächeln. Er schob das Schwert in die Scheide zurück und blickte Sandres forschend an.

Sandres erwiderte das Lächeln. »Ihr macht jedem Schüler Angst, Praiodan. Mein Jahrgang hat Euch gehasst.«

»Deswegen sind gute Bannstrahler aus ihnen geworden«, entgegnete Praiodan. »Das war meine Aufgabe – und ich habe sie erfüllt.« Die Sonnenuhr am mittleren Hauptturm der Burg verriet ihm, dass er die Stunde bereits wieder verlängert hatte. Es fiel ihm schwer, Schwertkampf nach einem festen Zeitplan zu lehren. Wenn es nach ihm gegangen wäre, hätte er sie nach diesem Kampf noch weiter in der Schwertkunst unterrichtet, bis in die Nacht hinein, wenn es nötig gewesen wäre. Aber das Leben auf der Ordensburg war nach anderen Gesetzen geregelt, Gesetzen, auf die er keinen Einfluss hatte. Geduld, mahnte er sich. In den nächsten zwei Jahren würde er sie zu Kriegern formen, die die Bezeichnung Bannstrahler verdienen und Praios' Ehre mehren würden. Weitere Krieger, die das Böse aufspürten und vernichteten. Es war ein geringer Preis für die Tatsache, dass sie jetzt vermutlich alle zu spät zum Abendessen kamen. Kurz dachte er an den dicklichen

Erend; Schüler wie ihn würde es ohnehin nicht umbringen, ein Abendessen zu verpassen.

Sandres deutete seinen Blick richtig und nickte. »Bis später dann, Hauptmann.«

Praiodan ging mit der Würde, die untrennbar mit seiner Stellung als Ausbilder verbunden war, in den Haupttrakt der Burg, wo sich seine Kammer befand. Auraleth als Burg zu bezeichnen, war, als bezeichnete man Gareth als Dorf. Auraleth war eine eigene Stadt, die vielen hundert Kriegern Unterkunft bot, eine wahre Festung des Lichtes, unbezwungen und unbezwingbar. Der hellgraue darpatische Granit machte sie mehr trutzig als schön, aber, so dachte Praiodan, eine so vollendet geplante und angelegte Festung besaß ihre eigene Schönheit. Befestigte Wehrgänge, von niedrigeren Mauern durchschnittene Innenhöfe, von denen jeder Einzelne hervorragend verteidigt werden konnte, kantige Wehrtürme, die bis zu den breiten Zinnen mit Waffen, Pfeilen und Pech angefüllt waren – nein, Auraleth war keine Festung. Sie enthielt *viele* Festungen.

So trutzig und gut befestigt sie von außen war, so trutzig und fest in ihren Überzeugungen waren auch ihre Bewohner. Der Bannstrahl war der Praios ergebene kämpfende Arm der Inquisition und sie stellten sich sowohl gegen menschliche Gegner als auch gegen dämonische Verderbnis, die Aventurien bedrohte.

Er stieg die Treppen hinauf und durchmaß die weiten Gänge, die von gedämpften Gesprächen und militärisch-forschen Schritten widerhallten. Seine Vorgesetzten grüßte er mit einer Verbeugung, bei der er die Faust auf das Herz legte, seine Kameraden mit einem knappen Gruß und seine Untergebenen mit einem kühlen Blick.

Schießscharten und mit Blei eingefasste Butzenscheiben warfen dämmriges Licht in das Innere der Burg.

Schließlich öffnete er die Tür zu seiner spartanischen

Kammer. Weder besaß er viel, noch hatte er etwas zu verbergen, daher verschloss er weder die Tür, noch verriegelte er sie jemals. Ein schmales Fenster gen Osten, ein Bett, so aufgestellt, dass ihm morgens die Sonne ins Gesicht schien und ihn so weckte, und eine dunkle Holztruhe für seine persönliche Habe am Fußende des Bettes. Unter dem Fenster befand sich ein kleiner Praios-Altar, auf dem eine vergoldete Statue des Götterfürsten zwischen zwei Kerzen und einem Buch thronte. Praiodan kniete kurz vor der Statue nieder, dann erhob er sich wieder.

In einer Ecke des Raumes stand eine Kommode mit einer Waschschüssel und einem bauchigen, tönernen Krug, neben dem ein sorgfältig gefaltetes Handtuch lag. An einem Haken an der Wand daneben hing frische Kleidung. Seufzend legte er den wattierten Wappenrock ab, wusch sich mit dem kalten Wasser den Schweiß von Körper und Gesicht. In der Kühle und Stille des Raumes fröstelte Praiodan, der den Kampfplatz oder den Tempel seiner Kammer vorzog und jederzeit den Kampf anstelle der Ruhe oder Einsamkeit gewählt hätte.

Schließlich prüfte er die Stelle, wo Sandres ihn getroffen hatte. Sie war gerötet und heiß, aber er bezweifelte, dass sie dunkel anlaufen würde. Er würde das Bein etwas schonen und in zukünftigen Kämpfen besser darauf Acht geben. Als er die Stelle mit einer belebenden Kräutertinktur eingerieben hatte, deckte er sie mit einem leichten Verband ab, dann zog er eine helle Leinentunika und lederne Hosen an, dazu die blanken schwarzen Stiefel, darüber seine reinweiße, mit Gold bestickte Robe. Mit einem geölten Lappen wischte er das Schwert ab und gürtete es zum Zeichen der ständigen Kampfbereitschaft.

Ein letzter Blick in den kleinen, polierten Metallspiegel auf der Kommode verriet ihm, dass er sich so zum

Abendessen begeben konnte. Sein kurzes blondes Haar war beinahe wieder getrocknet, seine gebräunten Wangen waren mit einem fast silbern scheinenden Bartschatten bedeckt und seine Haltung war einem Krieger seiner Erfahrung angemessen. Er war nicht eitel, aber er konnte erahnen, wie er auf andere wirkte. Aus einem unscheinbaren Jungen war ein beeindruckender Krieger geworden. Ein vollendeter Bannstrahler. Praios hatte ihn so geschaffen. Praios hatte sein Haar versilbert, seinen Körper braun verbrannt, seine Augen zu hellstem Saphir gebleicht. Die Schwertübungen hatten seinen Körper gestählt und seinen Sinn hart und gerecht gemacht.

Praiodan warf seinem eigenen Spiegelbild ein selbstgefälliges Lächeln zu, bevor er sich abwandte, um den Weg zum Speisesaal anzutreten, für kurze Zeit von dem Blick aus seinen eigenen Augen verfolgt.

Im Laufschritt eilte er zum Speisesaal und kam als Letzter dort an. Der Speisesaal von Auraleth war so gewaltig wie die gesamte Burg – er bot gewiss siebenhundert Kriegern Platz. Der Raum selbst unterteilte sich in eine große Halle und ein Podest. Essensgeruch hing in der Luft, das Geräusch hunderter Krieger, die sich auf ihre Plätze begaben, die Stühle und Bänke herumrückten und sich noch gedämpft unterhielten.

An der am weitesten entfernten Wand, der doppelflügeligen Eingangstür gegenüber, durch die zwei Fuhrwerke nebeneinander hätten hindurchfahren können, stand auf dem Podest der Tisch der Würdenträger des Ordens.

In langen Reihen waren die Bänke und Tische aufgestellt. Die Bannstrahler befanden sich auf ihren Plätzen, die Blicke auf das Podest gerichtet, wo die hohen Würdenträger darauf warteten, dass sich Hochmeister Ucurian Jago zum Mahle setzte. Und doch war ein Würdenträger offenbar noch nicht erschienen – ein einziger Platz war leer.

Den Kopf gesenkt, wollte sich Praiodan rasch zwischen die anderen Ausbilder an seinen Platz setzen. Mit einem Anflug verlegener Panik stellte er fest, dass an dem Tisch, an dem er gewöhnlich mit den anderen Ausbildern aß, kein Platz mehr frei war. Jetzt verstellte ihm ein Page den Weg. »Hauptmann von Weißfels?«

Sich der Situation unangenehm bewusst, antwortete Praiodan mit gesenkter Stimme: »Der bin ich.«

»Der Hochmeister bittet Euch an seinen Tisch. Folgt mir.«

Verwirrt folgte Praiodan dem Pagen und trat respektvoll auf das Podest. Der Erwählte, Ucurian Jago, eine in Würden ergraute schlanke Gestalt im prächtigen goldenen und weißen Ornat eines Hochmeisters nickte ihm kurz zu, schien aber durch ihn hindurchzublicken. Praiodan verneigte sich tief vor ihm und den übrigen Würdenträgern. Dann zog ihm der Page den schweren Stuhl zurück. Der leere Platz war tatsächlich für ihn bestimmt gewesen.

Nur bei einigen jüngeren Schülern brach Getuschel aus, die älteren Krieger bezähmten ihre Verwunderung. Praiodan selbst hatte alle Mühe, seine Nervosität zu verbergen. Die durch die Exerzitien verursachte Müdigkeit half ihm dabei, ruhig zu bleiben.

Erst, als Ucurian Jago sich setzte, nahmen die anderen Bannstrahler ebenfalls Platz, mit ihnen Praiodan. Stille kehrte ein. Während des Mahles wurde geschwiegen. Ein Mitbruder trat an ein Lesepult, wo, wie stets zu den Mahlzeiten, Passagen aus den heiligen Büchern des Praios gelesen wurden: »Es begab sich zu Punin, doroselbst dem Zorne Praios' überantwortet wurden fünfzehn Häretiker, die es gewagt hatten, eine Schrift wider die geheiligte Inquisition in Umlauf zu bringen. Doch nicht ungestraft – der Zorn des höchsten Alveraniers

traf sie überraschend und fuhr Leuchtfeuer in die Dunkelheit, derer sie sich verschworen hatten, und bevor noch der Abend dämmerte, schworen sie ihren ketzerischen Gepflogenheiten ab und bereuten unter Tränen und Schmerzensschreien, bevor sie in das reinigende Feuer geschleudert wurden …«

Für Praiodan war es überaus schwierig, sich auf die Lesung zu konzentrieren, da er diese Passage des Buches bereits auswendig kannte und sich außerdem darum bemühte, sich am Tisch der Ordensoberen keine Blöße zu geben. Niemand starrte ihn gezielt an, aber Praiodan fühlte sich taxiert, gewogen und beobachtet. Auch die anderen schienen nicht zu wissen, warum ein gewöhnlicher Hauptmann zwischen die höchsten Offiziere des Bannstrahls gesetzt wurde, und diese Unsicherheit und Verwunderung nagte an Praiodans Selbstsicherheit. Nachdem das Mahl beendet war, hätte er auf die Frage, was und ob er überhaupt gegessen hatte, keine genaue Antwort geben können.

Ucurian Jago saß zwei Plätze weiter links, zwischen ihnen befand sich nur ein Ratgeber, der während des Essens still lächelte. Niemand verriet ihm, warum ihm dieser Platz zugewiesen worden war, und Praiodan fragte sich unentwegt, welcher Tat er diese unverhoffte Ehre zu verdanken hatte.

Das Ende der Lesung und der Gong, der die Versammlung auflöste, kamen wie eine Erlösung, befreiten sie ihn doch von der Anspannung. Praiodan stand auf und wollte sich zum Gehen wenden, als der Ratgeber ihn ansprach, laut genug, dass es der halbe Saal hören musste. »Der Erwählte wünscht Euch in einer Stunde in seinen privaten Gemächern zu sehen.«

Praiodan verneigte sich in Richtung des Hochmeisters. »Ich höre und gehorche.«

Mit hölzernen Schritten verließ er die Halle. Er erwiderte keinen der verwunderten Blicke, zögerte nicht, blieb auch nicht stehen, um mit einem der anderen Bannstrahler zu sprechen. Erst, als er wieder in seiner eigenen Kammer war, atmete er auf. Vermutlich war es als Belohnung gedacht gewesen, oder als Auszeichnung, aber ihn erfüllte nur Unruhe ob des Bruches seiner jahrelangen Routine. Etwas sagte ihm, dass heute etwas geschehen war, etwas, das sein ganzes Leben verändern würde.

Er kniete vor dem kleinen Altar nieder, faltete die Hände und sprach einige Gebete. Es gelang ihm nicht, seinen Geist ausreichend zu beruhigen, um Praios tatsächlich seine gesamte Aufmerksamkeit schenken zu können, und fast schuldbewusst bemerkte er, wie erleichtert er war, als ein Klopfen an der Tür sein Gebet unterbrach. Nach einer weiteren Verbeugung stand Praiodan auf und wandte sich zur Tür. »Herein.«

Sandres trat ein und verneigte sich.

Obwohl er einfach nur dankbar für Sandres' Gegenwart war, die ihn von seinen eigenen Gedanken ablenkte, fragte Praiodan barsch: »Was gibt es?«

Sandres räusperte sich. »Der Hochmeister hat einen Gast, Hauptmann. Einen seltsamen Gast an diesem Ort.«

»Ist das so?« Praiodan öffnete während des Gespräches die Truhe, entnahm dem groben Leinensack das frisch geölte, blinkende Kettenhemd und legte es an. Darüber zog er den weißen Wappenrock des Bannstrahles.

»Ja, Hauptmann. Da Ihr zum Erwählten gerufen wurdet, könnte Euch das möglicherweise interessieren. Vorhin ritten zwei Gäste durch das Tor. Ein Soldat und eine Draconiterin.«

Eine Draconiterin? Was mochte eine Geweihte der Hesinde in einer Burg des Bannstrahls verloren haben? Fragte sich Praiodan flüchtig, wandte seine Aufmerksamkeit dann aber wieder seinem Schüler zu.

Nun, Sandres hatte seiner scharfen Beobachtungsgabe erneut alle Ehre gemacht. Aus Sandres' Worten sprach aufrichtiger Stolz auf seinen Lehrmeister, sodass Praiodan sich bewusst knapp hielt, um seinem ersten Schüler nicht zu verraten, wie sehr ihn dessen Bewunderung rührte. Sandres erwartete offenbar, dass der Hochmeister ihn hatte rufen lassen, um ihm eine besonders wichtige Mission anzuvertrauen oder ihn zu befördern.

Praiodan nickte. »Interessant.«

»Noch interessanter ist, dass die Draconiterin offenbar in Eile war.«

»In Eile, nach Auraleth zu kommen?«, fragte Praiodan ironisch. Er gürtete sein Schwert und rückte den doppelt gelegten Waffengurt um seine Hüfte zurecht. »Die arme Frau. Sie muss sehr verzweifelt sein, sich an uns um Hilfe zu wenden.«

Sandres lachte auf. »Allerdings.«

»Vielleicht kannst du etwas von ihrem Leibwächter erfahren«, meinte Praiodan an, als er den Verschluss des weißen, goldbestickten Mantels an seiner Schulter schloss.

Sandres salutierte. »Sehr wohl.«

»Hast du Schmerzen?«

Erfreut über die Anteilnahme schüttelte Sandres den Kopf. »Keine, Hauptmann.«

»Sei ehrlich.«

»Die Rippen, Hauptmann«, gestand sein Schüler.

»Lass einen Medicus nachsehen.«

»Sehr wohl. Sonst noch etwas, Hauptmann?«

»Nein, Sandres, es ist gut.« Mit diesen Worten schob er den lederumwickelten Griff der Geißel in den Waffengürtel und zog die Handschuhe an. Er konnte nicht mehr sagen. Es war unmöglich, Sandres mitzuteilen, wie sehr ihn seine Tapferkeit, Gewandtheit und Ergebenheit freuten. Es war unmöglich und unpassend, aber

Praiodan war sicher, dass sein Schüler ohnehin längst wusste, dass er in ihm eigentlich einen Bruder sah, obwohl sie sich kaum unähnlicher hätten sein können. Der dunkelhaarige, gewandte Sandres wirkte neben ihm wie ein Panther neben einem Tiger. Und doch wusste Praiodan, dass ihr Herz aus demselben Metall geschmiedet worden war. Sie waren Bannstrahler, und das Einzige, was Sandres noch zur Vervollkommnung fehlte, war Erfahrung. Anders als sein leiblicher Bruder es getan hatte, würde Sandres ihn niemals enttäuschen, das wusste er. Sandres würde werden wie er. Sandres würde ihm alle Familie sein, die er je brauchen würde, jüngerer Bruder und Sohn in einem. Praiodan schüttelte den Kopf, verdrängte die Erinnerung, die sich ihm ungebeten aufdrängen wollte.

»Soll ich Euch begleiten?«, bot Sandres an, der zu spüren schien, wie nervös er war.

»Hast du heute keine Wache?«

»Erst die letzte, Herr.«

»Die Hundswache?« Praiodan grinste sardonisch. »Hast du den alten Gristan verärgert?«

»Nein. Ich sehe mir gern den Sonnenaufgang an«, erwiderte Sandres geschliffen.

Eine gute Antwort, entschied Praiodan. Keine Lüge, nur eine geschickte Finte, die von der Tatsache ablenkte, dass Sandres die Hundswache ebenso sehr hasste wie jeder Krieger.

»Recht so.« Praiodan bedeutete Sandres, ihm zu folgen. Es war noch genug Zeit, bis er erwartet würde, aber er fand sich lieber früher als zu spät beim Hochmeister ein, besonders, nachdem er heute Abend der Letzte gewesen war und damit unzweifelhaft nicht den vorteilhaftesten Eindruck hinterlassen hatte.

Sandres schritt an seiner Seite, ahmte ihn in allem nach, formte sich nach seinem Bild. Seine Schritte hatten dieselbe Länge, seine Haltung war so aufrecht und stolz wie die seines Schwertmeisters. Entgegenkommende Diener wichen mit gesenkten Blicken in die Alkoven oder Seitengänge aus, bemüht, ihnen nicht im Weg zu stehen. Auf dem hölzernen Boden der Gänge hallten Praiodans schwere, beschlagene Stiefel in einem unbarmherzigen Herzschlag, und Sandres ging so neben ihm, dass die Geräusche ihrer Schritte eins wurden. Sie waren wie der Bannstrahl, so ging es Praiodan durch den Kopf. Ein Bannstrahler war ein furchtbarer Feind, zwei Bannstrahler eine Einheit und zehn, richtig aufeinander eingestimmt und mit Praios' Willen ausgestattet, eine kleine Armee, willens und fähig, eine mehrfache Übermacht nicht nur aufzuhalten, sondern auch zurückzuschlagen. Das hatte der letzte Krieg mehrfach erwiesen.

»Hauptmann«, setzte Sandres schließlich an, ohne ihren Schritt zu verlangsamen.

Praiodan hob die Hand zum Zeichen, dass er Sandres zu sprechen gestattete.

»Nun, da ich den Prüfungen entgegen sehe, fragte ich mich, ob« – nur ein leichtes Zögern in Sandres' Stimme verriet seine Nervosität – »ich Euch darum bitten darf, mit mir zu üben.«

Die Aussicht, seine morgendlichen Übungen nicht mehr mit einem anderen Ausbilder oder seinem eigenen Schatten auszuführen, reizte Praiodan. Er würde einen interessanten Gegner bekommen, und damit Sandres den Weg in den nächsthöheren Rang ebnen, wie er es ohnehin vorgesehen hatte. »Gut. Ich werde beginnen, wenn deine Wache endet.«

Sandres strahlte. »Ich werde Euch erwarten.«

»Du wirst müde sein«, gab ihm Praiodan zu bedenken. »Die Nacht ohne Schlaf, die Hundswache …«

Sandres schüttelte den Kopf. »Nein, Hauptmann. Ich werde dort sein.«

Sie kamen in den mittleren Innenhof der Burg. Die Sonne war goldrot und stand tief über dem Horizont.

Nur eine rot glosende Sichel spähte noch über die Außenmauern der Burg. Die Soldaten auf den Wehrgängen trugen bereits warme Mäntel – obwohl der Herbst erst vor wenigen Tagen begonnen hatte, waren die vergangenen Nächte verblüffend kühl gewesen.

Durch das offene Tor kehrte soeben eine Patrouille Bannstrahler auf müden Pferden zurück, offenbar ohne in ein Gefecht geraten zu sein. Steifbeinig stiegen die Reiter ab, Praiodans geübtes Auge sah, wie reisemüde die Bannstrahler waren. Für jeden Bauern mussten sie jedoch so stolz und unnahbar wirken, wie sie es beabsichtigten. Eine weitere Patrouille ritt aus, nachdem der Anführer der Angekommenen mit dem Anführer der Aufbrechenden einige kurze Sätze gesprochen hatte.

Alles ruhig um Auraleth.

Durch die Vorkommnisse des letzten Krieges ungemein vorsichtig und misstrauisch geworden, ritten Patrouillen unentwegt die nähere und weitere Entfernung um Auraleth herum ab. Man erwartete den nächsten Schlag, die nächste List, den nächsten Krieg.

Praiodan blieb im Innenhof stehen und wandte sich zu Sandres um. »Bis morgen dann. Praios mit dir.«

Sandres salutierte vor ihm und Praiodan ließ ihn stehen, nahm seinen schnellen Schritt wieder auf und eilte mit wehendem Mantel über den Innenhof. Knapp grüßte er die beiden Wachen, die vor jenem Wehrturm standen, in dem sich Ucurian Jagos Gemächer befanden. Wie der Götterfalke, nachdem er sich benannt hatte, schätzte Jago einen hoch gelegenen Standort, um das Land und die Burg überblicken zu können.

Die Wachen ließen ihn anstandslos passieren. Offenbar wussten sie, dass er erwartet wurde. Mit der einfachen Einladung an seinen Tisch hatte der Hochmeister Praiodan allen als den Mann vorgestellt, den er zu sehen wünschte. Was auch immer das für Praiodans weitere Zukunft bedeuten mochte.

Vielleicht beabsichtigte der Hochmeister, ihn zu befördern, doch hätte er das einem Geringeren überlassen können. In seinem Rang war es unwahrscheinlich, dass er tatsächlich das Interesse eines Mannes wie Jago auf sich zog. Mit einem Kopfschütteln verdrängte er diese Überlegungen. Er würde es früh genug erfahren. Hätte Jago gewollt, dass er es wusste, hätte er ihm eine Nachricht zustellen lassen. Nein, was auch immer der Hochmeister zu tun gedachte, es bedurfte offenbar seiner – Praiodans – Anwesenheit in den Gemächern des Hochmeisters.

Er stieg die steilen Turmtreppen hinauf. Der Turm selbst war großzügig angelegt, eine steinerne Wendeltreppe führte hinauf – vorbei an den Zimmern der Schreiber, der Kanzlei und dem Archiv. Fackeln in Wandhalterungen erleuchteten den Turm, aber sie erwärmten ihn nicht; die Schießscharten ließen genug kalte Herbstluft hinein, um Praiodan frösteln zu lassen.

Schließlich erreichte er das Ende der Treppe. Sein Herzschlag hatte sich etwas beschleunigt, aber der Aufstieg hatte ihn nicht wirklich angestrengt.

Er trat in den Vorraum zum Audienzzimmer. Es war nicht das letzte Geschoss des Turms, aber das einzige, das noch darüber lag, war nur durch Jagos eigene Gemächer zu erreichen. Zwei schwere, aus dunklem Schmiedeeisen gefertigte mannshohe Kandelaber erfüllten den Raum mit Licht und dem süßen, aromatischen Geruch von Bienenwachskerzen. An einer Wand standen in einer Reihe komfortable, mit weiß-goldenem Brokat gepolsterte Stühle. Ein Page wartete in einer Ecke des Raumes mit versteinertem Gesicht auf Anordnungen.

In diesem Moment öffnete sich die Tür und eine junge Frau verließ Jagos Audienzzimmer. Sie war in die grüne Robe der Draconiter gekleidet und ihr rotes Haar fing das warme Kerzenlicht überaus vorteilhaft ein.

Offensichtlich war sie bester Laune. Mit einem Scherzwort, das Praiodan nicht verstand, verließ sie den Raum und schloss die Tür leise hinter sich. Der Page trat vor und half ihr wortlos in den Reisemantel. Als sie den Kopf wendete, um ihr langes Haar aus dem Mantel zu befreien, fiel ihr Blick auf Praiodan. Sie stockte.

Praiodan entschloss sich zu einem Nicken, das so knapp war, dass es andernorts als Beleidigung hätte gelten können.

Ihre Antwort war ein unsicheres Lächeln, das er nicht erwiderte. Ihre gute Laune war nur Fassade, stellte er fest, als sie ging. Obwohl ihre Schritte rasch und regelmäßig waren, verriet ihm alles an ihr, dass sie eine harte Reise hinter sich hatte und dass die Dringlichkeit ihres Anliegens keinen Aufschub geduldet hatte. Der Saum ihrer Robe war mit Schlamm bespritzt und der Gürtel nachlässig gebunden. Die Blässe ihres Gesichts verkündete unmissverständlich, dass sie sich nach nichts mehr sehnte als nach Schlaf und Ruhe. Sie musste tagelang gereist sein und wirkte nicht, als sei sie derlei gewöhnt oder habe es jemals zuvor für nötig befunden.

Auch als ihre Schritte auf der Treppe längst verhallt waren, wurde Praiodan noch immer nicht vorgelassen.

Die Zeit verging. Das schmale Fenster des Raumes zeigte bereits die tief azurne Dunkelheit der Nacht und das aufgehende Madamal, das seinen Schein über die umliegende Ebene und die Wälder dahinter ausgoss.

Was, wenn seine Vorladung im Zusammenhang mit der Draconiterin stand?

Praiodan erwog, sich zu setzen, doch die Unruhe in seinem Herzen erlaubte es nicht. Es erschien ihm jedoch noch unpassender, im Vorzimmer des Hochmeisters wie ein gefangener Löwe auf- und abzuschreiten. Daher legte er die Arme vor der Brust zusammen, richtete sich, ähnlich wie der stumme und reglose Page, zu voller Größe auf und blieb stoisch stehen. Wenn er eines gelernt hatte, dann, die Lehrzeit im Bannstrahl zu nutzen, die zum großen Teil aus langweiligem, der Disziplin aber ungemein förderlichem Warten und Bewachungsaufgaben bestanden hatte. Starr richtete er den Blick geradeaus und zwang seinen Körper zur Ruhe, zählte seine Atemzüge.

Für einen einzigen Augenblick geriet er dennoch ins Stocken. Das Muster des Teppichs bestand aus kämpfenden Drachen und Greifen.

Greifen.

2. Kapitel

Hoch aufgerichtet stand Firunian auf dem stolzen Turm der Burg Weißfels. Der eiskalte Wind schnitt in sein Gesicht. Die Tränen, die er ihm in die Augen trieb, waren warm, warm wie das Kaminfeuer, das seiner unten harrte. So sehr sich der Wind auch mühte, er war doch nicht beißend genug, ihn von den Zinnen zu treiben.

Sein Blick wanderte über die im Schnee glitzernde, unwegsame Landschaft der Baronie, die sich in alle Richtungen bis zum Horizont erstreckte. Die Felder waren kaum noch auszumachen, aber Firunian wusste, wo sie lagen. Dort vorne, ein Stück östlich des Waldes, befand sich das Feld des alten Ungulf. Der Greis hatte ihm immer einen kleinen, gewürzten Apfelkuchen mitgegeben, wenn Firunians Weg ihn im Sommer an seinem Hof vorbei zum Waldsee geführt hatte.

Firunian seufzte schwer, schaute zur Treppe. Er musste gehen, doch eigentlich wollte er den Turm noch nicht verlassen. Und deshalb wanderten seine Gedanken wieder zurück zum alten Ungulf. Er war krank geworden. Einige munkelten, er habe den Dumpfschädel, wieder andere behaupteten, es sei die blaue Keuche. Leider war Ungulf nicht reich genug, um sich einen Heilkundigen leisten zu können. Andererseits – er war ein alter Mann. Sollte er in Frieden sterben.

Firunians Blick wanderte weiter die Linie des Horizontes entlang. Die Sonne war nur noch ein schwaches, blutrotes Nachglühen im Westen. Was es da wohl gab, jenseits der Baroniegrenzen? Hier kannte er jeden Rechtsschritt. Aber nur einmal war er mit seinem Vater in Festum gewesen. Es wur-

de Zeit, dass er auf Abenteuer auszog. Er wollte etwas erleben und nicht wie der alte Ungulf sein ganzes Leben lang nur auf diesem Flecken Sumus verweilen.

Sein jüngerer Bruder Kirian war schon nach Festum gegangen. Sein Vater konnte ihm das einfach nicht verweigern, er hatte kein Recht dazu, wenn er Kirian gehen ließ.

Der Wind wurde böiger und kälter. Fast so, als ob er Firunian zurück in die Burg treiben wollte, als sei er wütend, dass sich dieser Sterbliche ihm widersetzte. Firunian wandte sich ab, zog seinen fellgefütterten Mantel enger um sich, doch auch dieser spendete ihm nicht mehr genug Wärme. Mit leichtem Unbehagen dachte er an das, was ihm bevorstand. Sein Vater würde am prasselnden Kaminfeuer sitzen und sich vom Tagwerk ausruhen, bevor die Köchin das Abendmahl brachte.

Ein letztes Mal wanderte Firunians Blick zur Praiosscheibe, die sich Sumu nun vollständig zugeneigt hatte. Es war spät geworden. Und doch der beste Zeitpunkt, um mit seinem Vater zu sprechen.

Ein wenig zögernd stieg Firunian die hölzerne Treppe hinunter. Die nächste zornige Sturmböe, die über die Zinnen hinwegfegte, schlug die Tür krachend hinter ihm zu. Wie von selbst trugen ihn seine Füße zum Kaminzimmer seines Vaters.

Der Weg dorthin führte ihn an der Galerie seiner Ahnen entlang. Manche von ihnen erfüllten ihn mit Stolz. Seine Vorfahren trugen so klangvolle Namen wie ›Koj der Gnadenlose‹. Sein Urgroßvater war von seinen Leibeigenen so genannt worden, weil er die fälligen Abgaben notfalls mit einer ganzen Meute Jagdhunde einzutreiben pflegte, wobei er die Bauern zu Tode hetzen ließ, falls diese nicht zahlen konnten. Dann kam sein Großvater, ›Wanja der Gütige‹. Vermutlich war er so genannt worden, weil er im Gegensatz zu Koj äußerst sanftmütig gewesen war. Wanja ließ die Schuldner nicht von Hunden hetzen, sondern nur von seinen Soldaten niederprügeln.

Wie würde man seinen Vater wohl nennen? Wulfjew …

Wollte er das wirklich wissen? Ihm jagte allein der Name Wulfjew Furcht ein. Er blieb kurz stehen. Sollte er wirklich zu seinem Vater gehen? Noch konnte er umkehren. Sein Blick wanderte langsam über die von Satinavs Hörnern gezeichnete Steinmauer der Burg und blieb an dem Gemälde seines Vaters, an den Augen seines Vaters hängen. Unwillkürlich schauderte er. Wie Koj und Wanja hatte auch Wulfjew einen stechenden, frostigen Blick. Nur manchmal fand man in diesem Blick Wärme – so wurde gesagt. Firunian hatte noch nie Wärme in den Augen seines Vaters gesehen. Das Nächste, was daran heranreichte, war Stolz, doch galt dieser nicht ihm, sondern seinen Jagdhunden, seinen Pferden, seiner Burg …

Lange braunverfilzte Haare und ein wuchtiges Gesicht verstärkten, was sein Vater ausstrahlte. Er erschien ihm hart wie der Fels des ehernen Schwertes und dabei so kalt wie die Grimmfrostöde bei Nacht.

Fast konnte er die Kälte seines Vaters spüren, als ginge sie von seinem Gemälde aus, um allen, die es erblickten, tief ins Herz zu kriechen, wo es sie dann langsam aber unerbittlich tötete; Kältetod. Eilig schritt Firunian weiter. Nur weg von diesem Bild. Weg von der unausgesprochenen Drohung. Weg von dem Versprechen, das in den starren Augen lag. Spürte er schon, wie sich die Kälte in seinem eigenen Herzen ausbreitete?

Firunian sog tief die Luft ein, schalt sich einen Narren. Was sollte das? Es war nur Einbildung. Konnte nur Einbildung sein. Sein Vater war ein Sterblicher wie jeder andere auch. Und es wurde endlich Zeit, dass er mit ihm sprach. Firunian ging weiter, seine Schritte zunehmend sicherer, fester. Dennoch lief er immer schneller, je weiter er sich von dem Bild entfernte, als schüttelte er die Kältestarre ab, die ihn gelähmt hätte.

Der Gang blieb still, leer und dunkel. Hallten da Schritte? Regte sich dort ein Schatten? Er schaute sich nicht um. Da war niemand. Und er hatte Recht. Es war niemand dort. Nur der Blick vom Gemälde seines Vaters folgte ihm nach.

Firunian erreichte die schwere Eichentür zum Kaminzimmer. Kurz schloss er die Augen und schickte noch ein stummes Stoßgebet zu Rondra. Immerhin stritt er für eine gerechte Sache. Behutsam öffnete er die Tür. Sie knarrte laut, als wolle sie gegen sein Eindringen protestieren. Es kam ihm ungewöhnlich schwer vor, die Tür zu öffnen.

Warme Luft schlug ihm entgegen. Ein Schritt, dann stand er im Kaminzimmer. Der kleine, aber hohe Raum wurde vom gemauerten Kamin so stark erwärmt, dass ihm die Luft nach dem eisigen Turm und dem zugigen Gang stickig erschien. Bären- und Wolfsfelle schmückten die Wände, neben dem fest verschlossenen Fenster hingen ein Hirsch- und ein Elchkopf. Vor dem Kamin stand ein mächtiger Lehnstuhl, über den ein schwarzes Bärenfell gebreitet war. Darauf ruhte die grobschlächtige Gestalt seines Vaters, den breiten Rücken zur Tür gewandt. Es schien Firunian, als schliefe Wulfjew, doch dann erblickte er die deutlich kleinere Gestalt neben ihm. Bosjew der Schreiber saß da auf einem Hocker, ein Buch auf den Knien. Wulfjew liebte es, sich vorlesen zu lassen.

Bosjew las aus einem alten Folianten, der noch von Firunians Urgroßvater stammte: »Und so trug es sich zu, dass am 24. Rondra Rohal der Weise das eherne Schwert erreichte …«

»Vater, ich werde gehen«, sprach Firunian. Seine Stimme zitterte leicht, der Blick war trotzig auf seinen Vater gerichtet.

Bosjew stockte, verständnislos schaute er den Sohn seines Herrn an.

Dann ertönte schwerfällig Wulfjews Stimme, langsam, ganz ruhig, fast als habe er wirklich geschlafen: »Lies weiter, Bosjew!«

»Und so trug es sich zu, dass am 24. Rondra …«

»Vater! Ich werde fortgehen!« Firunian hob die Stimme, warf seinem Vater die Worte wie einen Fehdehandschuh hin. Darauf musste er einfach reagieren …

Wulfjew erhob sich. Als er sich umwandte und Firunian ansah, nur ansah, bedauerte dieser, seinen Vater herausgefor-

dert zu haben. Wulfjews Stimme war noch immer ruhig, aber in seinen Augen glomm es bedrohlich.

»Sohn«, seine Stimme hallte von den hohen Wänden wider. »Du wirst nicht gehen.«

»Vater, ich will die Baronie verlassen, ich will wissen, was jenseits der Grenzen zu finden ist. Ich will Abenteuer erleben.« Firunian erbebte. »Vater, ich werde gehen!«

Wulfjews Blick wurde erst finsterer, dann hellte er sich wieder auf. »Na gut, Sohn.« Es lag Milde in der Stimme und fast zeigte sein Gesicht eine gewisse Sanftheit. Dann wandte er sich von seinem Sohn ab und nahm den Platz vor dem Kamin wieder ein.

Der Schreiber atmete erleichtert auf. Hatte er doch einen unwettergleichen Ausbruch des Barons erwartet.

»Sohn, du darfst im Frühling mit Bosjew nach Norburg reisen. Da hast du dann dein Abenteuer.« Wulfjews Stimme war immer leiser geworden, fast müde. »Bosjew, fahr fort ...«

Der Schreiber warf Firunian noch einen warnenden Blick zu. Er sollte mit dem zufrieden sein, was er erreicht hatte. Doch Firunian war nicht zufrieden und in seinem Herzen sammelte sich Wut. Sein Vater behandelte ihn, als sei er noch ein kleiner Junge. Aber er war kein Kind mehr, und das musste sein Vater einsehen.

»Vater!« Das Wort peitschte anklagend durch den Raum.

Bosjew zuckte zusammen, als habe ihn ein unsichtbarer Schlag getroffen. Ängstlich wanderte sein Blick zu Wulfjew. Doch dieser blieb ruhig, zeigte keine Regung.

»Vater, ich bin vierzehn Götterläufe alt. Und ich werde gehen! Noch heute!« Die letzten Worte hatte er fast hinausgeschrien. »Ich bin kein Kind mehr!«

Wieder fuhr Bosjew zusammen, er zitterte am ganzen Leib.

Wulfjew erhob sich abermals. Die Gestalt des Barons baute sich langsam und schwerfällig vor Firunian auf. Die Augen schienen klein, tückisch und rot wie die eines Bären, der aus der Winterruhe erwacht war.

»Du willst erwachsen sein!« Die Worte donnerten durch

den Raum. Alle Wärme schien rasend schnell aus dem Zimmer zu entweichen, als habe Firuns frostiger Atem eine Bresche in die schützenden Mauern geschlagen, die er nun seit Monaten belagerte.

»Du willst erwachsen sein! Gar ein Mann?« Wulfjews Gesicht wirkte blass. Seine gewaltigen Pranken ballten sich zu Fäusten.

Firunian atmete tief durch, senkte den Blick, zitterte. Er spürte den Schlag kommen, erwartete ihn, wich ihm jedoch nicht aus.

Wulfjews Faust flog wie ein Hammer, rammte sich in Firunians Rippen. Der Junge schrie auf, dann biss er die Zähne zusammen, um seinen Schrei zu unterdrücken. Der Schlag hätte ihn vielleicht betäubt, doch war er seines Vaters Sohn. Und so taumelte er zwar zurück, stützte sich aber an der Wand ab und starrte seinen Vater unverwandt an. Seltsam – er hatte nun auch keine Angst mehr. So, wie ein Krieger zwar die Schlacht fürchten mochte, in der Schlacht selbst aber seine Aufgabe erfüllte, ganz ohne Furcht.

»Du willst erwachsen sein? Dann behandle ich dich auch wie einen Erwachsenen!« Wieder donnerte Wulfjews Faust herunter und traf seinen Sohn. Etwas knackte. Firunian stöhnte auf.

Die Tür wurde aufgerissen. Seine Mutter, ihre zahme Eule Jalika auf der Schulter, stand im Raum. »Was ist hier los?« Ihre Stimme war voller Vorwurf, doch sanft, und, Firunian hätte schwören können, dass sie es bereits wusste. Sie musste das Brüllen Wulfjews quer durch die ganze Burg gehört haben. Vermutlich kauerte das Gesinde in seinen Kammern und wartete zitternd, dass der Baron sich beruhigte, um die Scherben erst dann zusammenzukehren, wenn sich der Sturm müde getobt hatte.

Wulfjew bedachte seine Frau mit einem scharfen Blick. »Halt dich da raus, Weib! Unser undankbarer Sohn will jetzt ein Mann sein und fortgehen.« Abermals rammte er seine Faust in Firunians Brustkorb. »Dann soll er doch gehen!«

Firunian taumelte gegen die Wand zurück, keuchte, als ihm die Luft aus den Lungen getrieben wurde. Hastig wich er zur Tür aus, an seiner Mutter vorbei. Sofort trat sie vor, zwischen Wulfjew und seinen Sohn. Die Bewegung war so rasch, dass Jalika aufflatterte und den Hirschkopf an der Wand als Zuflucht wählte.

Wulfjew versetzte seiner Frau eine schallende Ohrfeige. »Halt dich da raus, Malinja! Mein Sohn wird mir gehorchen!«

Malinja stolperte zurück. »Wulfjew … bitte!«

Sie musste doch wissen, dass es sinnlos war. Wenn Wulfjew einmal in Wut geriet, dann war er nicht mehr aufzuhalten. Wulfjew hatte eine ganz persönliche Vorstellung von Gerechtigkeit. So war es immer gewesen.

Seine Mutter so zu sehen, durchbohrte Firunians Herz. Doch statt ihn mit Schrecken zu erfüllen, stiegen Wut und Trotz in ihm auf. Die Demütigungen der letzten Jahre waren übermächtig, und die Vorstellung, dass es für alle Zeiten so weiterginge, wenn er nicht etwas tat, um dem ein Ende zu setzen, war unerträglich. Er würde sich dem nicht länger unterwerfen. »Niemals werde ich dir gehorchen!«, schrie Firunian. Seine Stimme überschlug sich. Qualvoll hustete er.

Das gab den Ausschlag. Wulfjew stieß seine Frau beiseite, die ihm erneut in den Weg getreten war. Dann war er auch schon auf dem Gang. Er packte seinen Sohn und schleuderte ihn den Gang entlang: »Dann bist du auch nicht länger mein Sohn!«

Firunian prallte schmerzhaft auf den Boden. Nur mühsam rappelte er sich wieder hoch. Da war keine Angst, überhaupt keine Angst. »Ich bin von deinem Blut. Das kannst auch du nicht ändern!«

Er erreichte damit nur, dass Wulfjew seine schwere Faust wieder in seinen Leib senkte und er die Treppe herunterstürzte, sich dabei überschlagend. Niemand kam, um das Schauspiel zu sehen. Niemand würde jetzt noch einschreiten. In seiner Burg war Wulfjews Wort Gesetz. Nur die Götter mochten ihm jetzt Einhalt gebieten.

»Wulfjew! Bitte nicht! Er weiß nicht, was er sagt!« Malinjas Stimme gellte durch den Gang.

Wulfjew sprang die Treppe mehr herunter, als dass er ging. Firunian richtete sich mühsam auf, jeder Knochen in seinem Leib schien verschoben und schmerzte. Da wurde er schon wieder von Wulfjew gepackt und gegen die nächste Wand geworfen.

Firunian schrie unterdrückt auf. Ihm wurde schwarz vor Augen, er sank in die Knie, fiel vornüber und blieb liegen. Doch der feste Tritt Wulfjews in seine Seite holte ihn wieder in die Wirklichkeit der Schmerzen zurück.

»Hast du endlich genug?«, schrie Wulfjew blind vor Zorn seinen Sohn an, die Faust zum Schlag erhoben.

»Niemals ...«, brachte Firunian mühsam hervor. Er klammerte sich an seinem Trotz fest, wie ein Ertrinkender an einem Stück Holz, tastete nach einem Vorsprung im Mauerwerk und zog sich daran halb in die Höhe. Die raue Kühle des Steines gab ihm etwas Halt, während ein weiterer schmerzhafter Husten ihn schüttelte. Er schmeckte Blut von seiner aufgeplatzten Lippe. Er hatte Mühe, seinen Blick zu heben, um seinen Vater anzusehen.

Dann donnerte auch schon der Schlag auf ihn nieder. Firunian keuchte, verlor den Halt. Unfähig zur geringsten Gegenwehr brach er zusammen.

Er fühlte den eisenharten Griff. Sein Vater warf ihn sich über die Schulter. Durch den Schleier seiner Tränen sah er seine Mutter, die entsetzt hinterher gelaufen kam. Niemals würde er diesen Blick vergessen. Er glaubte, ihre Stimme zu hören. Bat sie um Gnade? Firunian hätte aufgelacht, wenn es nicht so schmerzhaft gewesen wäre, wenn er überhaupt zu irgendetwas in der Lage gewesen wäre. Wulfjew und Gnade? Der Mann, der statt einem Herz einen Eisklumpen in seiner Brust barg. Firunian dachte an die Ahnengalerie. Wahrscheinlich würde man seinen Vater als ›Wulfjew den Kalten‹ in Erinnerung behalten. Zumindest er würde das.

Er spürte einen kalten Luftzug, roch Schnee, hörte die

Schritte seines Vaters sich einen Weg über den Innenhof der Burg bahnen. Dann hörte er ein lautes, widerwilliges Knarren, als die Wachen auf Wulfjews Befehl das Tor öffneten.

»Nein!« Das war seine Mutter, die da schrie. Wusste sie nicht zur Genüge, wie sinnlos das sein würde? Firunian wurde wieder von einem Hustenkrampf geschüttelt, spuckte kraftlos Blut aus.

Dann schlug er hart auf dem Boden auf, als Wulfjew ihn niederwarf. Der Schnee stob um ihn herum hoch, dämpfte seinen Aufprall nur ein wenig. Die angebrochenen Rippen sandten einen Übelkeit erregenden Schmerz bis in seine Zehenspitzen und unter die Schädeldecke.

»Komm niemals wieder! Hörst du, Firunian? Niemals! Du bist nicht länger mein Sohn! Du bist nicht länger mein Erbe! Du bist kein Mann! Du bist ein armseliger Bauer! Ein nichtsnutziger, undankbarer Knecht! Du wolltest gehen …« Wulfjews Stimme bebte vor Zorn.

Die Wachen am Tor zogen sich unmerklich einige Schritte zurück und warfen sich ängstliche Blicke zu. Es wäre nicht das erste Mal, dass Wulfjew jemanden aus Zorn erschlug oder die Schuld bei jemandem suchte, der mit der Sache nichts zu tun hatte.

»Du wolltest gehen«, wiederholte Wulfjew. Seine Worte brachen mit einer Urgewalt aus ihm heraus, dass selbst der Winter zu erzittern schien: »Dann verlass mein Land! Du bist hier nicht länger erwünscht!«

Die Worte trafen Firunian wie Eispfeile, die unmittelbar auf seine Seele gerichtet waren. Er sah seinen Vater fassungslos an: »Vater, ich …«

Wulfjew drehte sich um, ohne ihn weiter zu beachten. Seine Stimme hatte jedes Gefühl verloren, als er mit den Wachen sprach. Sie war ein heiseres Flüstern: »Schließt das Tor. Und wenn er noch länger vor den Toren verweilt, dann jagt ihn fort, prügelt ihn, bis er verschwunden oder tot ist!«

Die Wachen waren entsetzt, doch sie wussten, dass Widerspruch sinnlos war. Wenn jemand Wulfjew jetzt umstimmen konnte, dann war es seine Ehefrau Malinja. Jeder wusste, dass, wenn Milde von der Adelsfamilie zu erwarten war, dann nicht vom Baron, sondern nur von der Baronin. Diese kam auch gerade auf Wulfjew zugeeilt. Sanft, aber eindringlich redete sie auf ihn ein. Firunian konnte keines der Worte verstehen, doch sein Vater schüttelte nur den Kopf. Und dann hörte Firunian, wie sich die Tore schlossen. Endgültig.

Etwas in ihm starb.

Statt aber liegen zu bleiben wie ein zum Tode Verurteilter, der sich bereits aufgegeben hatte, erhob er sich. Ein knorriger Baum stützte ihn. Bei jeder Bewegung rasten Schmerzen durch seinen Körper, der Aufruhr aus klopfendem, pochendem, stechendem Schmerz nahm ihm fast den Atem.

Von außen wirkte die Burg noch trutziger und finsterer. Der kalte Schein des Madamals glitzerte auf den frostüberzogenen Zinnen. Der Familiensitz – ein drohender Schatten auf der Kuppe eines Hügels. Ringsherum Felder, vom Wintertuch zugedeckt. Das Tor …

Firunian schüttelte den Kopf, blickte dann auf den schmalen Weg, der, kaum kenntlich unter dem hohen Schnee, von der Burg fortführte. Mit vor Empörung und Kälte bebenden Fingern zog er den Pelz enger um sich und trat den Weg durch die Finsternis an.

Der Weg die Hügelkuppe hinunter war noch leicht. Um ihn war völlige Stille, nur das Knacken des Frostes und der Wind, der um die blattlosen Äste strich wie ein heimatloser Vagabund. Firunian schritt kräftig aus. Wut trieb ihn vorwärts, Empörung, Wut und Hass wärmten ihn besser, als es ein Feuer vermocht hätte. Aber schon, als er die Abzweigung des Weges erreicht hatte, spürte er, wie ihn dieses Feuer wieder verließ.

Das Dorf zu seiner Linken wirkte dunkel, die Hütten gegen die Kälte und jeden Wanderer verschlossen. Dünne Rauchfäden stiegen aus den Herdfeuern auf. Niemand würde ihm die Tür öffnen. Selbst jene, die es trotz bornländischer Zurückhaltung tun mochten, würden ihm die Tür wieder weisen, sobald sie erkannten, dass er es war. Der Sohn eines Herren, den sie hassten und verabscheuten. Firunian konnte nicht einmal ahnen, wie sie ihn behandeln würden. Und selbst, wenn er ihnen hätte begreiflich machen können, dass sein Vater ihn davongejagt hatte, würden sie es nicht wagen, sich Wulfjews Willen zu widersetzen. Das letzte Mal, dass die Dorfbewohner jemandem Unterschlupf gewährt hatten, hatten Wulfjews Soldaten den Vertriebenen am nächsten Baum aufgeknüpft und die Familie ausgepeitscht und davongejagt.

Firunian wandte den Blick vom Dorf ab. Von dort war keine Hilfe zu erwarten. Von dort wollte er auch keine Hilfe. Er wandte den Blick nach rechts. Zum Wald. Es gab dort niemanden, nichts. Wenn er aber durchmarschierte, wenn es ihm gelang, die Nacht durchzulaufen, mochte er kurz nach Sonnenaufgang die Grenzen der Baronie erreichen. Hatte er die erst passiert, konnte ihm nichts mehr geschehen. Und von da aus ... Firunian nickte sich selbst ermutigend zu und wandte seine Schritte Richtung Wald.

Die dichte Schneedecke leuchtete im Licht des beinahe vollen Madamals, das elfenbeinweiß und makellos poliert war. Keine Wolken am Himmel. Es war hell genug, dass Firunian gut sehen konnte. Seine Schritte knirschten regelmäßig durch den Schnee. Die schwarzen Äste schienen nach ihm greifen zu wollen, aber Firunian war kein Feigling. Er wusste, dass das Einbildung war. Starr hielt er den Blick auf den Weg gerichtet. Sein Atem hing um ihn wie eine weiße Wolke. Doch die Schmerzen wurden nicht geringer, und ewig würden die Schläge seines Vaters nicht nur auf seinem Körper, sondern auch auf seiner Seele brennen.

Mitten im Wald konnte er das Madamal nicht mehr sehen, und nach einigen Stunden – es mussten Stunden sein, aber die Zeit war nicht abzuschätzen – schien es ihm, als müsse die Sonne nun langsam aufgehen. Seine Zähne schlugen vor Kälte zusammen, er versuchte, seine starren Finger mit seinem Atem zu wärmen, aber dieser war zu kalt, als griffe Firun bereits nach seinem Lebensfeuer.

Am ganzen Leib zitternd, hatte er bald Mühe, den Weg

nicht zu verlieren – und er war müde, furchtbar müde. Die Stille hallte von den Bäumen und Felsen wider. Der Wald nahm kein Ende, erstreckte sich in weite Ferne. Der Weg musste bald aus der Baumöde hervorkommen. Er musste einfach! Still verfluchte er sich, dass er nicht zum Dorf gegangen war. Es war viel zu kalt, um eine Nacht in dieser Wildnis zu überleben. Mit Begeisterung beobachtete er die Umrisse seines gefrierenden Atems.

Er stolperte. Die Arme um den Leib gepresst, ertappte er sich immer wieder, wie er mit geschlossenen Augen weiterlief. Zuerst erschrak er darüber, versetzte sich selbst eine Ohrfeige, um wach zu bleiben.

Langsam war die Kälte in seinen Körper gekrochen – wie ein ungeladener Gast, den man nicht abweisen konnte. Er war so müde. Dass er die Augen geschlossen hatte, bemerkte er gar nicht, bis er sich die Wange an der rauen Borke eines Baumes aufriss. Der helle Schmerz zerrte ihn aus seinem Dämmerzustand und plötzlich war er vollkommen wach. Er wollte den Weg fortsetzen, aber da war gar kein Weg mehr. Firunian blickte sich verwirrt um, bemerkte das Blut nicht, das von seiner aufgeschürften Wange rann. Sich um sich selbst drehend, erkannte er, dass er mitten im Wald stand.

Firunian versuchte, seinen eigenen Spuren zurück zum Weg zu folgen und fand ihn schließlich auch wieder. Erst, als er diesem Pfad für eine weitere Ewigkeit gefolgt war, stellte er fest, dass dieser an einem zugefrorenen Waldsee endete. Firunian spürte Panik in seiner Kehle aufsteigen. Auch der Versuch, sich anhand der Sterne zu orientieren, scheiterte. Hätte er Inga, der Jägerin, nur besser zugehört. Aber er musste ja seine Zeit mit Schwertkampf und Tagträumen vergeuden! Erbittert starrte Firunian auf seine eigene Fährte und folgte ihr wieder zurück, schluckte vergeblich die Beklemmung hinunter, die ihm wieder und wieder gallebitter in die Kehle stieg und ihm das Atmen erschwerte.

Ihm blieb nur die Hoffnung, mit letzter Kraft zum Dorf oder Waldrand zurückzufinden. Zuerst lief er, von Panik ge-

trieben, rasch weiter, doch auch die Angst verging. War es nicht gleichgültig? Eigentlich konnte er sich auch einfach ein wenig hinlegen. Morgen würde alles anders sein. War es nicht gleichgültig?

Jeder nächste Schritt fiel ihm schwerer. Er wusste nicht mehr, was er gesucht hatte. Einen Weg? Nur in Bewegung bleiben, dachte er undeutlich. Nicht erfrieren. Kurz blieb er stehen und schaute zurück auf seine Fußspuren. Er konnte sie kaum noch erkennen. Hatten sich Wolken vor das Madamal geschoben? War die Müdigkeit, die ihn sanft, aber unnachgiebig umfing, bereits ein Vorbote Borons? Zwar spendete der Sternenhimmel Licht, doch war es fast, als könnten seine Augen das Licht nicht länger sehen. Als sei er von innen heraus bereits erblindet, erstarrt in der Kälte.

Firunian atmete tief durch. Die eisige Luft flutete seine Lungen. Sein Blick suchte den Sternenhimmel. Was für ein wunderbarer Himmel … Der Stern des Ucuri schien ihm zuzulächeln … Wenn es nur nicht so kalt wäre …

Unvermittelt brachen seine Knie ein.

Ausruhen. Er kuschelte sich in die weiße Decke, die Firun ihm ausgebreitet hatte. Ein weißer Vogel saß in einem Baum und schaute mitleidig zu ihm herunter. Mitleidig? Firunian lächelte über seinen eigenen Gedanken. Warum sollte eine Eule Mitleid empfinden?

Firunian schloss die Augen. Vater! Wo war nur sein Vater? Ernüchterung flutete durch seine Adern, kaum, da der Gedanke Gestalt angenommen hatte. Er hatte ja keinen Vater mehr. Er war allein. Ganz allein, auf sich selbst gestellt. Tränen rannen aus seinen Augen und drohten auf seiner Wange zu gefrieren.

Erinnerungen durchzuckten ihn. Wie er mit seinem Vater Schwertkampf geübt hatte. Sein Vater hatte ihm das Schwert versprochen, das seit Generationen im Familienbesitz war. Es war rechtmäßig seins, damit er es an seine Nachkommen weitergeben konnte. Der Gedanke stach tiefer als alles, was er heute ertragen hatte.

»Vater!«, schrie er verzweifelt auf. Erschreckt stob die weiße Eule hinauf in den Nachthimmel.

»Mutter …«, leise flüsterte Firunian dieses Wort. Die Schneeeule erinnerte ihn an Jalika, die seine Mutter vor Jahren gefunden hatte. Die junge Eule war aus dem Nest gefallen und Malinja hatte sie aufgezogen und gezähmt. Seither wich Jalika seiner Mutter nicht von der Seite. Jetzt, da er nicht mehr dort war, war es nun an der Eule, seine Mutter zu beschützen. Vielleicht hatte sie dabei mehr Erfolg als er …

Er konnte nichts mehr für seine Mutter tun. Und dabei liebte er sie so sehr. Sie war ein wundervoller Mensch, ganz anders als Wulfjew. Und doch, er war er ihr nie wirklich nahe gewesen. Er wusste nicht, warum das so war. Aber nun bedauerte er es zutiefst. Sein Vater hatte ihn ausgestoßen, seiner Familie beraubt. Er konnte nicht zurück. Und so hatte er auch seine Mutter verloren.

Etwas zupfte ihn am Ohr. Nur mit großer Mühe gelang es Firunian, erneut die Augen zu öffnen. Große, mit Silber gesprenkelte goldene Eulenaugen blickten ihn an. Fast hätte er gelächelt, als er die Eule im Schnee sitzen sah. Wieder hackte sie mit ihrem Schnabel nach ihm, diesmal nach seiner Hand, die vor seinem Gesicht lag. Firunian spürte den Schnabel nur als vages, unangenehmes Gefühl und hob die Hand, wollte prüfen, ob die Eule nur eine Erscheinung oder tatsächlich dort war.

Erschrocken flatterte die Eule davon.

Jetzt war er allein, ganz allein. Ob wohl der alte Ungulf sein Leben auch so aushauchen würde? Einsam und verlassen? Firunian wünschte niemandem, so zu sterben. Längst fühlte er seine Beine nicht mehr. Die Kälte war wie ein Gift, das sich langsam in seinem Körper ausbreitete, seine Finger, Hände und Arme lähmte, nachdem sie bereits das Gefühl in seinen Füßen und Beinen abgetötet hatte. Vielleicht war auch alles nur ein Traum und er würde gleich aufwachen und erkennen, dass alles nur ein böser Spuk war.

Firunian begehrte auf. So wollte er nicht sterben. Einmal

noch nahm er all seine Kraft zusammen. Die letzten Reserven seines Körpers spendeten ihm Wärme. Unendlich langsam bewegten sich seine Arme, stützten seinen Körper. So einfach würde sein Vater nicht gewinnen. Er hatte immer gewonnen, immer hatte er bestimmt, was sein Sohn tun sollte. Immer war sein Wort das letzte Wort gewesen. Diesmal sollte es anders sein. Firunians Wut war wieder da, sein Wille zu leben. Er wollte nicht sterben! Er wollte leben. Aber wofür wollte er leben? Der Gedanke jagte Firunian einen eisigen Schrecken ein. Und genauso schnell, wie seine Kraft wieder erwacht war, versiegte sie nun. Endgültig. Er war allein. Niemand, zu dem er gehen konnte. Niemand, der ihm helfen würde.

Sein Blick glitt über die Umgebung. Er lag auf einer Waldlichtung. Der Schnee ruhte wie ein schweres Gewicht auf den Tannen und kahlen Laubbäumen, die im Frost knarrten.

Die Trostlosigkeit des Ortes faszinierte Firunian. Wäre die Eule noch da gewesen, vielleicht wäre etwas anderes daraus geworden. Doch so war dies genau der richtige Ort für seinen Tod. Eine trostlose verlassene Lichtung. Unweit von ihm erhob sich ein mannshoher Findling, der im Licht des Madamals bleich zu leuchten schien, aber das bildete er sich gewiss nur ein. Außer ihm und dem Findling war hier nichts, nur Schnee, Leere und Verzweiflung.

»Fast wie ein Grabstein«, murmelte Firunian, als er den Findling genauer betrachtete. Seine Augen schmerzten von der eisigen Luft. »Vater, warum hast du mich verlassen?«, murmelte er anklagend, dann, zum Sternenhimmel: »Warum ist niemand da? Warum muss ich hier alleine sterben? Was habe ich denn getan?« Die Worte waren geflüstert, obwohl er hätte schreien können.

»Du hast deinen Vater nicht geehrt! Du hast nicht gehorcht! Du wolltest ein Mann sein! Aber du bist keiner! Denn du stirbst wie ein Kind, voller Angst!«, ertönte die vorwurfsvolle und verächtliche Stimme seines Vaters.

Firunian wollte antworten. Sich rechtfertigen. Doch bevor er seinen Mund gänzlich geöffnet hatte, wurde ihm bewusst, dass sein Vater nicht hier war. Er würde auch nicht kommen. Mit diesem Gedanken entfernte sich auch das Echo, das die Worte im Wald zurückgelassen hatten. Der Junge spürte gar nicht, dass die Taubheit in seinem Körper immer stärker wurde. Er schloss die Augen in der Gewissheit, sie nie wieder zu öffnen. Doch er weinte nicht. Er würde nicht sterben wie ein Kind, sondern wie ein Mann und ein Krieger, ganz ohne eine Träne zu vergießen. Die Kälte um ihn und in ihm wurde immer stärker, zog sich wie eine Faust um ihn zusammen, ließ keinen Platz für Angst.

Und dann wurde es langsam warm.

Firunian umarmte die Wärme, die ihn einhüllte. Nur noch ein wenig Geduld, und er würde erlöst sein. Er war so dankbar dafür. Keine Schmerzen. Keine Müdigkeit. Kein Kummer.

Öffne deine Augen!

Firunian wusste nicht, woher der Gedanke kam. Er wusste nur, dass es nicht sein eigener war. Die Wärme umgab ihn wie eine wollene Decke. Und langsam breitete sie sich auch in seinen Gliedmaßen aus. Was taub gewesen war, schien zu neuem Leben zu erwachen. Ein Kribbeln zog sich durch seinen Körper, ganz so, als habe er Premer Feuer getrunken. Der Wind, der ihm über das Gesicht strich, war milde und brachte den Geruch nach Frühling, nach Tau und frischem Grün. Tief atmete er diese wohligen Düfte ein, so sonderbar es ihm mitten im Winter auch schien. Aber er wollte sich nicht beklagen. Schließlich war das sein Traum oder er phantasierte oder war bereits tot.

Öffne deine Augen!

Wieder war da dieser Gedanke. Jetzt erst wurde es Firunian klar, dass es ein Befehl war. Zwingender als jeder Befehl seines Schwertlehrers oder seines Vaters.

Als er die Augen öffnete, sah er vor sich eine frische, grüne, blühende Wiese, die mit duftenden Blumen übersät war. Die Bäume am Rande der Lichtung trugen junge Blätter und waren voller Blütenknospen, die sich öffneten, noch während

Firunian sie verwundert anblickte. Tauwasser tropfte plitschend von tausend kleinen Ästchen und Blättern herab, sammelte sich am Rande der Lichtung zu einem Bächlein, das vergnügt zu sich selbst murmelte. Das Plätschern wurde von einigen Vögeln mit ihrem fröhlichen Gesang begleitet.

Und der Ort war hell erleuchtet; ganz so, als sei es Tag. Er konnte unmöglich drei oder vier Monate geschlafen haben, durchfuhr es Firunian. Dies musste demnach eines der zwölf göttlichen Paradiese sein. Hilfe suchend und verwundert blickte er hinauf zum Himmel. Nein, es war noch immer Nacht – Sterne bedeckten den Himmel. Und Ucuri strahlte heller denn je. Jenseits der Lichtung herrschte weiterhin der grimmige Winter, die Bäume dort waren noch immer schneebedeckt. Es waren keine Monate vergangen. Nichts hatte sich verändert. Nur die Lichtung.

Firunian rieb sich die Augen, um wieder klar sehen zu können. Doch der Eindruck blieb. Ganz so, als sei hier nur für ihn der Frühling ausgebrochen. Während er noch versuchte, zu fassen, was geschehen war, wandte er sich zu dem Findling um und erschrak.

Dort thronte eine gewaltige, majestätische Gestalt. Ihr stolzer Blick war auf ihn gerichtet. Die halb ausgebreiteten goldenen Schwingen des Wesens hüllten den Findling ein.

Firunian erkannte sofort, was er dort vor sich hatte. Er kannte genug Legenden, obwohl weder er noch sonst jemand, den er kannte, ein solches Wesen je gesehen hatte. Der geschwungene Schnabel, die scharfen Augen, die unverwandt auf ihn gerichtet waren. Ehrfürchtig wanderte sein Blick weiter zum Löwenkörper des Greifen. Das Wesen strahlte Macht aus, die spürbar in der Luft lag. Aber es war nicht nur Macht, sondern auch eine solche Hitze, dass seine Anwesenheit genügte, um die Lichtung dem erstarrenden Griff des Winters zu entreißen. Das Licht war gleißend hell, doch konnte Firunian den Greifen deutlich erkennen. Die Wärme und das Licht legten sich auf sein Gesicht und Haar, brannten in seinen Augen wie die Sonne im Hochsommer.

Wenn Blicke töten könnten … Firunian glaubte, nein, er wusste, dass die Blicke des Greifen das vermochten, wenn er es nur wollte. Greifen, die Boten des Praios auf Dere. Man sagte, dass sie sich bis nach Alveran erheben konnten. Und wenn sie erschienen, dann war es SEIN Wille. Niemals erschienen sie ohne Grund und immer wirkte der Götterfürst selbst durch sie.

Ehrfurchtsvoll erhob sich Firunian auf die Knie. Was mochte der Greif von ihm erwarten? Was hatte das alles zu bedeuten? Er wagte nicht, danach zu fragen. Stattdessen betete er atemlos zu Praios. Noch waren seine Worte unbeholfen. Tief in seinem Innern ahnte er die Antwort. Es war, als habe man ihm die Wahrheit zwar mitgeteilt, doch als müsse sie sich erst den Weg durch ihn hindurch bahnen, bevor er sie zu erkennen vermochte.

Er dankte den Göttern, dankte Praios für das Zeichen, dessen Bedeutung er noch nicht verstand. Sein Blick und der des Greifen trafen sich. Und mit unerschütterlicher, ewiger Gewissheit wusste Firunian, dass er nicht allein war. Nie mehr allein.

Als ob diese Erkenntnis das Stichwort gewesen wäre, entfaltete der Greif seine prachtvollen Schwingen. Sein Körper spannte sich an. Ohne Firunian noch eines weiteren Blickes zu würdigen, erhob der Greif sich und flog gen Himmel. Er war fast wie ein goldener Stern, der den Platz zwischen seinen Geschwistern wieder einnahm.

Die Lichtung wurde erneut in das Dunkel der Nacht gehüllt; der Frühling aber blieb. Firunian schaute dem Greifen noch lange nach. Er verharrte in knieender Stellung und sprach immer wieder die wenigen Gebete des Praios, die er kannte. Doch nun war es anders als früher, da er Praios so gefürchtet hatte, wie er seinen Vater fürchtete. Nun lag in diesen Gebeten Trost und Zuversicht.

Er kniete noch immer vor dem Findling, als ihn schließlich die Soldaten seines Vaters fanden. Das aufgeregte Bellen der Hunde, die die Lichtung als Erste erreichten, wurde zu einem kleinlauten Winseln. Keines der Tiere setzte einen Fuß auf das Gras, weder die Hunde, noch die Pferde. Als die Soldaten das seltsame Verhalten der Tiere bemerkten, blieben auch sie stehen. Alle sahen auf den Jungen, der da inmitten der Lichtung kniete und betete, inmitten einer Lichtung, wo der Frühling den Winter Monate vor der Zeit besiegt hatte.

Ganz gleich wie abergläubisch sie waren, jeder der Soldaten spürte, dass dieser Ort nicht böse war. Die meisten formten ein Praiossymbol in der Luft und beteten ebenfalls. Sie hätten wohl Stunden so verharrt, wenn Wulfjew den Ort nicht letztlich doch erreicht hätte. Nach kurzem Zögern trat er näher und packte Firunian bei der Schulter.

»Gleichgültig, was hier geschehen ist«, brummte er, vielleicht ein wenig unsicher, »du kommst jetzt mit zurück. Deine Mutter will dich sehen.«

Firunian hatte keine Angst mehr. Er wusste, dass sein Vater es nicht gewagt hätte, ihn mit Gewalt von diesem Ort zu reißen. Er nickte leicht und erhob sich. »Jawohl, Baron.« Seine eigene Stimme klang ihm fremd in den Ohren. »Wenn Ihr es wünscht, werde ich gehorchen.«

Als der Vater seinem Sohn ins Gesicht blickte, erschrak er sichtlich. Obwohl Wulfjew nichts sagte, ahnte Firunian, dass etwas geschehen war, dem selbst der Baron sich nicht entziehen konnte. Wulfjew nickte nur stumm, und auf dem Weg zurück sprach er kein Wort mehr.

Als sie die Lichtung verließen, dämmerte es bereits am Horizont. Hatte er also tatsächlich die ganze Nacht auf der Lichtung verbracht? Einer der Knechte hielt sein Pferd beim Zügel, Firunian saß auf, ohne die Praiosgeste des Knechtes wirklich zu sehen.

Auf dem Weg zurück zur Burg sann Firunian über das Geschehene nach. Im Hintergrund hörte er seine Begleiter immer wieder miteinander tuscheln.

»Ein Heiliger …«

»Was geht hier nur vor sich?«

»Magie …«

»Ein Wunder …«

»Wie kann das sein?«

»Er müsste doch schon längst erfroren sein …«

Niemand traute sich, ihm näher als zwei Schritt zu kommen, aber er wusste nicht, ob ihn das bedrücken sollte. Sein altes Leben lag so weit zurück, jenseits der wundersamen Begegnung. Es war unmöglich, jetzt einfach weiterzuleben. In ihm brannte nun ein Feuer, das stärker war als jeder Winter, jede Kälte, die sich ihm jemals in den Weg stellen mochte. Sollten die Leute doch denken, was sie wollten. Er hatte den Greifen gesehen. Er wusste nun, was er tun musste.

Jetzt kannte er seinen Weg.

Seine Mutter beugte sich über ihn, als er das nächste Mal erwachte. Kühlende Tücher lagen auf seinem Gesicht und seinen Schultern. Die Bettdecke drückte auf seine Haut – es fühlte sich an, als sei er am ganzen Leib verbrannt. Seine Mutter zuckte ein wenig zurück, als sie bemerkte, dass er sie anblickte. Fast schien es, als wäre ihr in ihrer Überraschung ein Ausruf entglitten, aber sie fasste sich bald wieder und tupfte ihm stattdessen die Stirn ab.

Er erinnerte sich noch, dass er wieder durch die Tore der Burg zurückgeritten war. Dann aber – nichts mehr. Vermutlich war er bewusstlos geworden. Was aber war danach mit ihm geschehen? Warum fühlte sich sein Körper so seltsam an? Er blickte auf seine Hände.

Braungebrannt. Firunian erkannte seine Hände kaum wieder. Er war braungebrannt, als habe er den ganzen Sommer am Waldsee verbracht. Seine Haut spannte und kribbelte unangenehm.

Malinja deutete den Blick richtig. »Das ist nur ein Teil davon«, erklärte sie mit leiser Stimme und stand auf.

Er lag in ihrer Kammer, in ihrem Bett, wie als kleiner Junge, als er das Karmesinfieber gehabt hatte und seine Mutter nicht von seiner Seite wich, bis er wieder ganz gesundet war. Um ihn besser pflegen zu können, hatte sie ihn hierher bringen lassen.

In der Nähe des Fensters saß Jalika, die Schneeeule, auf einem Holzpodest und schlief. Für einen Augenblick glaubte Firunian, in der Eule das Tier wiederzuerkennen, das ihn auf der Lichtung genarrt hatte. Aber das konnte natürlich unmöglich sein. Das Tier seiner Mutter war zahm und verließ ihre Herrin auch nicht für einen Atemzug. Außerdem, so fand er, sahen Tiere einer Art alle gleich aus.

Er fühlte sich schwach und ausgelaugt, doch gleichzeitig von einer solch großen Kraft erfüllt, als ob er Dere aus den Angeln heben könnte.

Seine Mutter kehrte mit einem kleinen Spiegel zurück. »Erschrick nicht.«

Firunian blickte hinein. Der Fremde, der ihn ansah, war sonnenverbrannt, die Haut noch stark gerötet. Deshalb also spannte sie so. Und seine Augen … Es war seltsam, in blaue Augen zu blicken. Früher hatten seine Augen eine unbestimmbare Farbe gehabt, wechselnd zwischen Blau und Grün. Nun aber schien die Farbe eindeutig. Stahlblau und klar. Er starrte sich selbst an, seine dunkle Haut, das blonde Haar, um etliche Nuancen heller gebleicht.

»Fühlst du dich gut?«

Firunian nickte langsam: »Ich habe mich nie besser gefühlt.« Das stimmte nicht ganz, aber er wollte tapfer sein. Er legte den Spiegel wieder ab und betrachtete seine Mutter.

Tränen hatten Malinjas Augen gerötet, Sorge um ihn, und etwas anderes, Hoffnungsloseres. Ihre Wangen waren angeschwollen. Angesichts dessen war seine eigene Unbill vergessen. »Mutter, was ist mit dir?« Sacht hob er seine Hand in Richtung ihrer Wangen.

Sie wich ein Stück zurück. »Ich bin hingefallen«, murmelte sie. Wieder füllten sich ihre Augen mit Tränen, die sie hastig fortwischte.

Es war selbstsüchtig von ihm gewesen, nur an seinen Kummer zu denken. Was seine Mutter in all den Jahren hatte erdulden müssen, überstieg seine Vorstellungskraft, wie ihm jetzt bewusst wurde.

»Es war wieder Vater«, murmelte Firunian. Er schüttelte leicht den Kopf, spürte immer noch die Erschöpfung in seinen Gliedern. Er konnte keinen Zorn empfinden, zu überwältigt war er noch von den Vorkommnissen der letzten Nacht.

Seine Mutter ließ ihr rotblondes Haar ins Gesicht fallen, sodass ihre geschwollenen Wangen verdeckt wurden. »Hier, trink noch etwas.« Sie reichte ihm eine Schale mit warmer Milch.

Firunian nippte an der Flüssigkeit. »Was ist eigentlich geschehen?«

Malinja bemühte sich, ein Lächeln auf ihr Gesicht zu zaubern. »Das sollte ich dich fragen. Ich habe von den Soldaten die sonderbarsten Geschichten gehört. Und dann das ...« Sie blickte auf sein Gesicht und seine Hände, leicht die Stirn runzelnd, als erwarte sie ausgerechnet von ihm eine Antwort.

Firunian zuckte die Achseln. »Wenn die Soldaten es dir nicht sagen konnten, wie sollte ich es dann tun?« Mit Absicht verschwieg er die Begegnung mit dem Greifen. In einem Winkel seiner Seele wusste er, dass seiner Mutter die Wahrheit nicht gefallen würde, auch wenn er nicht wusste, warum das so war. Etwas in ihm hielt die Worte zurück, als sei ihm etwas Geheimes, Unnennbares widerfahren.

»Was ist mit Vater?«, fragte Firunian vorsichtig.

»Er hat sich Sorgen um dich gemacht. Er wollte nicht, dass es so weit kommt. Er hat sich schwere Vorwürfe gemacht.«

»Hat er das gesagt?«, fragte Firunian spöttisch.

Sie schüttelte nur verneinend den Kopf und schaute weg. Firunian glaubte, weitere Tränen zu sehen, bevor sie sie fortwischte. Es war wohl ihr Wunsch gewesen, dass ihr Gatte so etwas gesagt hätte. Aber es hätte Firunian sehr gewundert, wenn dem wirklich so gewesen wäre.

»Du musst deinen Vater verstehen ...«, begann seine Mutter eindringlich.

»Nein«, Firunian richtete sich auf, »ich muss ihn nicht verstehen. Und ich verstehe ihn auch nicht.« Er streckte seine

Hand aus und streichelte seine Mutter. »Es tut mir Leid«, flüsterte er traurig. »Aber ich muss gehen.«

»Was meinst du?«, fragte seine Mutter betroffen. »Habe ich dich denn nur wieder bekommen, um dich nun erneut zu verlieren?«

Firunian tat Leid, was er nun sagen musste. Doch diese Burg, diese Mauern, waren nicht mehr sein Zuhause. Er musste fort von hier, das hatte er schon vorher gewusst, doch nun wusste er auch, wo sein Ziel lag.

»Mutter, bitte, ich kann hier nicht mehr bleiben.« Noch während er die Worte sprach, spürte er, dass seine Stimme anders klang als noch vor einigen Stunden. Sie war fester geworden, bestimmter. Der Trotz war gewichen und durch Gewissheit und Ruhe ersetzt worden. »Diese Burg ist kein Zuhause mehr für mich. Frage mich nicht, was auf der Lichtung geschehen ist. Ich weiß jetzt, dass ich zu einem Praiostempel muss. Und dort muss ich lernen. Der Firunian, den du kanntest, ist tot. Wer immer ich jetzt auch bin, mein Leben gehört Praios.«

Diese Worte auszusprechen war leichter, als er gedacht hatte. Dafür reagierte seine Mutter wie erwartet. Sie wandte sich ab und begann zu schluchzen. Firunian war bewusst, dass er ihr mit seinen Worten wahrscheinlich mehr Schmerzen zugefügt hatte, als die Schläge seines Vaters es je vermocht hatten. Fast hatte er erwartet, dass sie etwas sagen würde, dass sie versuchen könnte, ihn aufzuhalten. Aber das tat sie nicht. Sie schien zu ahnen, dass sein Entschluss unumstößlich war. Er hätte sie gerne getröstet, aber es gab keinen Trost, den er ihr hätte spenden können. Firunian hätte sie vielleicht trösten können. Doch Firunian war tot.

Der junge Mann bedauerte es nicht.

Er weinte keine Träne.

3. Kapitel

Erst, als der Page unmittelbar vor ihm stand, kehrte Praiodans Geist wieder in die Gegenwart zurück.

»Verzeihung, Herr ...?«

Er war so tief in Gedanken versunken gewesen, dass er zusammenfuhr, als hätte man ihn bei etwas Verbotenem ertappt. Für einige Herzschläge war er so verwirrt, dass er kaum begriff, wo er war. Doch dann fand er sich wieder zurecht. Der Turm des Hochmeisters. Audienz. Er war gerufen worden.

Die kämpfenden Greifen, die in das Muster des Teppichs eingearbeitet waren, schienen ihn anzustarren, als erwarteten sie etwas Bestimmtes von ihm.

»Der Hochmeister wird Euch nun empfangen, Praiodan von Weißfels«, erklärte der Page, der ein wenig besorgt wirkte. »Ist alles in Ordnung?«

Abwehrend hob er die Hand. Praiodan von Weißfels, das war er. War es seit zehn Jahren, würde niemals ein anderer sein. Praiodan. Dem Praios geweiht, nicht Firun, dessen Eishauch ihm bereits einmal fast das Leben genommen hätte. Praiodan. Der Name, den er sich selbst gegeben hatte. »Ja, es ist alles gut«, erklärte er ohne wirkliche Überzeugung. Es war keine Lüge, aber seinen Worten fehlte die Kraft. Er vermochte kaum, sich selbst zu glauben.

Der Page verneigte sich, als er ihm die Tür öffnete. »Der Hochmeister lässt bitten.«

Mit einem knappen Nicken ging Praiodan an ihm

vorbei und betrat Ucurian Jagos Arbeitszimmer. Der Page schloss die Tür hinter ihm.

Zwei kupferne Feuerbecken erhellten den Raum, Bienenwachskerzen standen auf einem Tisch, an dem Ucurian Jago wohl seine Korrespondenz zu erledigen pflegte. Jago selbst saß dahinter, umgeben von Büchern und Schriftstücken. Praiodan ging in Habachtstellung und hielt die Augen starr auf den Hochmeister gerichtet.

Dieser war nicht weniger formell gekleidet als er. Ein weiter Übermantel aus Brokat, mit weißem Fell gesäumt, ließ ihn stämmiger erscheinen als er war. Das Alter hatte seinen Tribut von Jago gefordert, doch anders als die meisten älteren Krieger hatte er diesen Tribut in Würde und Ruhe gezahlt. Tiefe Furchen ließen das Gesicht noch strenger und asketischer erschien, als es – offiziellen Bildern nach zu urteilen – früher gewirkt hatte. Klar blickende, graue Augen, die keinen Platz für Sentimentalitäten ließen.

Jago war noch in das Studium eines Briefes vertieft. Das Wachssiegel trug das Wappen der Praioskirche. Schließlich legte der Hochmeister den Brief ab und musterte ihn. Einige Atemzüge lang sprach niemand. Praiodan erwiderte den Blick mit aller Ruhe und Zuversicht, zu der er fähig war. Immerhin hatte er diesen Weg für sich gewählt und beschritt ihn seit Jahren. Es gab keinen Grund, sich dafür zu schämen oder zu zweifeln.

Dann erlaubte ihm Jago mit einer Handbewegung, zu sprechen.

»Melde gehorsamst, Praiodan von Weißfels, zu Eurer Verfügung, Erwählter.«

»Es freut mich, dass Ihr meinem Ruf Folge geleistet habt, Hauptmann«, antwortete Ucurian Jago geschliffen, seine Stimme leise, die Worte exakt ausgesprochen, wie sie wohl ein geborener Redner sprechen würde. »Ich habe mir in den vergangenen Stunden ein Bild von Euch gemacht. Setzt Euch.«

Praiodan tat wie ihm geheißen.

Jago lehnte sich in seinem Stuhl etwas vor. »Ihr seid Schwertmeister des Bannstrahls. Seit einigen Jahren bildet Ihr Schüler im Schwertkampf aus und habt beachtliche Erfolge vorzuweisen. Die anderen Ausbilder sind des Lobes voll. Es mag sein, dass Ihr zu den zehn besten Kämpfern des Ordens gehört.« Jago ließ seine Worte wirken, aber Praiodan gab nicht zu erkennen, ob ihn das Lob freute oder verlegen machte. Prüfte Jago seinen Stolz?

»Ich diene dem Orden, so gut ich kann.«

Jagos schmale Mundwinkel zuckten. »Ihr nehmt außerdem Aufgaben in der Praioskapelle dieser Burg wahr.«

Praiodan nickte. »Das ist, was ich gelernt habe.«

»Und doch habt Ihr Euren Weg geändert. Ihr solltet ursprünglich Geweihter werden.«

»Ja, Erwählter.«

Jagos Augen wirkten forschend. »Warum habt Ihr den Weg des Geweihten verlassen? Konntet Ihr Praios' Anforderungen nicht gerecht werden? Warum seid Ihr einem Laienorden wie dem Bannstrahl beigetreten?«

Praiodan schluckte leicht. »Ich wollte beides vereinen, Erwählter. Rondra hat mir die Liebe zur Schlacht ins Herz gepflanzt, ich konnte mich ihrem Ruf nicht widersetzen. Meine Bestimmung lag in der Verbindung des rondragefälligen Kampfes mit der praiosgefälligen Tat.«

Jago lehnte sich wieder zurück, sein Gesicht bot die undurchdringliche Maske eines Richters. »Für das, was ich mit Euch vorhabe, von Weißfels, muss ich Euch kennen. Ich muss wissen, wie Ihr denkt, fühlt und handelt. Bei meinen Nachforschungen bin ich auf einige interessante Punkte gestoßen.« Er deutete auf einen Stapel Briefe. »Ihr habt niemals einen Brief aus Eurer Heimat geöffnet, nicht wahr?«

Praiodan blickte den Stapel Briefe an, gewiss über dreißig an der Zahl. Er hatte sie nie vom Bruder Pförtner, der die Briefe aushändigte, entgegengenommen. Er hatte geglaubt, sie würden zurückgeschickt oder verbrannt. Sie jetzt, geöffnet, auf Ucurian Jagos Schreibtisch liegen zu sehen, krampfte sein Herz kurz zusammen. »Nein.«

»Warum nicht?«

»Ich habe diese Brücken hinter mir abgebrochen.«

»Ein ungehorsamer Sohn, der seinen Vater ohne Erlaubnis verlässt. Praios hat bestimmt, dass ein Sohn seinem Vater Gefolgschaft und Gehorsam schuldet.« Jagos graue Augen blickten kalt und forschend. »Werdet Ihr Praios auch dereinst so verraten, wie Ihr Euren Vater verraten habt?«

Hitze stieg Praiodan glutrot in die Wangen. Beinahe wäre er aufgesprungen. »Ich schulde dem Baron keinen Gehorsam. Praios hat mich gerufen und ich musste folgen!« Sein Herz raste, wie nach langem, kräftezehrendem Kampf. »Ich habe ihn nicht verraten. Er hat mich aus der Burg gejagt …«

»Nun, in diesen Briefen verlangt er Eure Rückkehr.« Ucurian Jago stand nun auf, die Faust auf die Briefe gestützt. Der Pelz umspielte einen Körper, der gerade und schlank war wie die Klinge eines Langschwertes. »Wulfjew von Weißfels hat auch mir geschrieben und mich gebeten, ich möge Euch zurückschicken. Die Tempelvorsteherin aus Festum erhält regelmäßige Briefe von ihm, sie möge sich dafür einsetzen, dass man Euch zurücksendet. Ihr seid der Erbe und Euer Vater will Euch in die Geschäfte einweisen, so lange noch Zeit ist.«

Praiodan schüttelte den Kopf. »Ich werde nicht zu ihm gehen.«

»Und wenn ich es Euch befehlte?«, fragte Ucurian Jago leise, lauernd.

Das Schweigen dehnte sich zu einer Ewigkeit, während der sie sich gegenseitig anstarrten. Ucurian Jago hatte sich vorgeneigt, taxierte ihn mit unnachgiebigem Blick, der tiefer zu reichen schien, als es Praiodan lieb war. Er hatte nichts zu verbergen. Doch Jagos Blick brachte ihn dazu, sich unwillkürlich zu fragen, ob er *wirklich* nichts zu verbergen hatte. Keine Schuld, Sünde, keine Unvollkommenheit und kein Makel schien dem Hochmeister entgehen zu können. Es war lange her, dass ihn jemand so angestarrt hatte. Praiodan blickte in die grauen Augen seines Hochmeisters und konnte ein Beben nicht unterdrücken. Dieser Mann war von Praios auserwählt worden, die Faust der Inquisition zu befehligen. Wer war er schon, dass er sich ihm widersetzen wollte?

Schließlich, von Ucurian Jagos stechendem Blick erschöpft, senkte Praiodan den Kopf. »Ich bitte Euch, dies nicht zu tun«, flüsterte er. Seine Zunge war so groß und unbeweglich wie ein Mühlstein in seinem Mund. »Aber wenn Ihr es befehlt, werde ich gehorchen.«

Ucurian Jago nickte, als habe er mit dieser Antwort gerechnet, und setzte sich wieder, die Finger vor dem Gesicht zusammengelegt. Nichts schien ihm zu entgehen, nicht, dass Praiodans Stimme gezittert hatte, nicht, wie dieser sich verstohlen über die Stirn wischte. »Ihr werdet diese Angelegenheit dereinst bereinigen müssen, von Weißfels. Euer Vater hat Anspruch auf Euch, das wisst Ihr. In der Tat, seinem Vater davonzulaufen ist kein geringes Vergehen. Ein wahrer Diener Praios' läuft nicht davon. Nicht vor einem Vater, nicht vor einem Feind und gewiss nicht vor der Verantwortung.«

Praiodan nickte stumm. Es hatte keinen Sinn, dem Hochmeister mit Rechtfertigungen in den Ohren zu liegen. Ucurian Jago hatte andere Sorgen als das tyrannische Verhalten eines unbedeutenden bornländischen Barons. Nicht der Trotz eines Halbwüchsigen, der seinem Vater entlaufen war – so gute Gründe er auch dafür gehabt hatte. Nichts Geringeres als das Schicksal Aventuriens beschäftigte diesen Mann.

»In der Tat«, setzte der Hochmeister nun an, ein wenig versöhnlicher, wie Praiodan fand, »habe ich Euch nicht zu mir befohlen, um dem Wunsch Eures Vaters zu entsprechen. Ich werde Euch vorerst nicht zu ihm schicken. Vorerst.«

Praiodan atmete auf. »Ich danke Euch.«

»Es ist keine Milde, von Weißfels«, warnte der Hochmeister. »Ich habe andere Pläne mit Euch.« Er deutete auf den Brief, den er studiert hatte, als Praiodan eingetreten war. »Mir wurde heute eine Nachricht zugestellt, die einen Bericht über Angelegenheiten von großer Wichtigkeit enthält. Ihr habt Euch bereits bei der Hexenjagd hervorgetan. Außerdem seid Ihr ein ausgezeichneter Kämpfer. Was ich von Euch für diese Mission aber fordern muss, ist Eure unverbrüchliche Treue, was auch immer Ihr erleben oder erfahren werdet.«

»Das schwöre ich.«

Ucurian Jagos schmale Lippen zuckten. Ein Lächeln wagte Praiodan diese Bewegung nicht zu nennen. »Euer Wort in den Ohren Praios'«, erklärte er schlicht. »Diese Mission wird Euch schwerer fallen als alles, was Ihr bisher für die Geweihtenschaft oder den Bannstrahl geleistet habt. Nur Treue und Glauben werden Euch vor Euch selbst bewahren. Doch besteht Ihr diese Probe …« – Jago breitete die Hände aus –, »… so könnt Ihr es zu etwas Höherem bringen.«

Als Praiodan auf diese Andeutung, er könnte dafür befördert werden, nicht reagierte, nahm Ucurian Jago den Brief in die Hände und überflog ihn kurz mit einigen Blicken, während er sprach. »In Weiden gehen seltsame Dinge vor. Magische Umtriebe. Ein Schwarzmagier treibt dort sein Unwesen. Meine Kundschafter sprechen von Schwarzmagie. Bauern kommen unter seltsamen Umständen zu Tode, seltsame Gestalten streichen nachts um die Dörfer, und dergleichen mehr. Es gibt eine Beschreibung des Schwarzmagiers, der dafür verantwortlich ist, die glücklicherweise sogar recht ausführlich ist. Es handelt sich um einen schlanken Mann mittlerer Größe, der zwischen zwanzig und fünfundzwanzig Götterläufe zählt. Der Magier ist von heller Haar- und Hautfarbe, hat grüne Augen und trägt dunkle Reisekleidung. Es hat sich bisher nicht herausgestellt, welcher Richtung der Magie er sich verpflichtet hat oder zu welcher Schule er gehört, doch sprechen seine Taten eine nur zu deutliche Sprache. Er ist wohlhabend, wie man an seiner Ausrüstung und Kleidung erkennen kann – und an noch einigen Indizien mehr. Ich werde Euch nicht länger schonen, von Weißfels. Der Magier ist mit sehr großer Wahrscheinlichkeit Euer Bruder.«

Es schwindelte Praiodan, er spürte, wie ihm alles Blut aus dem Gesicht wich. Er nickte nur, versuchte, sich nicht anmerken zu lassen, wie hart ihn diese Anschuldigung getroffen hatte.

»Wollt Ihr mir nicht sagen, was es mit Eurem Bruder auf sich hat?«

»Natürlich.« Praiodan räusperte sich. »Verzeiht. Mein Bruder ist Kirian von Weißfels. Ich habe ihn seit über zehn Jahren nicht mehr gesehen. Er ging zur Ausbildung nach Festum.«

»Und er ist Magier.«

Praiodan nickte hölzern. »Ja, Erwählter, das ist er.«

Mit einem zischend ausgestoßenen Seufzen lehnte sich der Hochmeister des Bannstrahls in seinem Lehnstuhl zurück. »Ihr habt eine interessante Familie, von Weißfels. Sehr interessant.«

Die Art, wie er das aussprach, ließ Bedrohliches erahnen, etwa eine Abordnung des Bannstrahls nach Weißfels; das Verhör seiner Eltern und seines Bruders. Ucurian Jago glich nun einem Falken, der gesehen hatte, wie die Maus in ihr Versteck gehuscht war, und der ihr nun seine volle Aufmerksamkeit widmete.

Es war wahr, sein Bruder Kirian war nur ein Jahr nach ihm geboren worden. Und obwohl sie sich ähnlich sahen, wie Brüder es häufig tun, hatten die Götter ihm, Praiodan, Kraft, Größe und Stärke gegeben; Kirian hingegen Gewandtheit, Anmut und Selbstbeherrschung.

Im Kindesalter hatte man Kirians magisches Talent entdeckt und eine reisende Magistra gebeten, den Knaben auszubilden. Während also Praiodan im Hof seine Schwertkampfübungen machte, wurde Kirian im Turm der Magierin unweit von Festum im Lesen und Schreiben sowie in den magischen Sprachen und der Zauberei unterwiesen. Kirian hatte gelegentlich nach Hause geschrieben, aber was er schrieb, erschien Praiodan unverständlich und fremdartig. Und als er selbst in Festum ausgebildet wurde, hatte er es vermieden, mit seinem Bruder Kontakt aufzunehmen, da die Geweihten ihm erklärt hatten, Magie sei ketzerisch und der Umgang mit Magiern geziehme sich für Praiosdiener nicht.

Jago, der ihn während des gedankenvollen Schweigens weiter gemustert hatte, fragte: »Und zu welchen Ergebnissen seid Ihr bei Euren Überlegungen gekommen?«

»Um ehrlich zu sein, Erwählter, es wundert mich. Kirian begann seine Ausbildung als grauer Magier und lernte hauptsächlich, Schaden abzuwehren und Kampfzauber zu wirken. Meine Familie ist kriegerisch, unzweifelhaft hat der Baron sich dafür eingesetzt.«

»Seht Ihr?« Der Hochmeister zog die Mundwinkel auseinander und offenbarte scharfe, weiße Zähne. Auch das war kein Lächeln. »Ihr habt Euren Bruder seit Jahren nicht gesehen und wollt für ihn bürgen? Ihr müsstet doch wissen, wie es ist, wenn man einen anderen Weg einschlägt, von Weißfels. Warum sollte es sich bei Eurem Bruder anders verhalten?«

Dem konnte er nichts entgegensetzen. »Ja, Erwählter.«

Jago stand auf. »Die Sache wird Kreise ziehen, von Weißfels. Unzweifelhaft werden sich die Aktivitäten Eures Bruders herumsprechen. Jemand könnte sich befleißigt fühlen, ihn zu unterstützen. Seine *Magiergilde* könnte versuchen, ihn der rächenden Hand des Praios, dem Bannstrahl, zu entziehen.« Ucurians Stimme wurde scharf vor Abscheu. »Sein Treiben so nah bei Auraleth ist ein Affront gegen den Orden und den Götterfürsten und wir werden diese Herausforderung nicht ignorieren.« Ucurian fletschte wieder die Zähne. »Ihr werdet unsere Sache vertreten, von Weißfels. Ihr werdet ihn finden, bevor es ein anderer tut. Untersucht die Vorfälle und nehmt seine Spur auf. Ihr werdet Praios' Zorn verkörpern, der den Ketzer trifft, bevor er seine gotteslästerlichen Werke auf die Spitze treiben kann. Die Sache eilt.« Ucurian hatte den Tisch umrundet, war an Praiodans Seite getreten und blickte ihn fest an. Die grauen Augen leuchteten vor Begeisterung und heiligem Zorn, das Gesicht darunter blieb reglos.

Praiodan sprang auf und salutierte. Die Rede Jagos hatte eine starke Wirkung auf ihn, er ließ sich von ihr wie von einer Predigt mitreißen. Sein Herz schlug schneller, ihn erfüllte die Vorfreude auf die Jagd, wie damals, kurz bevor er ausgezogen war, seine erste Hexe zu töten. »Ja, Erwählter. Euer Wille geschehe.«

»Praios' Wille geschehe«, korrigierte ihn Jago, zog einen Ring von seinem Finger und legte ihn fest in Praiodans Hand. »Ich, Ucurian Jago, Hochmeister des Bannstrahls Praios', beauftrage Euch, Praiodan von Weißfels, den schwarzmagischen Umtrieben in Weiden ein Ende zu setzen. Tut dafür, was Ihr tun müsst, nur bringt mir rasche Ergebnisse.«

Praiodan straffte sich und streifte den Ring über, ohne ihn anzublicken. »Das werde ich«, schwor er fest.

»Bringt den Ketzer tot oder lebendig nach Auraleth, wenn es möglich ist; verbrennt ihn an Ort und Stelle, wenn es sein muss. Stellt nach Eurem Ermessen eine schlagkräftige Gruppe zusammen, die Euch dabei helfen wird.« Ucurians Augen verengten sich leicht. »Eine Einzelheit noch. Die Draconiterin Imera Silberbrück wird den Zug aufgrund einer Vision Hesindes begleiten.«

Praiodan starrte ihn verblüfft an.

»Ich weiß, was Ihr denkt, von Weißfels, und ich teile Eure Konsternierung«, erklärte der Erwählte verbissen. »Sie berichtete, einer göttlichen Vision zu folgen. Es ist eine nicht unbeträchtliche Anmaßung, sich mit dieser Angelegenheit ausgerechnet an mich zu wenden und sich in unsere ureigenste Angelegenheit zu mischen, aber wir können ihr nicht untersagen, den Zug zu begleiten. Duldet sie, aber kümmert Euch nicht weiter um sie. Möglicherweise wird sie Euch dann mit ihren anmaßenden Ansichten verschonen.« Jago lächelte säuerlich. »Jede Auseinandersetzung über die Angelegenheit würde nur zu Verzögerungen führen, und das dürfen wir auf keinen Fall zulassen.«

»Ja, Erwählter. Ich höre und gehorche.«

»Es ist eine großartige Gelegenheit, Euch zu beweisen, von Weißfels, und Eure jämmerlichen Familienverhältnisse zu klären.«

Praiodan presste die Lippen aufeinander und nickte.

»Beseitigt diesen Schandfleck auf Eurem Namen, von Weißfels. Lasst Eurem Bruder die Gnade zuteil werden, ihn wieder mit Praios zu versöhnen.«

»Das werde ich. Und wenn es seinen Tod bedeutet«, antwortete Praiodan heiser.

»Das bedeutet es.« Ucurian nickte, jetzt deutlich zufrieden. »Praios mit Euch, von Weißfels.«

Praiodan salutierte wieder. »Ich danke Euch, Erwählter. Ich werde tun, was Ihr mir befohlen habt, zum höheren Ruhme Praios' und des Ordens.«

Damit war er entlassen.

Erst als er wieder im Vorzimmer stand wurde ihm völlig bewusst, was diese Mission bedeutete. Seinen eigenen Bruder jagen und ihn der Inquisition oder dem Feuer überantworten. Wenn es sogar Zeugen gab, die ihn beschreiben konnten, war Kirian offenbar tatsächlich der dunklen Magie verfallen.

Jetzt erst, im flackernden Licht der Kandelaber, betrachtete er den Ring an seinem Finger. Ein schwerer, goldener Siegelring. Jeder, der ihn sah, wusste, in wessen Auftrag er unterwegs war. Er gab ihm alle Vollmachten, die er nur benötigen würde. Mit diesem Ring sprach er stellvertretend für den Hochmeister selbst.

Praiodan atmete schwer auf. Er hatte keine Zeit zu verlieren, wenn er in der Morgendämmerung aufbrechen wollte.

Mit zügigen Schritten kehrte er in seine Kammer zurück. Zum ersten Mal seit Monaten würde er wieder auf der Jagd sein.

Ihm bedeutete die Jagd mehr als ihr Ergebnis, sie ließ sein Herz rascher schlagen, erfüllte ihn mit so viel Freude und Leben, wie es sonst nur eine Schlacht vermochte. Die Aussicht, die nächsten Tage oder Wochen – *Tage*, ermahnte er sich – wieder unterwegs und auf der Jagd sein zu können, beschleunigte seine Schritte. Er packte das Notwendige zusammen, schickte Pagen mit Nachrichten an die Krieger, die er mitzunehmen gedachte und bereitete seinen Aufbruch vor.

Nach seinem Gebet vor dem Schrein des Praios versuchte er, etwas Schlaf zu finden – dieser aber verbarg sich vor ihm wie ein scheues Tier. Er bekam kein Auge zu, stattdessen ruhte er auf seinem Lager, starrte die Decke an und stählte sich für seine Mission.

Als der Morgen dämmerte, stand nur noch ein Gedanke klar und strahlend vor seinem inneren Auge: Praios' Wille geschehe.

4. Kapitel

Gegen Ende der Hundswache stieg Praiodan auf die Zinnen hinauf. Im Innenhof vor dem Haupttor wurden im Licht der Fackeln die letzten Vorbereitungen getroffen. Gepäck wurde verschnürt, Riemen und Schnallen gestrafft, Stallburschen prüften Beschlag und Zustand der glänzend geputzten Pferde, um unangenehme Überraschungen möglichst auszuschließen.

Im Hof trafen sich bereits die Soldaten, die ihn begleiten würden. Sie alle brannten darauf, diese Mission zu beginnen, Praiodan las ihren Eifer aus jeder ihrer Bewegungen und lächelte still. Er trat auf den hölzernen Wehrgang, wo Sandres ihn bereits erwartete.

»Guten Morgen, Hauptmann.«

Praiodan nickte ihm grüßend zu. »Neues von der Draconiterin?«, fragte er unvermittelt.

»Nein, Hauptmann.«

»Sie wird uns begleiten, Sandres.«

Falls es Sandres überraschte oder ärgerte, zeigte er das nicht, sondern grinste nur höhnisch. »Dann scheint sie den Aufbruch zu verschlafen.«

»Dein Wort in Praios' Ohr«, erklärte Praiodan gedämpft. Ein kühler Morgenwind spielte mit ihren Mänteln. Sandres schauderte sichtlich. Die Kühle des Taus war ihm in die Rüstung gekrochen und ließ ihn frieren, obwohl es gar nicht so kalt war. Aber die Hundswache wurde nicht zuletzt wegen dieser Eigenart von allen Soldaten so gehasst. Der Tau machte keinen Unterschied, wo er sich niederließ, und in einer Rüstung und klammer Unterkleidung zu frieren, war immer wieder eine beliebte Strafe für Vergehen oder Aufmüpfigkeit, wenn die Wachen verteilt wurden.

»Ich habe bereits gepackt, Hauptmann«, sagte Sandres dann. »Wir können aufbrechen, sobald meine Wachablösung aus den Federn gekommen ist und sich hierher bequemt hat … Um was handelt es sich bei der Mission, wenn ich fragen darf?«

»Wir jagen einen Magier.«

Sandres spähte über den Hof. »Zwölf Krieger für einen Magier? Ist er so mächtig?«

»Erstens ist zwölf eine gute Anzahl, da sie die Einheit der Götter symbolisiert. Und zweitens – ja, er scheint mächtig zu sein.«

Zu Praiodans gelinder Verärgerung erschien schließlich doch die Draconiterin, ihr Pferd am Zügel, aus den Stallungen. Sie wirkte zwar nicht besonders frisch in ihrer zerknitterten, grünen Robe, aber leider reisefertig. Als interessiere sie es nicht, dass sie weder erwünscht noch willkommen war, schloss sie sich der Gruppe wartender Bannstrahler an.

Auch Sandres musterte sie mit Verachtung, sprach dann aus, was Praiodan dachte: »Mit ihr sind wir dreizehn.«

Dreizehn … Praiodan schüttelte die unangenehme Vorahnung ab und lachte leise. »Sie gehört nicht zu uns. Wir sind zwölf. Sie wird uns nur im Weg herumstehen und mit ihrem hochgestochenen Zeug langweilen.«

Draconiter sorgten mit ihrem Auftauchen stets für Scherereien. Sie waren es oft, die die Hexenprozesse verzögerten, bis zuletzt an die Unschuld der Ketzer und Häretiker glaubten und ständig Beweise beizubringen versuchten, um deren Hinrichtung doch noch abzuwenden. Praiodan hatte bei vergangenen Missionen schon häufiger unliebsame Bekanntschaft mit diesem hesindianischen Orden gemacht, was ihm die Draconiterin, die sich ihnen anschließen würde, nicht gerade willkommener werden ließ.

Schließlich tauchte die neue Wache auf, Sandres salutierte, erstattete Bericht und wurde in aller Form abgelöst.

Praiodan stieg die Leiter hinunter und ging zu seinem Packpferd. Kurz prüfte er, ob das Gepäck vollständig war – aber er konnte sich auf die Diener verlassen. Alles, was er benötigte, um einen Magier zu überwinden – Magierfesseln, um ihn bis zum Prozess an seiner lästerlichen Magie zu hindern, und Werkzeug, um die Wahrheit zu Tage zu fördern.

Dann trat er zu seinem Schlachtross, einem Goldfuchs mit weißer Mähne und Schweif. Praiodans Schwerter, das Langschwert und der Zweihänder, waren beide am Geschirr des Hengstes festgeschnallt, ebenso sein Schild.

Seine Bewaffnung wurde durch den schweren Dolch und die Geißel vervollständigt, die er am Gürtel trug. Die Geißel, die den Bannstrahlern den weniger freundlich gemeinten Namen ›Geißler‹ eingetragen hatte, war das Mittel, mit dem sich der Soldat des Praios selbst bezähmte und bestrafte. Nur so konnte er seinem Ziel, der inneren Reinheit, nahe kommen.

Er klopfte dem noch stallwarmen Pferd auf den Hals und strich ihm über die weichen Nüstern, die in seiner Hand sofort nach Futter zu suchen begannen. »Du hast noch nicht gearbeitet, Bernstein«, tadelte Praiodan leise.

Bernstein schnaubte beleidigt und warf den Kopf zurück. Praiodan packte das Sattelhorn und saß auf. Die Zügel greifend, gab er mit der anderen Hand das Zeichen zum Aufsitzen; das Heben der flachen Hand, die dann über Schulterhöhe zur Faust geballt wurde. Wie aus Zufall fing das Fackellicht den Siegelring, den er über dem Handschuh trug. »Wir reiten nun im

Namen des Praios«, erklärte er knapp, dann drückte er Bernstein die Hacken in die Flanken und der Zug setzte sich in Bewegung.

Das gewaltige Tor wurde vor ihnen geöffnet, die Wachen dort salutierten.

Sie ritten hinaus in den Innenhof der Vorburg, über die herabgelassene Zugbrücke hinweg. In der grauen Dämmerung hallten die Hufe auf der Brücke laut und dumpf zugleich von den hohen Mauern Auraleths wider. Praiodan richtete sich stolz im Sattel auf, zu seiner Rechten ritt Sandres, den er zu seinem Adjutanten ernannt hatte, dahinter, zu zweit nebeneinander, die restlichen Zehn.

Nur die Draconiterin fand keinen Platz zwischen ihnen. Nachdem sie erfolglos versucht hatte, sich in die Kolonne einzureihen und ganz zurückgefallen war, spornte sie ihr Pferd an und brachte die Impertinenz auf, an Praiodans linker Seite zu reiten.

Während hinter ihnen Auraleth langsam kleiner wurde, suchte sie seinen Blick. Praiodan hingegen, der sich insgeheim prächtig über ihre Bemühungen amüsierte, beschloss, ihr erst einmal zu zeigen, worauf sie sich eingelassen hatte.

»Gegrüßt seiest du, o Praios, zu einem neuen strahlenden Tag deiner Herrschaft«, begann Praiodan das Morgengebet.

»Gegrüßt seiest du, o Praios«, wiederholten die anderen Bannstrahler wie aus einem Mund. Die Draconiterin stutzte, dann fiel sie in den Chor der Stimmen ein, wohl, um nicht in einem noch ungünstigeren Licht zu erscheinen.

»Dein Strahlen erweckt uns zu deinem Dienst aus Borons Armen, und erleuchtet uns den Weg, auf dass wir ihn furchtlos beschreiten.«

»Dein Strahlen erweckt uns zu deinem Dienst«, wiederholte die Gruppe.

»Unser Leben und unser Schicksal legen wir getreulich in deine Hände, o Fürst der Fürsten, denn du bist weise und gerecht ...«

Wort um Wort, Satz um Satz betete Praiodan ihnen eines der ältesten Rituale der Kirche vor, das das Aufgehen der Sonne begleitete. Als die Praiosscheibe schließlich die Horizontlinie verlassen hatte, beendete Praiodan das Gebet und wandte sich im Sattel herablassend zu der Geweihten um.

»Habt Ihr irgendwelche Einwände, Euer Gnaden?«

Sie schüttelte den Kopf und streckte ihm die Hand entgegen. »Ich wollte mich Euch vorstellen. Mein Name ist Imera Silberbrück, Draconiterin des Tempels zu Honingen.«

Es wäre eine glatte Lüge gewesen, darauf mit einem ›Erfreut‹ zu antworten, außerdem sah Praiodan keinen Grund, sich in diesem Fall an die Etikette zu halten. Sie war impertinent genug, sich ihnen unverblümt aufzudrängen. Das Missvergnügen des Erwählten hatte Bände gesprochen, und auch Praiodans Begeisterung für ihre Gegenwart hielt sich in engen Grenzen.

»Ja, ich habe bereits von Euch gehört. Mein Name ist Praiodan von Weißfels, Hauptmann des Bannstrahls.«

»Praiodan«, nahm sie den Faden des Gesprächs auf und lächelte freundlich. »Wie passend.«

»Ihr wisst gar nicht, *wie* passend«, flüsterte Sandres von rechts, leise genug, dass nur Praiodan es hören konnte.

»Und das ist Leutnant Sandres Atjan, mein Adjutant.«

»Erfreut«, erklärte Imera tapfer.

Praiodan und Sandres tauschten einen kurzen Blick.

Der Tag versprach sonnig aber kühl zu werden. Nachdem das erste Gespräch so zum Stillstand gekommen war, war es Imera anscheinend zufrieden, zu seiner Linken zu reiten und sich aufmerksam die Gegend anzusehen, die kaum weniger Aufsehen erregend hätte sein können. Herbstlich buntes Land erstreckte sich nach allen Seiten. Bauern waren auf ihren Feldern, um die Ernte einzubringen, bevor Regen oder Stürme sie verderben konnten.

Die einzigen Reisenden, die ihnen begegneten, waren einige Händler und eine bunte Gauklertruppe, die rasch die Richtung änderte, als sie den Trupp Bannstrahler kommen sah.

Praiodan war diese Reaktionen gewöhnt. Es bedeutete nicht notwendigerweise, dass die, die ihnen aus dem Weg gingen, tatsächlich etwas zu verbergen hatten. Das hatte er gelernt, als er damals noch wie ein unerfahrener Jagdhund jedem noch so kleinen Anzeichen hinterhergehetzt war und mehr Zeit mit Gauklern und Glücksrittern verbracht hatte, als ihm lieb sein konnte. Es lohnte gewiss gelegentlich, ihre Wagen zu durchsuchen, schon, um ihnen zu zeigen, dass Praios' Macht allgegenwärtig war; aber jetzt waren sie lediglich ein geringfügiges Ärgernis, das sie Zeit kosten würde.

Nachdem die Bannstrahler für einige Stunden gut vorangekommen waren, ließ Praiodan in der Nähe eines Baches anhalten, um die Pferde zu tränken und das erste Mahl einzunehmen. Er teilte mit Sandres einen halben Laib Brot und einige Äpfel und Beeren, die in der Nähe des Baches wuchsen.

Gegen einen Baum gelehnt, betrachtete er die wohlgeordneten Abläufe innerhalb der Gruppe. Sandres schöpfte Wasser aus dem Bach und füllte seinen Schlauch auf, bevor die Pferde den Grundschlamm aufwühlten.

»Diese Mission ist nicht ungefährlich«, erklärte Praiodan gedämpft, als er sicher war, dass ihnen niemand zuhören konnte. Auch die Draconiterin war weit genug entfernt.

Sandres blickte auf und verschloss den Schlauch sorgfältig mit einem Korken. »Das dachte ich mir, Hauptmann. Sonst hätte der Erwählte nicht Euch damit beauftragt.«

»Es handelt sich um meinen Bruder«, erklärte Praiodan, von dem Vertrauensbeweis Sandres' nicht überrascht. »Er scheint korrumpiert worden zu sein. Ich werde ihn jagen und zu Verhör und Prozess nach Auraleth bringen, und niemand, auch nicht die Draconiterin, wird mich davon abhalten.« Kurz berichtete er Sandres von seinem Gespräch mit dem Ordensmeister.

Sandres hörte mit leuchtenden Augen zu. »Das ist großartig, Hauptmann. Der Erwählte gibt Euch die Gelegenheit zu beweisen, dass der Bannstrahl wichtiger ist als Eure Familienbande.«

Praiodan nickte. »Richtig, und ich bin ihm dankbar. Und dennoch, sollte die Begegnung mit meinem Bruder nicht so verlaufen, wie Praios es wünscht, dann musst du es zu Ende bringen.«

Sandres salutierte. »Das werde ich gern, Hauptmann.«

»Gut«, erklärte Praiodan und klopfte ihm auf die Schulter. »Ich weiß, dass ich mich auf dich verlassen kann.«

Sie gingen zurück zum Rest der Gruppe und setzten kurz darauf den Weg fort. Es war ein prächtiger, sonnendurchfluteter Nachmittag, der alles wie in Gold tauchte, und doch war der Wind kühl genug, sodass das Reiten in Rüstung und vollen Waffen nicht sonderlich beschwerlich fiel.

Praiodan genoss es, keine Mauern um sich zu haben. Sein halbes Leben hatte er im kalten, dunklen Bornland mit seinen schier endlosen Wintern verbracht. Der kurze, bittersüße Sommer im Bornland war die Zeit gewesen, da er kaum in der Burg zu finden war, sondern die Wälder durchstreifte, oft mit der Jägerin Inga, die sein Vater angestellt hatte, aber ebenso oft – sobald er eigenständig genug war – allein. Wie hatte er gelitten, wenn der Winter ihn als Geisel auf der väterlichen Burg festhielt … anders als Kirian, der sich in einer Studierstube am wohlsten gefühlt und den schon ein wenig Regen daran gehindert hatte, den Fuß vor das Tor zu setzen. Praiodan hoffte insgeheim, dass sein schwächlicher Bruder diese Angewohnheit beibehalten hatte und ungern reiste, und wenn doch einmal, dann langsam und gemächlich. Auf diese Weise würden sie ihn rasch einholen, bevor er noch größeren Schaden anrichten konnte.

Manchmal hatte er Kirian heiß um sein magisches Talent beneidet – in völliger Unwissenheit, wie lästerlich dieses Talent war, hatte er sich als Junge danach gesehnt, ebenso damit befleckt zu sein wie sein Bruder.

Praiodan schüttelte den Kopf, verdrängte die Kindheitserinnerungen. Er hatte jetzt Sandres, um ihn zu lehren und zu vervollkommnen, und Sandres war ein Rechtgläubiger wie er. Stärkere Bande als die des Blutes einten sie.

»Wisst Ihr, wonach Ihr suchen müsst, Hauptmann?«, fragte Imera schließlich nach längerem, wohltuendem Schweigen.

»Ihr kennt die Anzeichen für schwarzmagische und dämonische Präsenz so gut wie ich, Draconiterin«, erwiderte Praiodan.

»Ihr seid also bereits erfahren?«

Sandres schnaubte. »Er hat die Hexe von Elmswald zur Strecke gebracht, Euer Gnaden.«

Sie blickte ihn mit einer Mischung aus Achtung und Verwunderung an. »Ihr wart das? Der Fall hat sich allerdings herumgesprochen.«

»Dafür habe ich den Rang eines Hauptmanns bekommen«, murmelte Praiodan. »Nachdem Hauptfrau Dramina dem Fluch der Hexe erlegen war, übernahm ich als ihr Adjutant die Führung der Gruppe.«

Praiodan sah keinen Grund, ihr die ganze Geschichte

zu erzählen. Er hatte die Hexe schließlich in einer Höhle im Wald ausfindig gemacht, wo sie aus Menschenknochen und Tierblut eine abscheuliche Mixtur kochte, die sie wohl vor dem Zugriff des Bannstrahls schützen sollte. Er hatte sie überwältigt und gebunden. An den Haaren hatte er das Hexenweib auf den Scheiterhaufen zerren müssen, von ihren wüsten und götterlästerlichen Flüchen begleitet. Wieder und wieder schleuderte sie ihre unreine Magie gegen ihn, hatte aber keinen Erfolg, da Praios' Hand ihn geschützt hatte. Mit dem letzten Atemzug hatte sie ihn verflucht, doch anders als bei Hauptfrau Dramina hatte der Fluch nie seine Wirkung entfaltet. Zu guter Letzt hatte er den Vertrauten der Hexe, einen Raben von außerordentlicher Größe, mit der Armbrust erschossen und das noch zappelnde Tier zu der Hexe in das Feuer geschleudert.

An Praiodans Statt erzählte Sandres Imera, wie sich alles zugetragen hatte, obwohl er selbst nicht dabei gewesen war und die ganze Geschichte nur vom Hörensagen kannte. Praiodan verkniff sich ein Lächeln und ritt etwas weiter voraus.

Als die Sonne sich bereits wieder senkte, befahl Praiodan, an einer geschützten Stelle im Waldesinneren das Lager aufzubauen. Die Gruppe entfernte sich nicht weit von der Straße und stellte Posten auf. Er glaubte nicht daran, dass des Nachts Reisende unterwegs waren, nicht bei der rasch hereinbrechenden Kälte; aber er wollte vor unliebsamen Überraschungen gefeit sein. Während seine Untergebenen die Zelte aufstellten, die Pferde versorgten und die hundert kleinen Tätigkeiten verrichteten, die zu einem Nachtlager gehörten, schritt Praiodan zum Waldrand zurück und betrachtete das Band der Straße, das stetig nach Norden führte und sich in der Dämmerung verlor. Irgendwo dort, irgendwo hinter dem Punkt, den seine scharfen Augen gerade noch erspähen konnten, würde er auf Kirian treffen.

»Kirian …?«

»Firu? Bitte, Firu, bist du das?«

Er tastete in der Finsternis nach seinem Bruder, hatte selbst so viel Angst in der Dunkelheit, dass es in seiner Kehle weh tat. Aber Krieger weinten nicht. Er, Firunian, der älteste Sohn Wulfjews, schon gar nicht. »Hier bin ich, Kirian.«

Endlich berührten sich ihre Hände, Kirians waren nass und verklebt von Tränen. Heulsuse.

Sie klammerten sich aneinander, versuchten, sich in der so unendlich scheinenden Dunkelheit gegenseitig festzuhalten und sich Mut zu geben.

»Was hast du denn diesmal ausgefressen?«, fragte Firunian seinen schmächtigen Bruder, der zitternd in seinen Armen lag.

»Gar nichts!«

»Lüg nicht.«

»Wirklich nichts. Ich war das gar nicht. Das war ich nicht.«

Obwohl Kirian ein Feigling war, liebte Firunian ihn nicht weniger. Vielleicht liebte er ihn deshalb sogar mehr. Mit einem Feigling als Bruder war es leichter, mutig zu sein, selbst, wenn man Angst hatte. Und es war leichter, in Wulfjews Augen gut dazustehen und später das Schwert seiner Vorfahren zu erben. Kirian war schwach und feige – er würde nie ein Schwert in die Hand bekommen. Was würde aus Kirian schon werden? Gewiss kein Baron.

»Na, spuck's schon aus, was hast du gemacht?«

»Sie sagen, ich hätte die Wäsche angezündet. Das ist aber nicht wahr.«

»Und das sollen sie dir glauben.«

»Diesmal war ich's aber wirklich nicht«, jammerte die tränenerstickte Stimme seines Bruders. »Ich hatte ja nicht mal Feuerstein dabei.«

Firunian erinnerte sich an das letzte Mal, dass sie beide zusammen im Keller eingesperrt worden waren. Sie wurden immer gemeinsam bestraft – das war Wulfjews Vorstellung von Gerechtigkeit. Kirian hatte mit Feuerstein und Zunder in der

Wäschekammer gespielt. Welcher Übermut ihn dabei auch geritten hatte – damals war es noch recht glimpflich abgegangen. Zwei angesengte Laken, eine Tracht Prügel, kein Abendessen und eine Nacht im Keller.

Kirian war zu einer geradezu krankhaften Begeisterung für Feuer imstande. Manchmal hatte sich Firunian schon dafür verflucht, seinem Bruder gezeigt zu haben, wie man mit Feuerstein und Zunder umging; aber er hatte dieses Geheimnis einfach nicht für sich behalten können. Wer ahnte auch, dass Kirian seine neu erworbenen Fähigkeiten ausgerechnet in der Wäschekammer ausprobieren würde? Die Wäschekammer war Kirians Lieblingsversteck. Brauste der Zorn ihres Vaters einmal wieder besonders stürmisch durch die Burg, verkroch sich Firunian in der Waffenkammer oder unter seinem Bett, während Kirian sich in die frisch gewaschene Wäsche flüchtete.

»Du glaubst mir nicht, oder?«

»Du hast es doch schon mal gemacht.«

»Aber das heißt doch nicht, dass ich immer schuld bin.«

Da musste Firunian ihm wiederum Recht geben. »Ich sag ja nicht, dass du es warst. Hast du denn gesehen, wer's war?«

»Plötzlich war da Feuer …« Kirians Stimme klang kleinlaut und kiekste vor Angst. »Ich habe nichts gemacht, nur gedacht. Ich hatte so Angst, dass mir das wieder passiert, wie beim letzten Mal … und plötzlich war da Feuer.«

Ich habe nichts gemacht, nur gedacht. Praiodans Hände hatten sich zu Fäusten geballt. Die Gedanken eines Magiers waren immer gefährlich. Ihre Gedanken formten, was sie zu tun gedachten, und ihr Wille zwang es dazu, zu geschehen. Magier waren gefährlich. Sie maßten sich an, den Willen der Götter besser zu kennen, maßten sich an, die von den Göttern geschaffene Welt zu ändern. Mit einem Wort und einer Geste zu töten, zu verbrennen …

Praiodan schauderte. *Brennen.*

Sie mussten alle brennen. Früher oder später würde Praios' Strafgericht über alle Zauberkundigen hereinbrechen, und es würde der Bannstrahl sein, der sie für ihre Untaten zur Rechenschaft zog. Selbst das Erwachen der Magie in Kirian, diese plötzliche Vergiftung mit übernatürlicher Kraft, die seinen Bruder für immer von seiner Seite gerissen hatte – selbst dieses kindliche Erwachen hätte die ganze Burg niederbrennen können. Ein Kind dachte an Feuer – und es entstand Feuer. Wer konnte noch daran zweifeln, dass Magie etwas Lästerliches, etwas Zerstörerisches war? Etwas, das die Dämonen benutzten, um Seelen zu fangen und unschuldiges Leben zu zerstören? Und wenn Kirian zum Werkzeug von Dämonen geworden war, so war es seine Pflicht nicht nur als Bannstrahler, sondern besonders als sein Bruder, ihn von diesem Schicksal zu erlösen und ihn mit Praios zu versöhnen.

Kirian. Er hatte fast vergessen, dass es weh tat, allein zu sein. Er hatte fast die Schmerzen vergessen, die das Getrenntsein von seiner Familie und seiner Heimat verursachte. Wulfjew hatte ihn verstoßen; er war gegangen. Praios hatte ihn gerufen; er war gefolgt. Aber er hatte immer in einem Winkel seines Herzens die Hoffnung gehabt, nach Weißfels zurückzukehren und sich wenigstens mit seiner Mutter und seinem Bruder zu versöhnen. Wenn er Kirian nun tötete, so gäbe es kein Zurück. Keine Heimat, keine verborgenen Winkel und Hoffnungen mehr.

Sandres trat neben ihn, beobachtete wie er die Straße. Praiodan war dankbar, als Sandres ihm die Hand auf den Arm legte. »Ihr macht Euch Sorgen?«

Praiodan nickte und zuckte mit den Schultern. »Ich habe kein gutes Gefühl bei der Sache, Sandres.«

Sandres nickte ihm ermutigend zu. »Ich stehe an Eurer Seite. Was auch kommt, ich werde mit Euch kämpfen, und wenn es sein muss, Eure Mission beenden.«

»Ich weiß, Sandres.«

Praiodan schüttelte die dunklen Ahnungen ab und kehrte zum Lager zurück, wurde von seinen Bannstrahlern dort still begrüßt. Er setzte sich mit seiner Schale Suppe als einer der Ihren zwischen sie und sprach ihnen Mut zu, hörte sich ihre Witze und Gespräche an und teilte zuletzt die Wachen ein.

Es war das, wofür er geboren und ausgewählt war. Das Leben im Sattel, unstet, immer dort, wohin man ihn schickte, wo er gebraucht wurde. Immer, wenn Praiodan wieder auf der Jagd war, erkannte er, dass er weder für Studierstuben noch Bücher geboren war. Die Geweihtenschaft hatte ihn trotz seines Alters als Novizen angenommen, aber wenige Jahre später, kurz vor der Weihe, hatte er gespürt, dass das nicht sein Weg war. Wenn die anderen damit zufrieden waren, Gesetze auszulegen, sehnte sich sein Körper nach einem scharfen Ritt, sehnten sich seine Hände nach einem Schwertgriff. Die Götter hatten ihn so geschaffen, hatten ihm nicht nur einen scharfen Verstand, sondern auch einen fähigen Körper gegeben. Warum sollte er nicht beides nutzen? Konnte er im Bannstrahl nicht viel eher das tun, was er eigentlich tun wollte? Mit dem Schwert in der Hand, als Praios' auserwählter Krieger, die Unschuldigen vor der Finsternis verteidigen?

Er sah Imera abseits des Lagers bei ihrem Pferd sitzen, in ihren dicken Mantel eingewickelt. Sie las in einem Buch, hatte aber kein eigenes Feuer, und, wie er feststellte, auch keine Suppe. Sie aß Brot, getrocknetes Fleisch und Früchte – Nahrung, die sie in der Abendkühle kaum wärmen würde. Niemand sprach mit ihr, niemand lud sie ans Feuer ein oder bot ihr von den Vorräten an. Praiodan beobachtete sie eine Weile, rieb seine eigene Schüssel sorgfältig mit Sand aus, füllte einen Teil der Suppe hinein und ging mit der dampfenden Schüssel in der Hand zu ihr.

»Ihr wart nicht darauf vorbereitet, draußen zu lagern, Euer Gnaden«, stellte er fest und reichte ihr die Schüssel. »Ich denke, dass wir morgen zu einer Taverne kommen werden.«

Sie blickte zu ihm hinauf, senkte dabei ihr Buch, in dem Diagramme aufgezeichnet waren. Magiekunde? Dämonenkunde?

»Ihr könnt auch freundlich sein, von Weißfels?«, fragte sie leise, aber die Art, wie sie ihn fast spöttisch anblickte, sagte ihm, dass sie ihm längst nicht verziehen hatte und dass sie sich vermutlich nie so weit miteinander anfreunden konnten, dass sie freiwillig Zeit zusammen verbringen würden.

»Freundlichkeit ist nicht meine Stärke«, erklärte er. »Wie Ihr gesehen habt. Aber als Führer dieser Gruppe bin ich für ihre Mitglieder verantwortlich.«

»Ich dachte, ich gehöre gar nicht zu Eurer Gruppe?«

Er schnaubte. »Lasst es gut sein, Euer Gnaden. Ich weiß, dass Ihr friert. Und diese Suppe ist zwar sicherlich nichts für einen verwöhnten Gaumen, aber sie wärmt.« Mit diesen Worten wandte er sich wieder ab, bevor sie ihn weiter herausfordern konnte. Sich mit ihr zu streiten wäre Kraftverschwendung – sie war so viel Aufregung nicht wert.

Das Feuer brannte herunter, die Bannstrahler wickelten sich in ihre Decken. Drei seiner Soldaten übernahmen die erste Wache. Eines der Privilegien seines Ranges war es, dass er keine zu übernehmen brauchte. Praiodan hatte in seinem Leben genug Wachen abgeleistet, um sich jetzt diese Bequemlichkeit zu gönnen.

Er verrichtete seine Gebete an Praios, bat ihn darum, den Schatten des Zweifels von seiner Seele zu nehmen und ihm Weisheit und Kraft zu schenken, wenn er Kirian gegenüberstehen würde; Weisheit, um zu erkennen, was das Richtige war, und Stärke, um es zu tun.

Dann empfahl er seine Seele dem Götterfürsten und legte sich zur Nachtruhe.

Während sein Geist zwischen Wachen und Träumen verharrte, glaubte er plötzlich zu spüren, dass ihn jemand beobachtete. Ganz deutlich spürte er den Blick zweier Augen auf sich gerichtet, und er fröstelte. Er war zu müde und zu träge, um aufzustehen und nachzusehen. Bestimmt war es nur Imera oder einer der Wachposten – oder Einbildung.

Doch das war es nicht.

Der Rauch des brennenden Hofes biss ihm in die Augen und Lungen. Er atmete durch einen Zipfel seines Mantels, versuchte, das beißende, erstickende Husten zurückzuhalten, während ihm Tränen in die Augen stiegen, so sehr er sie auch zurückblinzelte. Mit Gesten teilte er seine Krieger ein, die ausschwärmten, um Überlebende und Verletzte zu finden. Vielleicht hatte sich jemand retten können.

Die fettige schwarze Rauchsäule hatte sie von der Straße gelockt, und nach kurzem scharfem Ritt waren sie jenseits der Hügel auf diesen Bauernhof gestoßen. Es bot sich ein Bild der Verwüstung – das Haus lag in verkohlten Trümmern, die noch schwelten, an manchen Balken leckten schwächer werdende gelb-blaue Flammenzungen, während der Gestank nach verbranntem Holz und Stroh sich wie feiner Dunst über die ganze Ebene gelegt hatte.

Den Mantel vor das Gesicht gepresst, näherte sich Praiodan dem Haus, Sandres mit gezogenem Schwert an seiner Seite. Von den Gebäuden des Hofes stand nur noch der Verschlag des Wachhundes und neben der schwelenden Ruine des Hauses die unversehrte Scheune. Wie durch ein Wunder hatte das Feuer nicht auf sie übergegriffen, was Praiodan seltsam anmutete.

Die Hitze brannte auf seinem Gesicht, während er

sich der schief in den Resten der Angeln hängenden, verkohlten Tür näherte. Die Grundmauern waren zum Teil übrig geblieben, das Dach aber war ein Raub der Flammen geworden, die Dachbalken waren eingestürzt.

Er trat gegen die Tür, die in der Mitte zerbrach und funkenstiebend auf dem Boden aufschlug. Ein hässlich knirschendes Ächzen war ihr einziger Protest.

Praiodan wich einen Schritt zurück, dann drang er in das Innere des Hauses vor. Balken des eingestürzten Daches versperrten ihm den Weg und einen Teil der Sicht. Was er inmitten der noch heißen Asche sah, ließ ihn erstarren. Die Familie war in der Nähe des Herdfeuers gewesen, als das Haus verbrannte. Trümmer eines Tisches und Scherben von Geschirr lagen verstreut zwischen etwas, das wie verkohltes Fleisch aussah. Praiodan sah den schwarzen Arm eines Kindes zwischen den Trümmern herausragen, ein Kettchen aus grünen Glasperlen um das verdorrte Handgelenk. Als sein von Mitleid und Grauen geblendetes Auge Einzelheiten ausmachen konnte, überfiel ihn tiefe Trauer. Eine Familie – zwei Erwachsene, drei oder vier Kinder. Das dort mochten die Überreste einer Katze sein – oder eines kleinen Hundes. Er trat noch näher, aber natürlich waren sie alle tot. Ihre Seelen waren nun bei Boron.

»Bei den Zwölfen«, murmelte Sandres an seiner Seite. »Was war das?«

Praiodan konnte nicht antworten. Einige Atemzüge lang konnte er nur starren, musste zulassen, dass sich das Bild in sein Gedächtnis einbrannte. »Das Feuer muss sie im Schlaf überrascht haben«, erklärte er leise. »Der Rauch könnte sie schleichend getötet haben, wie ein Dieb in der Nacht.«

Im letzten Krieg hatte er einige Male Brandopfer gesehen – Menschen, die in ihren Häusern oder gar in Tempeln verbrannt waren. Meist waren sie schon tot, wenn ihre Körper ein Raub der ewig hungrigen Flammen wurden.

Vielleicht war nur ein Funken aus dem Herdfeuer gesprungen. Er blickte sich um. Unwahrscheinlich. Der Boden bestand aus flachen Flusssteinen. Blieb der Rauch. Etwas flüsterte ihm ein, dass das nicht das Werk des Rauches, sondern eines Menschen gewesen war.

Es sah auch nicht nach dem Werk von Räubern oder Orks aus. Es gab keine Kampfspuren, keine von Hufen aufgewühlte Erde. Es – was immer dieses *es* war – hatte die Familie in ihrem eigenen Haus eingeholt und erbarmungslos getötet.

»Hauptmann!« Eine seiner Soldatinnen trat zu ihm, einen schmutzigen Bauern im Nacken gepackt, der sich vor Angst wand.

»Sandres. Sorg dafür, dass diese Menschen ein würdiges Grab bekommen.« Sandres salutierte, und Praiodan wandte sich der Bannstrahlerin und ihrem Gefangenen zu. »Was gibt es?«

»Der hier hatte sich im Dickicht versteckt.«

Praiodan zog eine Augenbraue hoch und starrte den Bauern an. Der Mann war bucklig und blinzelte linkisch zurück. Großartig.

Ein Dorftrottel.

»Hat er gesehen, was hier vorgefallen ist?«

Der Bauer glotzte ihn dumpf an. Als er auch nach einigen Atemzügen nicht antwortete, schlug die Bannstrahlerin mit der flachen Klinge in seine Kniekehlen.

Der Mann winselte und fiel auf die Knie. Praiodan spürte, wie sich seine Lippen zu einem schmalen Lächeln verzogen. Wenn er nicht auf freundliche Weise erfuhr, was hier vorgefallen war, würde er es aus diesem Bauern herausprügeln lassen. Es mochte ihm helfen, mit dem Gedanken umzugehen, dass er nur wenige Stunden zu spät gekommen war. Wären sie nur etwas früher aufgebrochen oder wären sie schärfer geritten, hätten diese Menschen noch leben können. Und dieser Hundesohn hatte mit angesehen, wie seine Nachbarn verbrannten. Und deren Kinder. Er würde dafür bezahlen.

»Gnade, Herr …«

»Er hat also eine Zunge«, erklärte Praiodan schneidend. »Das heißt, *noch* hat er eine Zunge.«

Der Mann wimmerte wieder, das Geräusch eines geprügelten Hundes.

In Praiodans Adern toste die Wut und er spürte, dass seine Fingerknöchel um den Griff seines Schwertes weiß wurden. Es aus dem Bauerntölpel herausprügeln. Ihm die Knochen brechen.

»Ich hab' nichts geseh'n … Rauch, Herr. Ich hab' uns're Schweine im Wald gehütet, dann hab' ich den Rauch geroch'n.«

»Und dann ist er hierher geeilt?« Praiodan ließ das Schwert los und griff stattdessen nach der Geißel.

Der Mann starrte die Geißel mit angstgeweiteten Augen an. »Ja, Herr.«

»Und er hat seine Schweine einfach im Stich gelassen?«

»Nein, mein Bruder hat auf s' aufg'passt, Herr …«

Praiodan schlug mit dem gepanzerten Handrücken zu. »Mich interessiert sein Bruder nicht! Er soll sagen, was er gesehen hat, solange er noch eine Zunge besitzt!«

Von der aufgeplatzten Lippe des Mannes sprudelte Blut, aber wenigstens war jetzt auch der Damm gebrochen, der seine Worte zurückgehalten hatte. »Ich bin hierher gekomm'n, da hat schon alles gebrannt. Ich hatte Angst, dass es wieder die Räuberbande is'. Ich hab' sie schreien g'hört, und ein Mann, der is' auf ein'm schwarz'n Pferd weggeritt'n.«

Kirians erstes Pferd war schwarz gewesen. »Ein Mann auf einem schwarzen Pferd?« Praiodan packte den Schweinehirten so fest bei der Kehle, dass er dessen Herzschlag durch seine gepanzerten Handschuhe in den Fingerspitzen zu fühlen glaubte. Das blutbeschmierte Gesicht des Bauern verzerrte sich vor Angst und lief rot an. »Ein Mann in dunkl'n Gewänd'rn, Herr. Wie ein Magier. Ritt, als sei'n alle Dämon'n hint'r ihm her …«

»Und er hat mir alles gesagt, was er weiß?«

Der Mann nickte hastig, flehentlich.

Praiodans Lippen, auf denen das schmale Lächeln wie eingefroren gewirkt hatte, zogen sich leicht von seinen Zähnen zurück. »Ich rate ihm, sich das noch einmal gut zu überlegen. Vielleicht fällt ihm doch noch etwas ein …?«

»N…nein, Herr. B…bestimmt nicht, Herr.«

Praiodan winkte der Bannstrahlerin, die mit gezogenem Schwert gewartet hatte. »Prüft das nach, Herldis.«

Sie salutierte und wandte sich dem Schweinehirten zu, während Praiodan auf dem Absatz kehrtmachte. Ein Magier auf einem schwarzen Pferd. Der Mann konnte sicherlich keine bessere Beschreibung liefern – sein Versteck war zu weit entfernt gewesen. War es Kirian? So nah bei Auraleth? Kirian war ein Feigling, ein Schwächling, aber er war gewiss nicht dumm. Im Gegenteil. Während er, Firunian, bei ihren Kämpfen immer gewonnen hatte, so hatte Kirian ihn gelegentlich – nicht oft, aber gelegentlich – übervorteilt. Kirian war zu listig, um ein so großes Risiko einzugehen.

Mittlerweile hatten seine übrigen Soldaten die nähere Umgebung des Hofes abgesucht. Zwei standen bei der Scheune Wache.

»Sandres.«

»Keine Spuren, Herr. Kein Blut, keine Pfeile, keine Anzeichen eines Kampfes. Im Inneren des Hauses …« Sandres deutete zu der Ruine, wo vier der Soldaten damit beschäftigt waren, die sterblichen Überreste der

Familie in Tüchern herauszutragen, »befanden sich vier Erwachsene und drei Kinder. Möglicherweise die Eltern und Großeltern oder Knechte. Ich habe bereits einen Soldaten zum nächsten Dorf geschickt, um einen Boron-geweihten herzubringen. Wir sollten ihre Körper nicht so einfach …«

»Ja, ich weiß«, unterbrach Praiodan. »Konzentriere dich auf die wichtigen Dinge.«

»Sehr wohl. Was noch interessant sein könnte, ist die Tatsache, dass die Opfer gefesselt waren.«

»Gefesselt«, wiederholte Praiodan. Zorn kochte wieder in ihm auf, und er warf dem Bauerntölpel, dem Herldis jetzt scharf zusetzte, einen Blick zu, der Sandres zurückzucken ließ. »Er hat sie schreien gehört, sagt er. Aber der feige Hund hat lieber sein eigenes Leben gerettet.«

»Ich kann Euren Zorn …«

»Fahr fort!«

»Das war schon alles. Ich frage mich nur, warum Euer Bruder sich die Mühe gemacht hat, sie zu fesseln.«

Praiodan nickte. »Wir werden ihn das selbst fragen. Er hat keinen großen Vorsprung. Und, bei Praios, er wird die Antworten herausschreien.« Seine Stimme vibrierte vor Wut. »Diesen Menschen wird Gerechtigkeit widerfahren.«

Sandres salutierte. »Verfügt über mich.«

Praiodan blickte ihm lange in die Augen. »Wenn wir zuschlagen, werden wir zuschlagen wie Praios' eigene Faust. Wir werden den Mörder finden und brennen lassen. Er wird einen so elenden Tod sterben wie diese …« Das Wort *Kinder* konnte er nicht aussprechen. Das Bild der Glasperlen um das Handgelenk ließ ihn nicht los. Nur eine Stunde früher, und sie hätten nicht sterben müssen. Hätte der Schweinehirt wenigstens versucht, ihnen zu helfen …

Um sich von diesen Gedanken abzulenken, schritt Praiodan mit Sandres an seiner Seite um das Haus.

Der Hundeverschlag war leer. Die Kette schien unbeschädigt. Vielleicht war der Hund ebenfalls in den Flammen umgekommen. Vielleicht hatte er den Mörder verfolgt. Unwichtig.

Dann standen sie vor der Scheune. Die dem Haus zugewandte Seite schien vom Rauch geschwärzt, und Praiodan war sicher, den Gestank verbrannten Fleisches zwischen dem Geruch nach Rauch ausmachen zu können. Es roch nicht anders als ein Scheiterhaufen, und, bei Praios, dieses Feuer würde seine Antwort in einem Scheiterhaufen finden!

Er studierte die Scheune, verengte etwas die Augen. Einer Eingebung folgend trat er zum Tor, griff den hölzernen Riegel und nahm ihn aus der Halterung.

Er brauchte Sandres nicht aufzufordern, ihm zu folgen, als er in das Zwielicht der Scheune trat. Der größte Teil des Raumes war angefüllt mit Kornsäcken, Heubündeln und Strohgarben. Nicht weit davon entfernt stand der Pflug des Bauern; sorgsam gepflegte und geschärfte Sicheln und Schlachtmesser hingen an einer Wand.

Es war eine gewöhnliche Scheune. Nichts zeigte die Nähe von Menschen an. Und doch – Praiodans Augen durchdrangen das Dämmerlicht, während er, die Hand am Schwertgriff, weiter in die Scheune vordrang.

Plötzlich war es kalt. Bitterkalt.

Sein Atem gefror vor seinem Gesicht.

Ein schwaches, pfeifendes Wiehern machte ihn auf den Ackergaul aufmerksam, der in seiner Box stand, mit rollenden Augen, sodass fast nur das Weiße zu sehen war, und mit zitternden, nass geschwitzten Flanken.

Die Zeichen. Es waren die Zeichen.

Sandres schlug hastig ein Praioszeichen und zog das Schwert, während Praiodan sich mit schmalen Augen umblickte. Die Kälte wurde immer schlimmer, je länger er sich hier aufhielt, aber seine Wut wärmte ihn. Er wusste, dass diese Art Kälte bis zu seinem Herzen, bis zum Mark seiner Knochen vorzudringen trachtete, um ihn in die Flucht zu schlagen oder gar vor Angst zu töten.

Sandres' Zähne schlugen hörbar aufeinander. »Das ist es, Herr, oder?«

Praiodan nickte knapp. »Bring den Gaul raus, Sandres. Und sei vorsichtig, dass er dir nicht durchgeht.«

Sandres folgte seinem Befehl, während er sich weiter umblickte.

Da war, was er gesucht hatte. Die Leiter auf den Heuboden. Er überlegte kurz, ob er sich nicht besser eine Fackel holen sollte, entschied sich dann aber dagegen. Eine Fackel würde ihn behindern, falls er gezwungen war zu kämpfen, und ihr Licht würde ihn eher blenden als die Sicht erhellen. Er musste jetzt alles sehen können, nicht nur den kleinen Fleck, den die Fackel aus der Dunkelheit reißen mochte; ihre tanzenden Schatten würden ihm Bewegungen und Angriffe vorgaukeln. Nein, keine Fackel. Nicht auf einem Boden, wo möglicherweise Mehl gelagert wurde.

Er ging zur Leiter und stieg langsam, bedächtig hinauf, den Kopf in den Nacken gelegt, die Hand am schweren Dolch. Er wusste nicht, ob er da oben genug Platz für sein Schwert haben würde, aber auch der Dolch konnte töten. Obwohl der nicht, wie sein Schwert, geweiht war.

»Praios, hilf«, flüsterte er leise, aber bestimmt, eine Herausforderung an diesem von schwarzer Magie verseuchten Ort. Zuversicht und Zorn wärmten sein Blut, während er die drei Mannslängen zum Dachboden hinaufstieg und Sandres unter ihm mit dem Ackergaul rang, versuchte, das Tier, dem die verfluchte Hexerei noch den letzten glimmenden Funken Verstand gekostet hatte, aus der Scheune zu bringen, ohne dass sich jemand verletzte.

»Wartet auf mich!«, rief Sandres.

Praiodan sammelte sich für wenige Atemzüge, dann rammte er die Falltür auf. Oben erwartete ihn mehr Dunkelheit, aber kein Angriff.

Misstrauisch spähte er nach allen Seiten, konnte aber keine Bewegung ausmachen. Der Geruch nach altem Heu empfing ihn, darunter ein stechender, metallischer Geruch und ein schwacher Hauch von Schwefel.

Er stieg auf den Dachboden. Auch hier war es kalt – Praiodans Finger schmerzten. Die Kälte versuchte mit aller Macht, ihn zu lähmen. Es war nicht die Kälte Firuns, die ihm einmal bereits fast das Leben gekostet hatte. Es war eine Abwesenheit von Wärme, von Leben, von Licht, die in ihrem eisigen Dämonenfeuer Seelen tötete.

Fliegen summten, der Geruch nach Blut war jetzt noch stärker. Praiodan schlug mit dem Knauf des Dolches eine Schindel aus dem niedrigen Dach. Ein einzelner Lichtfinger durchbrach das Dämmerlicht und wies auf den schmutzigen Boden. Ein Kerzenstumpen lag umgestürzt neben Praiodans rechtem Fuß. Eine klebrigfeuchte, rostrote Linie verlief schnurgerade vor seinen Stiefeln entlang, zu einer weiteren ausgebrannten, schwarzen Kerze. Praiodan schlug noch eine Schindel aus dem Dach, um mehr Licht zu haben.

Vor ihm war ein siebenzackiger Stern mit verschlungenen Zeichen an den Enden und im Inneren auf die Holzbohlen aufgemalt. Der Anblick fachte Praiodans Wut an. Was aber noch schlimmer war, war der höchstens vier Götterläufe zählende tote Knabe, der in dem Stern lag, die Augen voll unschuldigem Schrecken ins Leere gerichtet. Sein Blut hatte einen Dämon genährt.

Praiodan trat näher, zog den gepanzerten Handschuh von der Rechten und berührte das kalte Gesichtchen. Weiche Haut, so zart, so weich. Er schloss dem Kind die Augen.

Er hatte alles gesehen, was er sehen musste. Praiodan kniete neben dem Körper nieder, durchschnitt mit dem Dolch die Fesseln, die seine Hände und Füße zusammenhielten, dann legte er sich das Kind sacht über die Schulter und trat den Rückweg an.

Sandres wollte gerade die Leiter hinaufsteigen, aber Praiodan winkte ab. »Es ist nichts mehr da. Die Fährte ist kalt.«

Er trug das Kind jetzt in einem Arm, den Kopf an seine Schulter gebettet und brachte es hinaus. Oh, der Scheiterhaufen des Mörders würde himmelhoch lodern! Und er würde persönlich die Fackel in das pechgetränkte Holz stoßen!

Vorsichtig legte er den Jungen zwischen den anderen Toten ab, ohne auf Imera zu achten, die den Ort ebenfalls untersuchte und in ein kleines ledergebundenes Buch Notizen machte.

»Was habt Ihr gefunden?«, fragte sie ihn.

»Das letzte Opfer«, erklärte er mit etwas belegter Stimme, dann schüttelte er den Kopf. »Der Paktierer hat in diesem Bauernhof Unterschlupf gefunden. Vermutlich in der Scheune, das ist in diesen Landen üblich, insbesondere bei Fremden, denen man nicht traut, aber auch nicht die Tür weisen kann, weil Travia das so gebietet. Er fängt das jüngste Kind und opfert es seinem erzdämonischen Meister. Dann schleicht er sich in das Haus, bindet die Eltern und Kinder im Schlaf und zündet sie an. Es war ein Blutopfer und ein Brandopfer. Dann reitet er weiter, weil er weiß, dass der Rauch Aufmerksamkeit erregen wird.« Er presste die Lippen aufeinander.

Sie nickte. »Und dafür müssen Eure Leute diesen Bauern so misshandeln? Der Mann weiß doch nichts.«

»Es geht nicht darum, was er weiß oder nicht weiß, sondern darum, dass er nicht gehandelt hat.«

»Ihr bestraft also nicht nur Hexerei, sondern auch Feigheit, von Weißfels?«

Er schoss ihr einen finsteren Blick zu. »Zumindest belohne ich sie nicht.«

Praiodan starrte die Scheune an, in der die dämonische Präsenz noch immer wirkte. Er hatte sie spüren können, und jetzt war es ihm, als blicke sie ihn an. Seine Herausforderung war gehört worden, dessen war er sicher. Er schlug das Praioszeichen und erwiderte den körperlosen Blick, schleuderte ihm seine Verachtung entgegen.

»Ich werde mir die Scheune einmal ansehen«, erklärte Imera.

»Nein. Etwas ist noch dort.«

»Kälte? Dunkelheit?«

Er nickte. »Und noch etwas anderes. Dort ist ein Heptagramm aufgemalt.«

»Ich könnte es mir ansehen. Vielleicht finde ich heraus, mit welchem Dämon wir es zu tun haben.«

»Ich verbiete es.«

»Ach? Und wie wollt Ihr mich daran hindern?«

Er lächelte freudlos. »Nicht ich, Draconiterin.« Er bedeutete Sandres, ihr in den Weg zu treten, was dieser sofort tat. »Niemand betritt diese Scheune. Die dämonische Präsenz ist stark. Möglicherweise treibt sich dort noch ein niederer Diener herum.«

Imera funkelte ihn aus grünen Augen an. »Ihr glaubt tatsächlich, das Schwert gäbe Euch das Recht, mich von meinen Pflichten abzuhalten?«

»Mir ist gleichgültig, was Ihr darüber denkt. Niemand wird die Scheune betreten. Und sie wird brennen, bevor wir abziehen.«

»Ihr vernichtet also alle Hinweise?«

»Ich habe genug Hinweise.«

»Mit welchem Recht …?«, fragte sie wieder.

»Mit dem Recht Ucurian Jagos«, fauchte Praiodan zurück und hielt ihr den goldenen Siegelring ins Gesicht. »Mit dem Recht des Bannstrahls. Mit dem Recht des Praios, des Fürsten der Fürsten und des Fürsten der Götter. *Aller* Götter. Auch Hesindes. Also fügt Euch und macht mir keine Scherereien.«

»Damit Ihr mich klar und deutlich versteht, *Hauptmann* von Weißfels« – sie dehnte das Wort und betonte beide Silben so scharf, dass Praiodan zu überrascht war, um zornig zu werden – »ich bin eine Geweihte der Hesinde. Die Göttin selbst hat mir befohlen, mich um diese Vorkommnisse zu kümmern, und dieser Befehl ist ebenso zwingend wie der Befehl, den Ihr erhalten habt – wenn nicht zwingender.« Sie starrte ihm mitten ins Gesicht und Praiodan sah es in ihren grünen Augen funkeln. »Ich hatte bereits mit Dämonen zu tun und weiß daher sehr genau, worauf ich mich einlasse.«

»Mir obliegt der Schutz der Gruppe«, entgegnete Praiodan.

»Und mir obliegt es, diese Dinge aufzuklären. Dies ist die erste Spur, die wir haben, und ich werde sie untersuchen, ob Euch das passt oder nicht.« Sie atmete tief durch, versuchte sichtlich, einen kühlen Kopf zu bewahren. »Ich bin sicher, wir können uns im Guten einigen. Ich möchte nicht meine und Eure Vorgesetzten in dieser Sache konsultieren müssen, Hauptmann.«

Praiodan kniff die Lippen zusammen. Er sah, wie Sandres ihn fragend anblickte, und machte einige rasche Gesten mit der Hand Richtung Scheune, sodass Imera sie nicht sah. Sandres nickte knapp und entfernte sich rasch.

»Euer Gnaden … von dieser Scheune geht eine Gefahr aus. Ich kann keine Leute zurücklassen, um das Gebiet zu sichern. Wir sind in Eile«, erwiderte Praiodan.

»Wir jagen blindlings einem Schemen hinterher. Dies ist die erste viel versprechende Spur. Wenn ich die Scheune untersucht habe, wissen wir gewiss bald mehr über unseren Gegner und seine Vorgehensweise, und möglicherweise gelingt es mir sogar herauszufinden, welcher Dämon in diese Sache verstrickt ist.« Die Draconiterin seufzte. »Seid vernünftig, Hauptmann. Ich kann erstens sehr gut auf mich allein aufpassen, und zweitens kann Euch dieses Wissen helfen, den Feind zu stellen. Er ist auch der Feind meiner Göttin, ebenso sehr, wie er der Feind des Praios ist. Alle Zwölf stehen gegen die Dämonen und den Dreizehnten, was auch immer sie im Einzelnen zu entzweien vermag. Gegen die Finsternis stehen sie Seite an Seite.«

Er zögerte. Ihre Argumente hatten Hand und Fuß. Und doch war dieses Wissen gefährlich und musste folglich vernichtet werden. Alle Regeln des Bannstrahles verlangten die Austilgung dieses Wissens, die Vernichtung der Magie und aller ihrer Werke. »Wissen ist gefährlich«, sagte er. »Insbesondere das Wissen um Dämonen. Ihr könnt Euch nicht der Finsternis nähern, ohne von ihr berührt und besudelt zu werden, Euer Gnaden.« Er drehte sich langsam um, sah, dass die Scheune bereits zu brennen begann. Das dort aufgehäufte Stroh, Heu und Holz fing sofort Feuer und brannte die seltsame Kälte und jede dämonische Präsenz aus, reinigte den Ort, an dem unschuldiges Leben ein so grausames Ende gefunden hatte. »Wie Ihr sehen könnt, euer Gnaden, ist diese Unterhaltung nunmehr müßig. Leutnant Sandres hat bereits Tatsachen geschaffen.« Er nickte Sandres zu, dieser salutierte mit einem zufriedenen Lächeln.

Wie gut, dass sie sich auch ohne Worte verstanden.

Imera schüttelte den Kopf, ohnmächtiger Zorn ließ ihre Lippen schmal und blass werden. »Solch blindwütige Vernichtung wird Euch eines Tages zum Verhängnis werden, von Weißfels.« Damit wandte sie sich ab und ließ ihn stehen.

Praiodans Untergebene hoben die Gräber aus. Als die Borongeweihte gekommen war und die Riten des Todesgottes vollzogen hatte, brannte Praiodan bereits vor

Ungeduld. Er hielt sich nur noch lange genug an diesem Ort auf, um am Grab des Knaben niederzuknien und seine eigenen Gebete zu sprechen, in denen er die Seelen der Ermordeten Praios anempfahl und schwor, ihren Tod zu vergelten. Nach einigen knappen Worten des Dankes an die Boroni gab Praiodan den Befehl zum Aufbruch.

Als sie wieder auf die Straße abbogen, blickte Praiodan nicht zurück. Groß konnte der Vorsprung des Paktierers nicht mehr sein. Vielleicht konnten sie ihn heute noch einholen.

Praiodan spornte Bernstein an.

5. Kapitel

Der nächste Tag überraschte sie mit strömendem Regen und Kälte und wurde eher noch ungemütlicher, als dass er sich gebessert hätte. Praiodan hatte dennoch befohlen, den Weg fortzusetzen. Die Hoffnung, den Magier noch zu stellen, hatte sich nicht erfüllt; immerhin hatten sie kostbare Zeit bei dem brennenden Hof verschwendet.

Der Auftrag duldete keinen Aufschub, nun noch weniger als zuvor. Allein der Gedanke, welche Untaten sein Bruder jetzt – in diesem Augenblick plante, spornte Praiodan an und ließ ihn wiederum seine Leute anspornen. Eine dichte Wolkendecke verdunkelte den Tag. Das Flüstern der Regentropfen auf der Straße war von einem anfangs angenehmen Plätschern zu einem lauten Rauschen angeschwollen, das die meisten anderen Geräusche verschluckte; allein das rhythmische Klappern der Hufe auf der Reichsstraße drang noch an Praiodans Ohren. Nass klebte das Haar auf seinem Kopf, Tropfen rannen ihm kalt in den Nacken. Das Wetter selbst schien sich gegen ihn und seine Leute aufzulehnen. Vielleicht hatte Kirian einen Zauber gewirkt, der seinen Verfolgern dieses Unwetter bescherte. Doch dafür musste er von ihnen wissen. Praiodan fröstelte bei dem Gedanken. Es war nicht Angst, sondern allein die Vorstellung, was ein Magier alles vermochte, wenn er einen Hinterhalt legte. Sandres folgte seinem Lehrmeister dicht auf. Kein Wort der Klage kam über seine

Lippen. Es schien fast, als mache ihm der Regen gar nichts aus. Als bemerke er ihn nicht einmal.

»Verdammtes Wetter«, fluchte Imera unbeherrscht und schob sich ihr nasses Haar ein weiteres Mal zurück.

Insgeheim pflichtete Praiodan ihr bei. Doch er war ein Bannstrahler. Und als solcher durfte er sich nicht von widrigem Wetter aufhalten lassen. Stolz erfüllte ihn, als er Sandres hoch aufgerichtet auf dem Pferd sitzen sah, während er weiter ritt, als wäre es herrlichster Sonnenschein. Ja, so dachte Praiodan, Sandres war sein Schüler.

»Hauptmann ...« Das war Imeras Stimme, die vom prasselnden Regen fast übertönt wurde. Praiodan wandte sich langsam zu der Draconiterin um, sein Blick jedoch tastete aufmerksam die nähere Umgebung ab. Kein Zeichen von Gefahr. Auch nicht aus dem Wald. Doch es kehrte keine Ruhe in ihm ein. Praiodan presste unwillig die Lippen aufeinander. Dann fixierten seine Augen die Draconiterin. »Was gibt es?«

»Wir sollten rasten und Schutz vor dem Unwetter suchen! So kann es nicht weitergehen!«, beschwerte sich Imera. »Ich mache mir Sorgen um meine Aufzeichnungen.« Sie deutete auf ihre Satteltaschen.

»Das hättet Ihr Euch überlegen sollen, bevor Ihr Euch entschlossen habt, uns zu begleiten.« Praiodan legte unnötige Härte in seine Stimme, obschon er durchaus erheitert war. »Vielleicht ist diese Reise nichts für Euch, Euer Gnaden, eine Studierstube ist für gewöhnlich trockener.« Seine unleidliche Stimmung ließ seine Worte kälter klingen, als er es eigentlich beabsichtigte.

Imera atmete tief ein, schloss kurz die Augen.

Ein leichtes Lächeln umspielte Praiodans Lippen. Er musste sie wirklich an einem wunden Punkt getroffen haben. Gut. Mit ein wenig Glück würde sie bald seine Abteilung Bannstrahler verlassen.

Ich will Euren Weitblick nicht in Frage stellen, Hauptmann.« Ein kurzes Innehalten Imeras verlieh den Worten Wirkung. »Allerdings möchte ich Euch daran erinnern, dass durchnässte Krieger sich häufig einem anderen Feind stellen müssen als dem, der ihnen mit dem Schwert entgegentritt.«

Praiodan runzelte kurz die Stirn. Mussten alle, die mit Magie zu tun hatten, in Rätseln sprechen? Ein weiterer Beweis für ihren verderblichen Einfluss. Alle, die sich ihrer bedienten, versteckten die Wahrheit.

»Die Krankheit mag Eure Leute besiegen, bevor es andere Feinde tun.«

»Die Krieger Praios' fürchten nichts! Keine Dämonen, und erst recht keine Krankheiten!«, proklamierte Sandres stählern. Das war nicht einfach dahergesagt. Nein, der junge Bannstrahler glaubte wirklich daran.

Ein kurzes Nicken des Lehrmeisters in Richtung seines Schülers. *Prachtjunge,* dachte Praiodan mit dem Stolz eines Vaters.

Imeras Gesicht wurde säuerlich. »Wenn Ihr darauf besteht …«

Praiodan lachte tonlos. Manchmal dauerte es ihn, dass Imera eine Draconiterin war. Gut, sie diente ebenfalls den Zwölfen, aber es war doch eine Kluft zwischen ihnen, die sich nicht überbrücken ließ. Und dabei hasste er sie weder, noch verachtete er sie. Sie mischte sich zwar in die Angelegenheiten des Bannstrahls und störte damit die Mission, aber noch hatte sie nichts getan, um sie wirklich zu behindern. Im Gegenteil, flüsterte eine Stimme in seinem Kopf, vielleicht hätte sie tatsächlich herausfinden können, welcher Dämon hier durch den Paktierer wirkte. Es hätte einigen Nutzen bringen können. Bei den nächsten Spuren würde er großzügiger sein. Es mochte vielleicht sogar gelingen, einen Burgfrieden mit der Draconiterin zu schließen.

Stumm ritten sie weiter. Es wurde stetig dunkler; der Tag neigte sich seinem Ende zu. Immer noch ließ der Regen nicht nach. Sie würden kein Lager am Straßenrand aufschlagen können. Es musste ein Ort sein, der zumindest etwas Schutz bot, sonst würde Imera Recht behalten und Praiodan hätte auf einen Teil seiner Krieger zu verzichten, die dann ihre Krankheiten auskurieren müssten. Es waren seine Leute, er durfte sie nicht unnötig in Gefahr bringen. Ihre Leben und ihre Gesundheit waren ihm anvertraut worden. Er erinnerte sich wieder an die Worte seiner Lehrmeisterin: *Du magst Anführer einer Einheit werden, doch das bedeutet nicht Macht, sondern Verantwortung. Verantwortung, sie sicher zu führen. Verantwortung, sie gegen die Feinde Praios' zu schicken und Verantwortung, sie wieder sicher nach Hause zu bringen.*

Es kam Praiodan daher durchaus gelegen, als sie zwei Bauern einholten, die, das Arbeitsgerät geschultert, den Weg entlang gingen. Als diese die Bannstrahler gewahrten, hielten sie inne, der Jüngere von beiden nahm seinen Hut ab und knetete ihn nervös mit beiden Händen.

»Können sie uns den Weg zu einer Taverne weisen?«, sprach Praiodan die Bauern an.

Beide nickten eifrig, wagten aber nicht, ihn dabei anzusehen. »Natürlich, Herr, sofort, Herr, folgt uns, Herr.« Sie deuteten Richtung Waldrand. »Es führt ein kürzerer Weg dorthin, Herr.«

»Dann sollen sie uns diesen weisen«, befahl Praiodan.

So geschah es auch; die Bauern nahmen einen Weg querfeldein, fort von der Straße, auf der sie bisher gereist waren.

Der Wald umfing sie; Praiodan ließ absitzen, da sonst an ein rasches Vorwärtskommen nicht zu denken gewesen wäre. Das Laub der Bäume, das zum Teil schon zu Boden gefallen war und einen goldbraunen Teppich ausgebreitet hatte, dämpfte den Regen, sodass es spürbar angenehmer wurde, als sie, einer hinter dem anderen, in den Wald eintauchten.

Aus den Augenwinkeln bemerkte Praiodan, wie Nebel langsam über den Waldboden kroch. Nebel trotz des Regens! Gleich einem sich langsam vorpirschenden Raubtier, das sich an seine Beute anschlich und ihr keine Gelegenheit mehr zu Flucht bot. Praiodan blieb stehen, wandte sich rasch um. Gleich hinter ihm waren Sandres, Imera und – mit einem Mal und wie aus dem Nichts – eine dichte Nebelwand, die wie ein drohendes Mahnmal aufragte.

»Was geschieht hier?« Eine Frage, die sowohl an seine beiden Begleiter als auch an die Bannstrahler, die er nicht mehr sah, gerichtet war. Sandres runzelte die Stirn, wusste er doch nicht, was für eine Antwort sein Lehrmeister erwartete.

Die Draconiterin bemerkte erst jetzt die Nebelwand hinter sich. Mit einem wissenschaftlichen Leuchten in ihren Augen berührte sie diese mit den Fingerspitzen. »Das ist unmöglich ...«, flüsterte sie. »Es sei denn ...«

»Magie!«, zischte Sandres und zog sofort sein Schwert.

In diesem Augenblick rannten die beiden Bauern schon, als seien alle Dämonen des Waldes hinter ihnen her – zwei Herzschläge später waren sie im dichten Unterholz verschwunden.

»Feiglinge«, knurrte Sandres verächtlich.

»Korporal Askir!« Praiodans Stimme herrschte in Richtung des Nebels: »Meldung!« Doch es kam keine Antwort. Die Worte wurden von dem Nebel verschluckt, der nicht hierher gehörte, aber wider alle Kräfte der Natur hier war.

Imera griff an ihren Gürtel und holte einen kleinen Kompass heraus: »Wenn wir zur Straße zurückwollen …« Ihr Blick richtete sich auf den Kompass, drehte ihn etwas: »Dann müssen wir …«

Weiter kam sie nicht. Ein markerschütternder Schrei drang durch die graue Wand zu ihnen herüber. »Praios steh mir bei!« Das war Askirs Stimme. Sich überschlagend, als habe er den Namenlosen selbst erblickt.

Praiodan zog sein Schwert, spurtete los. Dicht hinter ihm folgte Sandres.

Der Draconiterin gelang es nicht, Schritt zu halten, da sie mit ihrem Gewand immer wieder an Zweigen und Ranken hängen blieb.

Wieder zerriss ein Schrei die gespenstische Stille des Waldes. Praiodan glaubte, der Boden färbe sich unter seinen Füßen blutrot. Allein der Gedanke, jetzt nicht bei seinen Leuten zu sein, nicht für sie da zu sein, versetzte ihm einen tiefen Stich.

Plötzlich stürzte er über etwas Weiches am Boden. Sofort war er wieder auf den Füßen. Den Nebel verfluchend, der ihm Sicht und Orientierung raubte, beugte er sich hinab, um zu sehen, was dort war; dabei spähte er immer wieder in den bodenlosen Abgründen des Nebels nach Feinden. Dort lag ein Körper. Leblos. Die Augen – sie schienen ausgestochen worden zu sein. Blut statt Pupillen füllte die Höhlen aus, die ihn anstarrten. In der Seite steckte ein Armbrustbolzen, der das Kettenhemd durchschlagen hatte. Praiodan schämte sich, dass er dieses verstümmelte Gesicht nicht sofort erkannt hatte. Es war Herldis. Praiodan kniete sich neben sie, wechselte das Schwert in die Linke und prüfte mit seiner Rechten den Puls seiner Kameradin. Tot. Seine Gesichtszüge verhärteten sich. Weiter. Nur weiter den Schreien entgegen. Er hatte Sandres aus den Augen verloren, doch er war gewiss, dass dieser auf sich selbst würde aufpassen können.

Atem und Herzschlag dröhnten in seinen Ohren.

Ein weiterer Schrei durchbrach die gespenstische Stille. Und dann wieder ein Schrei. Er wollte es nicht hören. Er wollte helfen. Seine Schritte wurden schneller, hastiger. Und immer wieder Schreie, die ihn wie Peitschenhiebe trafen. Schon längst hätte sein Weg ihn zum Ort des Unheils führen müssen. Doch da war dieser verfluchte Nebel. Jetzt war er sich sicher, dass es ein wirklich *verfluchter* Nebel war. Durch ihn verlor er immer wieder die Richtung, während seine Leute in der Ferne schrien, als risse man ihnen bei lebendigem Leibe die Seele heraus. Praiodan schauderte, vielleicht tat man tatsächlich gerade genau das. Schneller! Er musste dort sein, bevor es zu spät war.

Gehetzt erreichte er eine Lichtung. Es sah zumindest im Nebel wie eine Lichtung aus. Er spürte die Kälte, die ihn unwillkürlich an die Scheune erinnerte, die sie erst gestern untersucht hatten. Praiodan fror.

Ein keuchender, schnell gehender Atem näherte sich ihm. Er fuhr herum, das Schwert kampfbereit. Sandres' Züge schälten sich aus dem Nebel hervor. Die Lichtung hallte wider von einem gespenstischen schmerzvollen Stöhnen, das von überall zugleich zu kommen schien. Seine Leute – Praiodan wusste, dass es seine Leute waren, aber er konnte sie nicht sehen. Praios! Wenn nur dieser Nebel nicht wäre!

Einige Atemzüge vergingen, in denen Praiodan abwog, was er nun tun sollte. Doch noch bevor er zu einer Entscheidung kam, durchbrach sanftes Licht die Nebelwand.

»Dort vorne!« Sandres deutete in die Richtung, aus der das Licht kam.

Praiodan nickte und wagte sich vorsichtig weiter. Je näher er kam, umso deutlicher konnte er erkennen, was sich dort befand. Einer seiner Leute lag auf dem Boden und daneben kniete eine Gestalt. Er packte das Schwert fester. Wer immer dort auch war, er würde büßen, seinen Leute etwas so Grausiges angetan zu haben.

Der Nebel lichtete sich langsam, während er näher kam. Verwundert blieb er stehen, als er die Gestalt neben Askir erblickte. Goldglänzendes Haar, einem Sonnenaufgang gleich, fiel wie ein leuchtender Fluss über ihre Schultern. Darunter, kaum zu erkennen, doch für Praiodan sichtbar: spitze Ohren. Ihr Körper grazil und tierhaft geschmeidig.

Er schritt näher. Sein prüfender Blick lag auf ihren Rundungen, die durch nichts verhüllt wurden. Über ihrer rechten Handfläche schwebte eine leuchtende Kugel, die ein sanftes Licht auf die Umgebung warf.

»Was tust du da!?«, schallte Sandres' vor Wut bebende Stimme durch die Luft. Er sprang vor, das Schwert voran, als ob er die Elfe gleich erschlagen wollte.

Diese fuhr katzengleich herum. Praiodan sah ihre glitzernden Augen, in denen sich das Sternenlicht gefangen zu haben schien. »Sanya bha, telor«, erklang ihre helle Stimme in Richtung der Bannstrahler.

»Heidensprache«, zischte Sandres zornig.

Die Elfe schien nicht zu wissen, wie sie reagieren sollte. Ihr Blick huschte von Praiodan zu Sandres, zu dem Körper vor ihr. Praiodan schien noch immer wie gebannt von ihrem Anblick, kaum fähig zu einer Regung, als ihr Blick sich kurz auf seinen legte. Sie schien zu murmeln, aber er konnte die Worte nicht verstehen.

Welch Ironie des Schicksals. Mitten in dieser grausigen dunklen Kälte war Magie das einzige Licht. Diese Elfe hatte mit den Vorfällen hier nichts zu tun, dessen war er sich mit einem Mal sicher. Sein Schwert verschwand in der Scheide.

»Ich kam, um zu helfen.« Die Worte waren Garethi, doch getragen von ihrer lieblichen Stimme klang es, als würde sie singen. Im ersten Augenblick vermochte keiner der Bannstrahler diese Worte zu verstehen, so fremdartig klangen sie.

Praiodan schüttelte leicht den Kopf. Gleichgültig wie schön sie war, dieses Wesen war eine Elfe. Als wäre das Antwort genug, schüttelte er den Bann ihres Anblickes ab. »Was ist hier geschehen?«, fragte er barsch.

Die Elfe zuckte zusammen, schien aufspringen zu wollen. Wieder dieser ewige, zeitlose Blick. »Ich flog über den Wald. Ich sah den Nebel, ich hörte die Schreie.«

»Den Nebel, den du selbst gerufen hast?«, vermutete Sandres kalt, sein Schwert zitterte.

»Nein«, antwortete die Elfe sanft. »Der Nebel ... war falsch. Deswegen kam ich her.«

Sie beugte sich wieder über den Körper Askirs.

»Was tust du da?«, schnauzte Sandres.

»Ihm helfen«, erklang erneut die geheimnisvolle Melodie ihrer Stimme. »Er stirbt sonst.« Behutsam legten sich die Hände auf die Brust des Mannes. Es war Askir und er war über und über von kleinen und großen Wunden übersät. Dass er überhaupt noch lebte, war ein Wunder.

»Keine Magie!« Mit einem einzigen Sprung war Sandres bei ihr, doch es gelang ihm nicht, sie zu packen, da sie mit einem tierhaften Satz zurückwich. »Er stirbt! Mit meinem Mandra kann ich ihm helfen!«, begehrte sie auf, voller ehrlicher Sorge um das Leben eines Mannes, den sie nicht einmal kannte.

Das allein hielt Praiodan davon ab, das Schwert zu ziehen, um sie zu vertreiben. Einen Bannstrahler mit Magie zu heilen. Frevel.

»Berühre ihn, und du stirbst!«, zischte Sandres.

Die Elfe wich in sichere Entfernung zurück und beobachtete sie von dort aus wachsam.

Praiodan erinnerte sich, dass er als kleiner Junge diese zauberkräftigen Wesen, die sich in den Wäldern verborgen hielten, hatte treffen wollen. Wunderschöne, aber zerbrechliche Geschöpfe, den Menschen so ungeheuer fremd, und doch, allen Legenden nach, die er kannte, weise und geheimnisvoll.

Er schob den Gedanken beiseite und untersuchte Askirs Wunden. Es sah übel aus; das Kettenhemd war zerrissen und glitschig vom Blut. Zu viel Blut, wie Praiodan erkennen musste.

»Ihr müsst mir helfen ... Hauptmann ...« Askirs Stimme zitterte schwach. Praios selbst musste ihm die Kraft geben, noch sprechen zu können.

»Was ist geschehen?«, fragte er seinen sterbenden Kameraden. Vorsichtig griff er dessen Hand, um Askir zumindest etwas Halt zu geben.

Askir hustete Blut, bevor er sprach. »Nebel kam auf ... dann Bolzen, überall Bolzen ... Schreie ... trafen uns ... Schwerter ... Peitschen ... Tod ... wir waren hilflos. Hauptmann, vergebt mir, dass ich ...« Seine Stimme erstarb, noch bevor er den Satz zu Ende gesprochen hatte.

»Ich vergebe dir dein Versagen«, antwortete Praiodan leise, während er stumm hinzufügte: *Und Praios möge mir meines vergeben.* Tränen traten ihm in die Augen. Nein, so durfte Askir nicht sterben. Er war doch hier. Er, Praiodan war doch zu seinen Leuten gekommen. Askir durfte nicht sterben. Nicht Askir, mit dem er gestern noch gescherzt hatte. »Gib nicht auf! Du kannst es schaffen!«

Askirs Augen waren bereits in die Ferne gerichtet. »Nein, Hauptmann ... Ich habe ... versagt.« Dann sackte der Bannstrahler endgültig in sich zusammen.

Praiodans Augen wurden stumpf. Askirs Leben war in seine Hände gegeben worden. Er war nicht hier gewesen, um sein Schicksal zu teilen. Hätte er es verhindern können? Bestimmt. Der Gedanke bohrte sich wie ein Giftstachel immer tiefer in sein Herz.

Da spürte Praiodan die Hand seines Schülers auf der Schulter.

Hatte Sandres ihn jemals so schwach gesehen?

»Ich hätte ihm helfen können.« Der Stimme der Elfe fehlte es nicht an Vorwurf.

Praiodan konnte ihr in diesem Augenblick nicht antworten. Er schloss die Augen, wünschte sich für eine Weile, sie nie wieder öffnen zu müssen.

»Ein Leben durch Magie ist nichts wert. Der Tod ist besser!«, rezitierte Sandres stolz die Leitsätze, die Praiodan ihn gelehrt hatte.

Obwohl sein Schüler so voller Inbrunst sprach, erschienen Praiodan die Worte leer. Seine Hand strich über das Gesicht des Toten und schloss ihm die Augen. »Praios' Segen mit dir. Möge deine Seele sanft geleitet werden durch das Reich der Toten, auf dass du den Weg findest zu Praios' Paradies. Gehe in Frieden, Askir!«

Tränen hingen schwer an seinen Wimpern, während er immer noch über den Leib des Bannstrahlers gebeugt war.

Schritte näherten sich und Imera tauchte aus den Tiefen des Waldes auf. Kleine Zweige und Blätter hatten sich in ihrem Haar verfangen.

»Feydha Imera Silberbrück«, begrüßte sie die Elfe vorsichtig. Sie schien gefesselt von diesem Traum, der sich hier in die Wirklichkeit vorgewagt hatte. Noch dazu in solch blutige Wirklichkeit.

Sandres verzog missmutig das Gesicht, als er elfische Worte aus einem menschlichen Munde hörte.

Die Elfe trat auf Imera zu. »Feydha Silanandra Sternenlicht«, erwiderte sie und musterte Imera. Zu welchem Urteil sie kam und ob sie überhaupt urteilte, war nicht festzustellen.

Mit einer behutsamen Geste löste Imera ihren Umhang und reichte ihn Silanandra. Er war zwar genauso durchnässt wie alles andere an der Draconiterin, aber damit konnte Silanandra zumindest ihre Nacktheit bedecken. Selbst wenn diese die Elfe nicht zu stören schien, so verstand sie doch, was Imera damit bezweckte und nahm das durchweichte Stück Stoff. Wieder sagte sie einige Worte in ihrer Sprache.

Imera nickte zu diesen Worten, antwortete aber auf Garethi. »Ja … kälter, als es sein sollte.«

Praiodan spürte ebenfalls die unheilige Kraft dieses Ortes. Er richtete sich auf. Mittlerweile war der Nebel zerfasert. Nur einzelne Schlieren blieben zurück, die der Regen aufzulösen begann. Silanandras Kugel spendete genug Licht, sodass Praiodan nun den Rest der Lichtung überblicken konnte. Hier lagen auch die anderen. Alle auf grausame Art und Weise hingeschlachtet. Langsam ging er von einem Körper zum anderen. Jedes Mal verharrte er kurz neben den Gefallenen und sprach ein stummes Gebet. Alle waren tot.

»Sandres«, seine Stimme klang wieder ruhig und gefasst. »Hol die Pferde. Ich will wissen, was hier geschehen ist!«

Der Schüler erhob sich. »N…atürlich, Hauptmann.« Er zögerte, machte sich dann aber auf den Weg.

»Pass auf dich auf!«, murmelte Praiodan noch, bevor sein Schüler die Lichtung verließ. Er unterdrückte den Wunsch, ihn zu begleiten. Was immer hier sein Unwesen getrieben hatte, es war fort.

»Ihr braucht Hilfe«, murmelte Silanandra. Sie blickte Praiodan an, als würde sie ihn kennen. Sein Gesicht, seine Bewegungen, alles schien ihr vertraut. Die Blicke der Elfe folgten Praiodan und verließen ihn keinen Moment lang.

»Wir wären dir sehr dankbar für deine Hilfe. Zuerst aber müssen wir diesen Ort untersuchen«, erwiderte Imera. »Oder besteht Ihr wieder darauf, alles auf eigene Faust zu regeln, Hauptmann?«

Praiodan sagte nichts, stumm verharrte sein Blick bei den Leichen seiner Kampfgefährten. Irgendwann begann er, die Leichen zusammenzutragen. Er achtete nicht mehr auf Imera, noch auf Silanandra; er sah nur, dass beide miteinander sprachen und nach Hinweisen suchten, wie es zu diesem Massaker hatte kommen können.

Die Draconiterin nahm einen der Bolzen, drehte nachdenklich das Stück Holz in den Händen, roch schließlich daran und krauste die Nase, als ginge ein übler Geruch davon aus. Dann holte sie ein helles Pulver aus der Innentasche ihres Gewandes hervor und ließ es über die Spitze rieseln. Dort, wo das Pulver die Spitze berührte, stieg Dampf auf.

»Gift«, murmelte Imera.

»*Zerza'taubra!*«, rief Silanandra erschrocken aus. Praiodan fuhr herum. Die Götter mochten wissen, was die Elfe meinte, aber es klang wichtig. Er verstand zwar nicht, was sie sagte, konnte aber am Klang der Worte ihre Bedeutung erraten. Dort, wo Silanandra stand, war es noch kälter als auf der übrigen Lichtung. Der Boden vor ihr war schwarz verfärbt; ein fünfzackiger Stern. Praiodan kannte solche Werke, oft hatte er deren Urheber gerichtet. Wie erwartet war das Pentagramm über und über mit Symbolen einer unheiligen Sprache verziert, die ebenfalls in den Boden gebrannt waren.

»Dämonen …«, flüsterte er heiser.

Imera kam dazu. Ihre kundigen Augen überflogen die Schriftzeichen, die sich dort aneinander reihten. Sie bückte sich, um diese besser erkennen zu können.

»Dämonen …«, wiederholte Praiodan. In ihm rang Fassungslosigkeit mit Zorn.

»Heshtothim …«, murmelte Imera, während ihre Finger gewandt über die Schriftzeichen huschten, um sie besser erkennen zu können: »Zwei von ihnen …« Ihre Augen verengten sich etwas, während sie über die

Bedeutung des einen oder anderen Symbols länger nachzudenken schien. »Gerufen zum Kampf …« Sie erhob sich wieder. »Das ist alles.«

Praiodan packte sein Schwert fester und atmete tief durch.

»Hauptmann, wir sollten dieses Zeichen ausbrennen«, ertönte plötzlich Sandres' Stimme.

»Ja, verbrennen wir diesen Ort.« Praiodans Stimme bebte unter seiner eisernen Selbstbeherrschung. Ohne diese hätte er seiner Trauer und seiner Wut schon längst freien Lauf gelassen.

Er wandte sich um. »Kümmere du dich darum, Sandres. Ich bereite die Bestattung vor.«

Sandres nickte knapp. »Ja, Hauptmann.«

Praiodan blickte zu seinen gefallenen Kameraden herüber. »Warum habt ihr nicht länger gekämpft? Zwei Heshtothim … Das hättet ihr doch schaffen können …« Seine Stimme verlor an Kraft.

»Nicht, wenn man vergiftet wurde«, erklärte Imera. Sie klang leise und nachdenklich. »Hauptmann, das war kein Zufall. Dieser Hinterhalt war von langer Hand vorbereitet. Sie saßen in den Bäumen. Mindestens vier Mann. Und sie schienen trotz des Nebels genau zielen zu können. Ich vermute, es könnte sich um einen Wehe walle Nebula in Kombination mit einem Exposami Creatur gehandelt haben.« Imera deutete auf vier verschiedene Bäume, die die Lichtung strategisch gut einschlossen. »Dort, dort, dort und dort. Ihre Bolzen waren mit Kelmon bestrichen. Hauptmann, als dann noch zwei Heshtothim kamen, waren Eure Leute wehrlos. Und, mit Verlaub, die Bauern haben uns in diese Falle geführt; wir hätten ihnen nicht folgen dürfen.«

Praiodan nickte stumm. Er wusste, dass es sich so zugetragen hatte. Und trotzdem wollte er jemandem, der für ihn fassbar war, einen Vorwurf machen.

Aber nur einer trug die Schuld. Nur einer hatte hier versagt – Praiodan zuckte unter der Erkenntnis zusammen. Die Schuld würde noch lange in ihm brennen, selbst wenn er seine Kameraden erst einmal gerächt hätte, und rächen würde er sie, das schwor er. Er hatte sie im Stich gelassen. Eine einzelne Träne löste sich aus seinen Augen. Gut, dass dies bei diesem Wetter keiner sehen konnte. Ein Bannstrahler, der weinte – was für eine erbärmliche Vorstellung. Praiodan lachte leise auf.

Seine Hand verkrampfte sich um den Griff seiner Geißel. Wäre das nur eine Klinge, die jetzt tief in sein Fleisch schnitte! Er würde seinen Hochmut bestrafen müssen. Es wurde Zeit, Zeit für seine Geißelung.

Eine sanfte Hand berührte seine Wange, strich sie entlang und fing die einzelne Träne auf, die dort hinunterlief. An all den Regentropfen vorbei fing sie nur diese einzelne Träne auf.

Praiodan schaute zu Silanandra. Sein Blick fand ihre Augen. Immer tiefer tauchte er ein in das unendliche Himmelsblau. Es war ihm, als fände er dort den Sternenhimmel, den er in dieser wolkenverhangenen Nacht nicht sehen konnte.

Praiodan wich zurück. Die Art, wie sie ihn anblickte. Er fröstelte. Es war nicht, wie sie ihn ansah, es war, was er dabei empfand, das ihm Angst bereitete. Er wandte sich ab und ging zu seinem Packpferd.

»*Iama?*« Nur dieses eine Wort. Es kam ein wenig zögerlich. Als wäre sie sich nicht sicher.

Praiodan drehte sich um. Sein Blick wirkte etwas weniger hart, als er ihn machen wollte und seine Worte klangen nicht so barsch, wie sie klingen sollten, eher unwillig als ablehnend: »Was ist?«

Silanandra lächelte. Verspielt zog sich dieses Lächeln über ihre Lippen, und dieser entwaffnenden Offenheit konnte Praiodan, zumindest im Augenblick, nichts entgegensetzen. Deshalb griff er nach dem Spaten, der auf dem Packpferd befestigt war, und begann ein paar Schritte von der Lichtung entfernt ein Grab für die Gefallenen zu schaufeln.

Silanandra nickte. »*Iama.*«

Nach einer Weile ließ der Regen nach. Imera begann an anderer Stelle ein Lagerfeuer zu errichten. Einige ihrer Pülverchen halfen sogar, das nasse Holz zum Brennen zu bringen.

Die Elfe hatte sich nah ans Feuer gesetzt und ließ sich davon wärmen. Sie hatte den nassen Umhang abgelegt, um ihn am Feuer trocknen zu lassen.

Praiodan kam hinzu. Seine Augen blieben unvermittelt an der Elfe hängen, betrachteten ihren Körper, ihre Nacktheit und diesen seltsamen Schimmer in ihren Augen. Er wollte sie nur kurz mustern, aber irgendetwas hielt seinen Blick fest.

Silanandra hob den Kopf, schaute fragend, aber ohne Vorwurf in Praiodans Richtung.

Dieser senkte schnell den Blick. »Entschuldige.«

Silanandra lachte glockenhell. Es war kein menschliches Lachen. Es glich eher einer heiteren Melodie. Praiodan versuchte, nicht hinzuhören. Der Klang sollte ihn nicht berühren; nicht bis zu seiner Seele vordringen. Es musste Sünde sein, ihm zu lauschen.

»Was soll das Gelächter?«, fragte Sandres grimmig. »Es gibt nichts, worüber man lachen könnte.« Seine Stimme brach die Melodie. Sofort befand sich wieder ein Graben zwischen ihnen. Der Zauber des Augenblickes verflog.

Silanandra verstummte. Sie schien noch etwas erwidern zu wollen, doch Imera schüttelte warnend den Kopf.

»Was tut sie überhaupt noch hier?«, ereiferte sich Sandres. »Noch dazu nackt … Soll diese Elfenhure doch in den Wald verschwinden, in den sie gehört und wahre Gläubige nicht weiter belästigen!«

Imera sprang auf. »Zügelt Eure Worte, Bannstrahler!« Ihre Augen funkelten ihn an.

Sandres schien beinahe an einer wütenden Entgegnung zu ersticken; aber Praiodans warnender Blick erinnerte ihn daran, dass Imera noch immer eine Geweihte war und ihr dementsprechend Respekt zu zollen war. Dennoch scheute er zumindest das Blickduell mit der Draconiterin nicht. Er hatte einen guten Lehrer gehabt.

»Es ist gut, Sandres.« Praiodans ruhige Stimme legte sich beschwichtigend zwischen die beiden Kontrahenten: »Die Elfe, Silanandra hieß sie, glaube ich, hat uns geholfen. Und dafür, vor allem im Namen Travias, gewähren wir ihr Gastfreundschaft. Sie kann nichts für den Makel ihrer Geburt.«

Sandres senkte ergeben den Kopf: »Natürlich, Hauptmann. Wie Ihr befehlt.« Dann setzte er sich. Doch sein Blick verriet, dass er ganz und gar nicht mit der Entscheidung Praiodans zufrieden war. Verächtlich starrte er die Elfe an.

Imera nickte knapp zu Praiodan. »Danke, Hauptmann.« Sich mit ihr auf Isdira unterhaltend, reichte sie Silanandra Kleidung aus ihrem Gepäck und half ihr, diese anzuziehen.

»Sandres? Warum die Wut?« Silanandras Worte schwebten in der Luft.

Praiodans Schüler explodierte: »Du Hexe, ich habe dir nicht erlaubt, meine Gedanken zu lesen!«

Silanandra zuckte ob des unerwarteten Wutausbruchs zusammen. Jedes einzelne seiner Worte schien sich in ihren Leib zu rammen und ihr Schmerzen zu bereiten.

»Beruhigt Euch!«, unterbrach Imera mit mühsam beherrschtem Zorn. »Ich habe ihr Euren Namen genannt.«

Sandres blickte Imera verärgert an. »Ich habe Euch das nicht erlaubt.«

Praiodan konnte seinen Schüler verstehen. Doch da war etwas in der Art und Weise gewesen, wie diese Elfe ihn angeschaut hatte. Niemand hatte ihn je so angeblickt. Niemand seit – Praiodan schüttelte den Kopf. Das war nicht wichtig.

»Was meint Ihr mit dem Makel meiner Geburt?« Die Stimme der Elfe klang wie eine einsame Melodie, unmöglich zu überhören und doch nicht im Geringsten aufdringlich.

Praiodan schreckte aus seinen Gedanken hoch. »Der Makel Euer Geburt?«

Silanandra nickte sanft. »Ja, was meintet Ihr damit?«

»Du bist mit der Magie verflucht. Sie liegt dir im Blut und du kannst nichts daran ändern.« Er hatte diese Worte achtlos hingeworfen. Doch er wollte die Elfe nicht verletzen. Deswegen fügte er hinzu: »Ich mache dir keinen Vorwurf daraus.«

Imera schnaubte zornig. »Das will ich Euch geraten haben, Hauptmann!«

Praiodan fuhr überrascht zu der Draconiterin herum. Er hatte sie ganz vergessen. Das war nachlässig.

»Magie ist kein Makel«, die Worte der Draconiterin kamen scharf wie Schwertklingen: »Vielleicht in Euren Augen, aber nicht in den Augen der anderen Gläubigen.«

Praiodan nickte müde. Ihm stand nicht der Sinn nach einem Duell. Schon gar nicht nach einem, das mit Worten ausgetragen wurde. Er unterschätzte die Draconiterin nicht. Sie schien auf diesem Feld gut bewandert zu sein.

Sandres war es schließlich, der die Lage entspannte: »Wir alle brauchen Ruhe, Hauptmann. Ich denke, Ihr solltet die Nachtwachen verteilen.«

»Ich selbst halte die Erste«, antwortete Praiodan, »die Draconiterin die Zweite und du die Dritte.«

Praiodan blieb wach, während die anderen sich zur Ruhe legten. Lange starrte er in die Finsternis. Leise Schreie drangen an sein Ohr. Er sah und hörte, wie seine Bannstrahler von den Dämonen niedergemetzelt wurden. Selbst wenn er die Augen schloss. Schlaf würde er diese Nacht nicht finden. Das war ihm gewiss.

6. Kapitel

Kein Schlaf. Die Nacht war ohne Schlaf an ihm vorbeigezogen. Er hatte weder Sandres zur Nachtwache geweckt, noch selbst auch nur einen Atemzug lang geruht. Kein Schlaf – das bedeutete keine Albträume. Praiodans Blick war stumpf auf die Umgebung gerichtet. In der Frühe waren sie an einem Gasthaus vorbeigekommen; Sandres hatte dafür gesorgt, dass die Pferde und die Ausrüstung der Gefallenen dort blieben, bis man sie abholte.

Die Elfe war noch immer bei ihnen. Praiodan hätte gelacht, wenn es nicht so aberwitzig gewesen wäre. Er hatte seine gesamte Abteilung verloren und wurde nun von einer Elfe begleitet. Er spürte den fehlenden Schlaf, seine Gedankengänge wurden langsamer. Sandres war ihm geblieben, stand so treu und fest wie eh und je an seiner Seite. Auf wen sonst sollte er sich verlassen?

Imera war in ein Gespräch mit Silanandra vertieft. Er hörte das wohlklingende Isdira. Warum war die Elfe immer noch bei ihnen? Imera hatte es ihm erklärt. Am Morgen. Er hatte nicht zugehört.

Praios! Er riss sich zusammen. Er hatte eine Mission, die erfüllt werden musste. Ucurian Jago würde über sein Versagen richten. Er setzte sich im Sattel auf, straffte die Schultern, versuchte den Eindruck zu erwecken, es ginge ihm gut und er sei hellwach. Nur keine Blöße geben. »Was macht die Elfe noch hier?«

»Wir können sie nicht einfach hier zurücklassen.«

Sandres' Gesicht verzog sich. »Und? Seit wann mischen sich Menschen in Elfenangelegenheiten? Sie wollen in Ruhe gelassen werden. Also sollten wir genau das tun.«

Die hasserfüllte Tirade seines Schülers ließ die Elfe zusammenzucken.

»Sandres, mäßige deine Worte«, murmelte Praiodan noch immer ein wenig abwesend, während seine Gedanken mehr und mehr in die Wirklichkeit zurückfanden. War es die Müdigkeit oder lächelte die Elfe?

»Außerdem kann sie uns eine Hilfe sein«, setzte Imera hinzu. Ein Funkeln in Richtung des jungen Bannstrahlers.

»Wir brauchen keine Magie!«, widersprach Sandres kalt. »Schon gar nicht die einer verfluchten Rasse!«

Sandres' Worte prallten an Silanandra ab. Sie ritt ruhig auf dem Pferd, das Praiodan ihr gegeben hatte. Er hatte ihr ein Pferd gegeben? Richtig, Imera hatte ihn dazu überredet. Selbst bei Tageslicht verlor sie nichts von jenem Zauber, den sie am letzten Abend ausgestrahlt hatte. Praiodan begann zu verstehen, warum manche die Elfen als Fleisch gewordene Träume bezeichneten.

»Die Rasse ist nicht verflucht«, widersprach Imera hitzig, »sondern gesegnet mit Zauberkraft. Und wo wären wir, hätten sie nicht gegen die Orks geholfen! Sie standen uns auch bei der Schlacht gegen den verfluchten Sphärenschänder bei!« Praiodan bewunderte, wie sich die Draconiterin in Rage reden konnte.

»Der Feind unseres Feindes muss noch lange nicht unser Freund sein!«, widersprach Sandres giftig. »Vielleicht haben sie nur geholfen, um ihre eigenen verruchten Pläne weiter verfolgen zu können.«

Imera lenkte ihr Pferd in Sandres' Weg. »Ich wusste, dass Bannstrahler Fanatiker sind. Aber dass sie auch dumm sind, wusste ich nicht!«

»Genug!« Praiodans Stimme durchschnitt die bebende Spannung wie ein Schwert. Ruckartig wandten alle ihren Blick zu ihm. Gut so. Er war immer noch der Anführer dieser Mission. Allein die Elfe schien von all dem keine Notiz zu nehmen.

»Hauptmann, ich erwarte Eure Befehle!« Sandres hatte seinen Zorn in der Gewalt. Gut so.

»Und ich erwarte Eure Vorschläge«, fügte Imera süffisant hinzu.

Praiodan schüttelte den Kopf. Diese Frau wurde ein Problem, ein größeres, als es die Elfe war.

»Ich werde heute Abend mit der Elfe sprechen. Und dann entscheiden. Bis dahin«, er schaute seinen Schüler und die Draconiterin ernst an. »Bis dahin will ich nichts hören!«

Sandres nickte knapp. »Jawohl, Hauptmann!«

Die Andeutung eines Lächelns huschte über Praiodans Lippen. Disziplin, Gehorsam und Vertrauen.

Ein kurzes Nicken von Imera.

Praiodan seufzte. »Also weiter …«

Praiodans Schritte führten in den kleinen Garten des Bauernhofes, in dem sie Unterkunft gefunden hatten. Kein Bauer würde es wagen, den Bannstrahlern Gastfreundschaft zu verwehren. Er traf die Elfe neben einer Holzbank, die gleich neben dem Hinterausgang des Hauptgebäudes stand. Sie trug noch immer Imeras Kleidung, schien sich aber mittlerweile daran gewöhnt zu haben.

»Wir müssen reden.« Praiodan fixierte die Elfe, die ihm immer noch unwirklich erschien. Als bilde er sich ihr Hiersein nur ein.

»Ich weiß.« Ihr Kopf wandte sich zu Praiodan. Warum musste sie nur so unschuldige Augen haben?

»Du kannst uns nicht länger begleiten. Wir brauchen keine Elfe auf unserer Mission.«

Praiodan bekam das unangenehme Gefühl, dass sie in seine Seele schaute, ohne ein Wort zu sagen.

»Wovor habt Ihr Angst?«

Was hatte das mit seiner Frage zu tun? Was wollte sie damit sagen? Er war ein Bannstrahler. Ein Diener Praios'. Er war verpflichtet, Mut zu haben.

»Ich habe keine Angst«, entgegnete er trocken. Ein leichtes Zucken um seine Lippen.

Die Elfe wandte sich von ihm ab. Kehrte ihm den Rücken zu. Ihr Blick wanderte zu den Sternen am Himmel. Als würde sie dort unter den Phexkindern etwas finden, was ihm verborgen blieb.

»Also, wie ich bereits sag …«

»Ihr lügt.«

Praiodan war wie vom Donner gerührt. Das hatte niemand gewagt, seit … Hastig schob Praiodan die Erinnerung an Vergangenes beiseite. Er war Bannstrahler. Hätte der Bauer dieses Hofes auch nur eine Andeutung gemacht, er, Praiodan, habe gelogen: Auspeitschung, das wäre seine Strafe gewesen. Aber hier sprach nicht der Bauer.

»Was willst du …«, begehrte Praiodan wütend auf, machte einen Schritt auf Silanandra zu.

Verwundert darüber, dass er nicht bemerkt hatte, dass sie sich umgedreht hatte, schaute er in ihre leuchtenden Augen. »Jedes Wesen fürchtet sich. Und wenn es nur die Furcht selbst ist, vor der es sich fürchtet.«

Praiodans Augen glommen in Zorn auf. Sandres hatte Recht. Diese Elfe war eine Gefahr. Seine Hände ballten sich zu Fäusten. Diese Elfe …

Spricht die Wahrheit.

Praiodan erschrak über seinen eigenen Gedanken.

Wahrheit. Gerechtigkeit. Mut.

Wahrheit. Er konnte es nicht leugnen. Es gab Dinge, vor denen er sich fürchtete. Hier und jetzt aber konnte er ihr das nicht eingestehen.

Ihre Hand strich sanft über seine Wange. »Schon gut. Ich habe auch Angst.«

Praiodan wich einen Schritt zurück. Was geschah hier? War es ein Zauber? Ihr Gesicht, das im Sternenlicht leuchtete; es war keine Verstellung darin zu entdecken. Wie konnte sie aussprechen, was er dachte? »Wovor hat ein Zauberwesen wie du denn Angst?« Selbst in seinem Ohr klangen die Worte zu barsch.

»Der Vater meines Kindes ist in Gefahr …« Wie das leise Rauschen des Windes murmelte sie die Worte.

Sie begegnet mir mit der Wahrheit. Ich versuche sie vor ihr zu verbergen, und sie öffnet mir ihr Herz. Was tue ich hier?

»Wen interessiert der Vater deines Kindes? Elfenangelegenheiten!«, fauchte Sandres, der unbemerkt in den Garten getreten war.

Auch Sandres' Gift brachte sie nicht aus der Ruhe. Denn ganz wie ein Stern ruhig am Firmament verweilt, leuchtete ihre Gegenwart in diesem Garten. »Der Vater ist ein Mensch.«

Ein Schlag ins Gesicht hätte Praiodan nicht überraschender treffen können. Ein Mensch?

»Elfenhure! Du hast einen ahnungslosen Menschen verführt!«, keifte Sandres, die Hand am Schwert. »Gewiss hast du einen Zauber auf ihn geworfen und …«

»Ruhe, Sandres!« Wieder war es seine schneidende Stimme, die den Schüler aufhielt. Doch diesmal schien es einige Augenblicke länger zu dauern, bevor Sandres ergeben antwortete: »Zu Befehl, Hauptmann.«

Als Silanandra sich dann jedoch Sandres näherte und die Hand nach ihm ausstreckte, sprang dieser zurück, riss sein Schwert aus der Scheide. »Hinfort, Elfenbrut – ich kenne euch! Ich kenne euch alle! Ich weiß, was sich hinter eurer schönen Maske verbirgt!«

Praiodan verzog die Mundwinkel. Was war mit Sandres los? So hatte er ihn noch nicht erlebt. Sein

Schüler verlor die Kontrolle. »Sandres!«, scharf rief er den Namen seines Schülers: »Waffe weg!«

Die Elfe blieb stehen, eine Armlänge von der Klinge entfernt. Verwirrung stand ihr ins Gesicht geschrieben und, wie Praiodan überrascht feststellte, Trauer.

»Es wird Zeit für deine Übungen!«

»Jawohl, Hauptmann!«, erwiderte Sandres. Lag da Widerwille in seiner Stimme?

»Sonst noch was, Leutnant?«

»Nein, *Hauptmann*!«

Praiodan wandte sich wieder der Elfe zu, während sein Schüler den Garten verließ. Es war kein guter Abend für ein Gespräch. »Verzeih Sandres, er war unbeherrscht.«

»Jung«, erwiderte Silanandra seufzend. »Jung und voller Wut.«

Wie konnte die Elfe so ruhig bleiben? Da war kein Vorwurf in ihrer Stimme.

»Wir sollten ruhen«, beschloss Praiodan. »Wir können unsere Unterhaltung morgen fortsetzen.«

Er wandte sich ab und wollte den Garten verlassen, als Silanandras Stimme ihn einholte: »Der Diener der Finsternis, den Ihr jagt, bedroht meinen Mann. Meine Familie.«

Praiodan verließ den Garten. Er begann sie zu verstehen. Familienangelegenheiten. Ihrer beider Mission.

Am nächsten Tag kamen sie gut voran, und doch nagten Zweifel an Praiodans Seele. Keine weiteren Spuren, bisher. Der Magier hatte seinen Vorsprung entweder gehalten oder noch weiter vergrößert. Was, wenn sein Bruder ihm erneut eine Falle stellte? Wartete Kirian im nächsten Dorf nur auf ihn? Und warum tat er all das? Kirian war nie besonders mutig gewesen. Vieles mochte sich geändert haben in seiner Zeit als Magier. Magie verdarb. Unwillkürlich richtete sich sein Blick auf Silanandra.

»Erzählt doch, wie Euer Volk lebt!«, ermunterte Imera die Elfe zu einem Gespräch.

Typisch Draconiter, dachte Praiodan. Sie suchten alles Wissen. Gleichgültig wie gefährlich es war, wie befleckt und wie dunkel.

»Elfen sind sündig«, zischte Sandres.

Der Blick der Elfe wanderte zu ihm. Für einen Moment nur blickte sie ihn an. Wieder beschlich Praiodan das Gefühl, sie könne in die Seele der Menschen sehen.

»Nur weil die Menschen uns nicht verstehen, müssen wir nicht sündig sein. Euer Volk ist jung. Unser Volk ist alt.«

»Willst du damit sagen, dass wir Menschen dumm sind?!« Sandres' Stimme bebte.

»Leutnant, die Menschen sind ein junges Volk. Aus den Annalen …«, wandte Imera ein.

»Ihr unterstützt dieses namenlose Gezücht?« Sandres spuckte diese Worte der Draconiterin entgegen.

Zum ersten Mal sah Praiodan, wie über das Gesicht der Elfe ein dunkler Schatten fiel und sich zu der Trauer etwas anderes gesellte. Was, das vermochte Praiodan nicht zu deuten. Vielleicht Wut?

»Magie ist eine Gabe. Eine Gabe, die Hesin …« Die Draconiterin hatte wahrlich Feuer.

»Ein Fluch. Der Frevel Madas, der die Magie unter die Menschen brachte. Sie wurde dafür bestraft!«, erwiderte Sandres hitzig. Ein Lächeln spielte um Praiodans Lippen. Sein Schüler hatte die Schriften gut studiert.

»Madas Frevel. Aber Hesinde hat sich der Magie angenommen. Es ist eine Gabe. Und die Magie kann viel Gutes bewirken!«

»Und hat doch nur Schaden angerichtet. Seht Borbarad!«

»Der durch Magie aufgehalten wurde«, konterte Imera.

»Siebenstreich war eine göttliche Waffe«, knurrte Sandres.

»Der Öffner der Tore wurde durch all das aufgehalten. Es war die Vereinigung von Magie und der Kraft eurer Götter. Das gemeinsame Auflehnen vieler Völker, die Gemeinschaft, die ihm sein Ende bereitete.«

Praiodan hätte nicht damit gerechnet, dass die Elfe etwas sagen würde.

»Elfenhure!«, stieß Sandres hervor.

»Ohne Praios' Hilfe hätten wir nicht gegen ihn bestehen können. Er bewahrte Beilunk vor dem Sturm der schwarzen Horden«, mischte sich Praiodan in das Gespräch ein. Es galt, dieser unsinnigen Auseinandersetzung ein Ende zu setzen.

»Und doch war es auch die Magie, die die Schlacht an der Trollpforte entschied!«, sagte Imera mit Nachdruck.

Unwillig richtete Praiodan seinen Blick auf sie.

»Die Gemeinschaft.« Silanandras Blick war auf Praiodan geheftet, als würden die Worte nur ihm gelten.

Praiodan beschlich das Gefühl, dass sie ihm damit etwas sagen wollte. Aber was? Sie war doch sonst so offen? Warum nicht diesmal?

»Es war …«, begann Sandres hitzig.

»Die Gemeinschaft der Gezeichneten, die seinen Weg beendete«, vollendete Imera seinen Satz.

Darauf wusste auch Sandres nichts mehr zu sagen und trieb zornig sein Pferd voran.

»Ihr löst Euch gerade aus unserer Gemeinschaft!«, spottete die Draconiterin.

Praiodan schüttelte den Kopf. Musste sie ihn auch noch demütigen?

»Auf Eure Art und Weise«, Silanandra blickte zur Draconiterin, »seid Ihr nicht besser als er.«

Imera zuckte zusammen, sah die Elfe ungläubig an.

Praiodans Stirn kräuselte sich. Er wollte mit der Elfe reden. Noch an diesem Abend.

Die Draconiterin saß am Feuer und hatte ihr kleines ledergebundenes Buch in der Hand, dessen Seitenränder kunstvoll mit den Symbolen Hesindes verziert waren. Unablässig füllte sie die Seiten, wie sie es jeden Abend tat.

Silanandra war im Wald verschwunden, ohne ein Wort zu sagen. Es wäre leichter, wenn sie nicht wiederkäme. Doch er würde sie vermissen. Praiodan erschrak über seinen eigenen Gedanken. Ihn verband doch nichts mit dieser Elfe!

Doch, flüsterte eine Stimme in ihm. *Familienangelegenheiten.*

Um diesen Gedanken abzuschütteln, erhob er sich und schritt zu Sandres. Seinem Schüler. Seinem Sohn.

»Hauptmann?« Sandres richtete sich auf, als Praiodan kam, nahm Haltung vor ihm, seinem Vorgesetzten, an.

Praiodan machte eine beschwichtigende Geste und griff nach einer Fackel. »Kommt mit, dahin, wo wir ungestört sind.«

Sandres nickte und folgte. Sie gingen in Richtung des Waldes.

»Du musst ruhiger werden. Sieh dieses Feuer.«

Sandres richtete seine Augen auf das rotgelbe Knistern der Fackel.

»Es ist schön. Es wärmt. Es gibt Kraft. Es vernichtet. Aber wenn es vernichtet, dann kann es keine Wärme spenden, keine Kraft geben. Verstehst du, Sandres?«

Dieser nickte. »Ich glaube, Hauptmann. Wenn mein Zorn mit mir durchgeht, dann richte ich Schaden an. Die guten Gefühle – im Übermaß verkehren sie ihre Wirkung.«

»Genau, übe dich in Ruhe. Wildes Feuer ist immer das letzte Mittel. Wenn die anderen versagt haben.« Praiodan konnte ein stolzes Lächeln nicht verbergen. »Sandres. Wir beide zusammen. Was sollte uns aufhalten?« Er wollte ihm seine Hand auf die Schulter legen, so wie es Wulfjew immer bei ihm gemacht hatte. An den guten Tagen zumindest.

»Und wie großes Feuer blendet, so kann auch großer Hass blind machen«, erklang eine sanfte Stimme hinter ihnen. Praiodan hatte sie nicht gehört. Nicht einmal ein Rauschen im Wind.

Sandres fuhr herum und stürzte sich auf die zerbrechliche Gestalt, zog noch im Sprung seinen Dolch. »Du schon wieder!«, schrie er. »Was mischst du dich ein! Du gehörst nicht zu uns!«

Silanandra wollte wieder ausweichen, doch er riss sie zu Boden. Hart schlug sie auf. Sandres über ihr. Seiner Kraft war sie deutlich unterlegen, wurde von der Masse seines Körpers schlichtweg umgerissen. Sein Dolch jagte auf ihre Kehle zu, glich einer hervorzuckenden Schlange. »Ich werde dafür sorgen, dass du bekommst, was du verdienst!«

Auch Praiodan fuhr herum. Nur einen Herzschlag nach seinem Schüler. Sofort warf er sich gegen ihn, stieß ihn von der Elfe fort, die Fackel achtlos ins Gras werfend. *Ihr durfte nichts geschehen …*

Sandres keuchte, als ihn Praiodans gestählter Körper wie ein Geschoss traf.

»Was tut Ihr da?«, entfuhr es Sandres, sich aufrappelnd.

Diesmal schlug Praiodan hart zu. Der Rücken seiner rechten Hand traf die Wange seines Schülers. Der Ring des Erwählten zeichnete eine rote Spur über das Gesicht, riss Sandres' Lippe auf.

Sandres sank in sich zusammen. Fassungslos presste er die Hand auf den Striemen. »Warum …?«

»Es gab keinen Grund für deinen Angriff!«

»Es ist nur eine Elfe!« Sandres spuckte Blut in das Gras.

Praiodans stählerner Blick schlug ihm entgegen. »Das ist kein Grund, sie zu töten. Sie ist eine Reisegefährtin.«

»Und wer hat sie dazu gemacht?«, ereiferte sich Sandres. »Seit wann hat eine Draco…«

»Ich.«

Sandres riss die Augen auf. Selbst in der Dunkelheit konnte Praiodan erkennen, wie blass er wurde. Sein Mund öffnete sich zu einem trotzigen Protest. Doch seine Stimme versagte. Dann wandte er Praiodan den Rücken zu.

Dessen Blick blieb auf seinen Schüler gerichtet. Er beobachtete, wie Sandres nach der Geißel griff.

»Was habt Ihr vor, Leutnant?«

»Ich werde büßen…«, erwiderte Sandres nur und ging mit der Geißel Richtung Wald, vorbei an der Elfe. Dabei wanderte seine Rechte zum Schwert, das er immer noch an seiner Seite trug.

»Sandres!«, rief Praiodan. Drei Schritte, dann war er bei Silanandra.

Sein Schüler ging weiter, ohne auf den Zuruf zu reagieren. Praiodan wollte aufbegehren.

Kein Atmen. Was? Die Elfe atmete nicht mehr, war blass. Blasser als sonst. Hatte sie sich den Kopf an einem Stein zerschmettert?

»Nein!«, entfuhr es ihm. Er packte sie bei den Schultern und schüttelte sie. »Das darf nicht sein!«

Warum nicht? flüsterte eine böse Stimme in ihm.

»Du darfst nicht sterben!« Seine raue Stimme bellte sie wütend an. Wie konnte sie es nur wagen? Er hatte sie nicht in seinen Reihen aufgenommen, um sie gleich wieder zu verlieren. Für sie würde er da sein. Wie er für seine anderen Leute hätte da sein sollen. Wie für Sandres?

Er schob den Gedanken beiseite.

»Du darfst nicht gehen«, seine Hände verkrampften sich um ihre Schultern.

Unvermittelt öffneten sich ihre zart geschwungenen Augenlider. Als habe sie nur geschlafen.

»Ich habe deinen Ruf gehört. Und wenn ein Freund ruft, dann bin ich da. Doch warum hast du mich gerufen?«

Hatte sie wirklich Freund gesagt? Praiodan zögerte mit der Antwort. Er konnte sich selbst nicht erklären, warum er dies tat. Der Gedanke, dass ihr etwas geschehen sein könnte, hatte ihn die Kontrolle verlieren lassen.

Kontrolle.

»Du tust mir weh.« Ein sanftes Lächeln. Ihr Blick ruhte auf seiner Hand, die ihre Schulter immer noch fest umklammerte.

Sofort ließ Praiodan los. Schön war das Glitzern in ihren Augen. »Sternenlicht …«

Ihre Linke hob sich zu seiner Wange. »Iama …«, hauchte sie. Zärtlich.

»Du gehörst zu meinen Gefährten. Ich konnte nicht zulassen, dass dir etwas geschieht.«

»Gemeinschaft.«

Praiodan schloss die Augen. Was tat er hier? Warum war er nicht bei Sandres? Warum …

»Zweifel sind schlechte Ratgeber«, drang ihr Gesang zu ihm. Ihre Fingerspitzen spielten in seinem Nacken. Ein angenehmes Kribbeln. »Hör auf dein Herz.«

Praiodan spürte ein Beben durch seinen Körper wandern. Verdammt! Was tat sie hier mit ihm?

Kontrolle. Er hatte sie verloren. Er hatte sich verloren. Er brauchte jetzt Ruhe.

Irgendwas.

»Erzähl mir vom Vater deines Kindes.« Nicht, dass Praiodan dies wirklich interessiert hätte. Aber diese Worte mochten sie ablenken.

Hoffentlich, fügte ein dunkle Stimme in ihm hinzu.

»Er ist wie du und doch vollkommen anders.«

Praiodan spürte, wie sie dabei mit ihrer Hand über seine immer noch geschlossenen Augen strich. »In seiner Andersartigkeit ist er dir vollkommen gleich, Iama. Wie ein Bruder.«

Das weckte Praiodan auf. Seine Augen öffneten sich. »Mein Bruder ist mir nicht ähnlich. Ganz und gar nicht!«

Er stand auf. Sah, wie sie es ihm gleichtat und unmittelbar vor ihm stehen blieb. »Verzeih mir, Silanandra. Ich muss …«

Ihr Gesicht war ihm immer näher gekommen und nun kosteten ihre Lippen die seinen, aus der hauchzarten Begrüßung wurde ein Spiel, als sie sich im Kuss vereinten.

Im ersten Augenblick noch überrascht, genoss es Praiodan dann doch. Wie von selbst legten sich seine Arme um ihren Körper. Wie zerbrechlich sie doch war. Und noch während er es tat, schmiegte sich ihr Körper an seinen. Und Praiodan beschlich das sündige Gefühl, als habe er dort schon immer hingehört. Was dachte er hier? Was tat er hier? *Zweifel sind schlechte Ratgeber. Hör auf dein Herz!*

Eine Hand wanderte durch das Gold ihres Haares. Nach einer Ewigkeit, wie es Praiodan schien, nach einer wundervollen Ewigkeit löste sie sich von ihm.

Praiodan schaute sie eine Weile an. Einfach ihren Anblick in sich aufnehmend. Was war mit ihm geschehen?

Er holte tief Luft: »Das war …«

»Wundervoll«, vollendete Silanandra seinen Satz.

Abermals unterbrach sie ihn. *Abermals hindert sie mich daran, eine Lüge auszusprechen. Warum ist sie hier?*

»Wegen dir«, kam die Antwort, als hätte sie seine Gedanken gelesen.

Familienangelegenheiten. Er wollte sich das nicht erklären, konnte sich das nicht erklären, was ihn so im Innersten veränderte und wie Silanandra solche Macht über ihn gewonnen hatte. Das waren keine praiosgefälligen Motive mehr – etwas anderes in ihm war dabei, die Oberhand zu gewinnen, wenn es um Silanandra ging. Er konnte sich nicht gegen diese Wandlung zur Wehr setzen, noch wollte er es, er war sowohl unfähig, es sich selbst zu erklären, noch in Worte zu fassen. Und so wandte er sich ab und ging eiligen Schrittes zurück zum Lager. Nicht so schnell, dass es nach einer Flucht aussah. Er wollte bleiben, obwohl sie nicht gezaubert hatte. Ihm wäre wohler gewesen, sie hätte es getan.

Ein Stück in den Wald hinein – da starrte ein hasserfülltes Augenpaar zornig zu den beiden herüber. Eine Faust verkrampfte sich um ein Schwert.

7. Kapitel

Wieder einmal hatte die unreine Kreatur Praios gespottet!

Sandres Atjans Schläfen pochten vor Wut. In jeder Faser seines Körpers schrie es danach, ihr Blut zu vergießen. Den Blick dieser unirdischen, unmenschlichen Augen brechen zu sehen. Zu sehen, wie sie sich in Todesnot wand und um Gnade bat. Er sprang auf die Füße, die Hand am Schwert – und hatte es gezogen, bevor ihn ein Ruf aufhalten konnte.

»Sandres!« Sein Hauptmann starrte ihn an, seine hellen, stählernen Augen duldeten keinen Widerspruch. »Das Schwert weg, Sandres, sofort!«

Sandres zögerte. Sitzend wäre sie ein leichtes Opfer. Ein Hieb – und ihr Kopf würde über den Boden rollen. Ein Hieb – und alles wäre vorbei. Sie hatte nicht mehr Gnade verdient, als ihresgleichen seiner Familie hatte widerfahren lassen. »Hauptmann, ich …«

Mit einigen raschen Schritten war Praiodan von Weißfels bei ihm, verstellte ihm den Weg. »Die Waffe weg, Sandres!«

»Diese seelenlose Kreatur verhext Euch, Herr!« Der Hauptmann musste einfach sehen, dass die Elfe ihn von seiner geheiligten Mission abhielt, ihn weich machte, ihn in die Reize ihres unreinen Körpers verstrickte. Selbst von Weißfels war nur ein Mann, der den Reizen einer Frau erliegen konnte, aber es war besonders gefährlich, wenn es sich um ein Geschöpf ohne Seele, ohne Licht handelte. Um einen Leib, der mit Magie verseucht war.

»Hast du meinen Befehl nicht gehört oder nicht verstanden?«, blaffte der Hauptmann ihn an, und Sandres' Wangen färbten sich rot.

Zornig stieß er das Schwert in die Scheide zurück. »Sie verhext Euch, Hauptmann«, beharrte er. »Ich schütze nur Eure Seele.«

»Ich denke nicht, dass ich deiner Hilfe bedarf, Sandres.« Die Stimme des Hauptmanns klang kühl, aber Sandres hörte beißenden Spott. »Die Elfe steht unter meinem Schutz.«

»Ihr droht keine Gefahr. Sie hat keine Seele, die sie verlieren könnte!«

Praiodan wischte seinen Einwand mit der Hand fort, als sei er ein unmündiger Knabe. »Geduld. Sie wird uns nur noch ein wenig länger begleiten.«

»Sie gefährdet die Mission.« Er starrte zu Silanandra hinüber, die unschuldig tat und mit ihren Katzenaugen Löcher in die Luft starrte.

Praiodan packte ihn bei der Schulter. »Sandres, sei vernünftig. Sie ist nur eine Elfe.«

Es ist nur eine Elfe, dachte Sandres. Das hatte auch seine Mutter gesagt. Es waren ihre letzten Worte gewesen, denn plötzlich ragte ein Pfeil aus ihrer Kehle. Sie waren Siedler gewesen, friedliche Siedler, die sich in den Salamandersteinen ein neues Leben hatten aufbauen wollen. Sie hatten dort erst einige Wochen gelebt, dann waren die Elfen gekommen. Ihre Bogenschützen hatten jeden Mann, jede Frau, jedes Kind getötet. Zwei runde Narben, eine am Bauch, eine am Rücken, erinnerten Sandres jeden Tag an den Pfeil, der zwei Tage und Nächte in seinem Körper steckte, bis man ihn gefunden hatte. Zwei Tage Todesangst und Qual, Tage, die er zwischen den Leichen seiner Familie gelegen und nicht einmal zu weinen gewagt hatte, aus Angst, die Elfen kämen zurück.

Orks waren ihm tausendmal lieber. Denen sah man die Schlechtigkeit wenigstens an. Ihre Bösartigkeit war ihnen in die Züge geschrieben, in ihre kleinen, blutdürstigen Schweinsaugen. Aber Elfen … sie waren noch unbarmherziger, weil ihre Grausamkeit kalt war. Sie kannten keine Gnade und verachteten Menschen, die wahren Kinder der Götter. Sie verachteten Praios. Und auch diese Elfe verachtete sie nur und spielte sie gegeneinander aus. Wie aber sollte er das seinem Hauptmann erklären?

Er schnaubte und drehte sich um. Niemand hielt ihn auf, als er in den Wald ging. Während alles in ihm vor Wut schrie und die Demütigung auf seinen Wangen brannte, stapfte er durch das raschelnde Herbstlaub. Er wünschte sich, Praiodan würde ihm folgen, würde mit ihm sprechen, wie er es manchmal tat, von Freund zu Freund, von Bruder zu Bruder. Doch Praiodan kam nicht. Dass sein Mentor und Freund ihn so einfach gehen ließ, drehte den Dolch in seiner Wunde um. Vermutlich war Praiodan zu sehr damit beschäftigt, sich bei der Kreatur für ihn zu entschuldigen. Die Demütigung verbrannte sein Herz. Sich für ihn bei einer Elfe entschuldigen! Mochte das ganze Pack doch zum Namenlosen fahren, wo es herkam! Und die menschlichen Magier gleich mit! Mochten sie sich dort gegenseitig Gesellschaft leisten, in den kalten Flammen der Niederhöllen!

Immer tiefer drang er in den Wald vor. Er fürchtete die Finsternis nicht. Er fürchtete gar nichts.

Sandres sah nicht, wie plötzlich Augen aufglühten, spürte nicht die Erregung, die seinen Jäger erfüllte, als er sich auf Sandres' Fährte setzte, die Witterung aufnahm, diesen köstlichen Geruch von Hass und Wut. Von Rache. Oh, der Jäger wusste, wie verführerisch die Rache war. Wie süß der Schmerz des Opfers die eigenen Seelenwunden kühlte.

Dein Meister ist verblendet, zischte es mit hundert flüsternden Stimmen. *Er hat dich von sich gestoßen.*

»Ich werde die Mission trotzdem ausführen«, flüsterte Sandres in die Finsternis, die ihn mit tausend unsichtbaren Augen anstarrte.

O ja. Dein Hauptmann ist in ihren Netzen gefangen. Sie hat ihn mit Magie umgarnt. Ahnst du nicht, was zwischen ihnen geschieht, wenn du schläfst? Wie sie sich unter ihm windet, das unreine Weib?

Sandres zitterte vor Wut. O ja, ihren schlanken, weißen Leib, der sich Praiodans Kraft unterwarf, ihn mit ihrer Magie band und schwächte. Oh, er hatte es gesehen. »Sie hat ihn gebunden.«

Oh, das hat sie. Er ist bereits ihr Sklave. Wen fragt er denn um Rat? Nicht mehr dich, seinen besten Schüler, sondern die Elfenhure. Und wie sie dich verspottet. Wie sie deine Gedanken durchwühlt, auf der Suche nach deinem Schmerz. Wird sie ihn dir so rauben, wie sie ihm den Verstand geraubt hat?

»Niemals!« Er schrie das Wort in die Nacht.

Vielleicht war es ihre Sippe, die deine Familie getötet hat. Diese Elfen treiben es doch wie die Tiere. Sie sind alle miteinander verwandt. Oh, wie sie gelächelt haben, als die Pfeile von ihren Bogensehnen schnellten. Deine Mutter hat sie nicht kommen sehen. Es sind doch nur Elfen.

»Rache …«, flüsterte Sandres. »Ich hätte Rache nehmen müssen.«

Aber du warst noch ein Kind, nicht wahr? Es ist nicht schlimm, dass du deine Familie so verraten hast. Du konntest nichts dafür. Du musstest erst älter werden. Erwachsen werden. Alt genug, um ein Schwert zu führen.

»Ich hätte sie rächen müssen.«

Aber Sandres, es war nicht dein Versäumnis. Du hast sie einfach vergessen. Diese Dinge geschehen. Mach dir deswegen keine Vorwürfe.

»Ich hätte es nicht zulassen dürfen.«

Und du wirst ebenso tatenlos mit ansehen, wie sie deinen

Meister verführt, nicht wahr? Vielleicht ist seine Seele längst vertan. Vielleicht hat sie sie längst dem ohne Namen geopfert. Aber du musst ihm natürlich gehorchen. Er ist dein Hauptmann.

»Ich muss ihn schützen.«

Aber wie, kleiner Sandres? Er wird immer stärker sein als du. Selbst als Streiter der Finsternis. Er wird dich von deiner Rache abhalten. Sie führt seine Fäden. Wenn du sie tötest, wird er dich töten.

»Das wird er nicht! Er vertraut mir.«

Du bist nur ein Kind in seinen Augen. Du musst ihn vor sich selbst beschützen. Oder willst du wieder so viele Jahre warten, bis du die rächst, die du liebst? Wirst du dann den Mut aufbringen? Wirst du dann dem Gesetz der Vergeltung folgen?

Sandres schüttelte zornig den Kopf. Praiodan zu verlieren, wie er seine Familie verloren hatte. Zu Ucurian Jago zurückzukehren und sein Versagen eingestehen. Für immer allein sein. Die Elfe triumphieren zu sehen. »Was soll ich denn tun? Was?«, schrie er die Bäume und Felsen an. »Was soll ich tun?«

Bist du Manns genug, Sandres? Bist du Krieger genug?

»Das bin ich.«

Ich glaube dir nicht, wisperte die Stimme. *Beweise es.*

»Wer bist du?«

Ich bin deine Rache, Sandres. Ich kann dir Macht geben. Macht, um alle Elfen zu töten. Macht, um deine Familie zu rächen. Macht, deinen Hauptmann vor ihr zu retten. Macht, um deine Mission zu beenden. Du wirst mächtiger werden, mächtiger, als Praiodan es je war. Wenn du ihn schützen willst …

»Das will ich.«

Ich kann dir die Macht geben, ihn zu retten. Er wird die Wahrheit erkennen. Und ihr werdet wieder Seite an Seite kämpfen, wie es früher war.

»Das will ich.«

Dann sprich meinen Namen. Sprich den Namen der Rache, und sie wird deine Rache sein. Sprich meinen Namen, Sandres. Ich werde dich erhören.

Zuvor hatte Sandres den Namen nicht gekannt, jetzt aber wühlte dieser sich mit glühenden Zeichen aus einem verborgenen Winkel seiner Seele hervor und stieg ihm heiß und erstickend in die Kehle.

Er musste ihn aussprechen, die Silben erzwangen es.

»Blakharaz …«

Erst im Morgengrauen kehrte Sandres zum Lager zurück.

Seine Schritte erschienen ihm selbst hölzern. Seine Augen brannten von dem, was sie gesehen hatten und was er nicht in Worte fassen konnte. In seinem Herzen hatte sich ein Abgrund aufgetan, ein Hunger, den er nie würde stillen können. Er hätte nie geglaubt, dass so etwas möglich wäre. Dass ein Mensch so hungern könnte. Es gab nur noch eines in seinem Leben.

Er hatte die Wahrheit gesehen. Das wahre Gesicht der Vergeltung, der Gerechtigkeit. Wer dies erblickt hatte, konnte es niemals vergessen. Für den waren Erde und Regen und Wind und Nahrung nur noch Worte. Die wahre Kraft lag in einem einzigen Willen.

Rache.

Es fühlte sich so gut an, davon durchtost zu werden, wie ein Sturm, der sich in seinem Herzen gefangen hatte und ihn vorwärts trieb.

Imera hielt die letzte Nachtwache. Sie war so verblendet und dumm. Er hätte fast über ihren Anblick gelacht. Sie hatte ihn wütend gemacht? Sie war nur ein Menschlein, ein Hexlein. Er würde sie töten, sobald er dazu Gelegenheit hätte. Sie musste sterben. Sie frevelte gegen die Götter. Sie stand seiner Rache im Weg. Das würde er nicht mehr zulassen.

Sie blickte auf, als er auf die Lichtung trat, und zuckte zurück. »Habt Ihr Fieber, Leutnant?«

Er verzog höhnisch die Lippen. »Mir geht es gut.«

Imera schauderte sichtlich. »Eure Augen ...«

Er grinste nur und legte Holz auf das niederbrennende Feuer. »Was Ihr Euch einbildet, Euer Gnaden.«

»Ja, vielleicht das Feuer«, beruhigte sie sich selbst. »Es sah gerade seltsam aus.«

»Ihr seid müde. Ruht Euch aus. Ich übernehme die Wache.«

Mit einem dankbaren Nicken rollte die Draconiterin sich in ihren Mantel.

Sandres unterdrückte den Wunsch, ihr das Schwert in den Leib zu rammen, während sie schlief. Er musste geschickt vorgehen. Erst musste er seinen Hauptmann retten. Er fachte das Feuer an und bereitete das Frühstück vor. Dann, bevor noch die Frauen erwachten, trat er mit einer Schüssel Getreidebrei an Praiodans schlafenden Körper und berührte ihn an der Schulter.

Praiodan öffnete die Augen. Er war schlagartig wach. Reflexe eines Kriegers.

»Guten Morgen«, flüsterte Sandres.

Praiodan nickte und setzte sich auf. »Guten Morgen, Sandres. Ich hoffe, du hast dich beruhigt.«

Er nickte und kauerte sich neben Praiodan nieder. »Ja, Hauptmann. Die Elfe soll uns begleiten, wenn es Euer Wille ist.« *Warum sollte sie weggehen? Damit entkommt sie mir vielleicht noch. Dann müsste ich sie suchen. Nein, so ist es bequemer,* setzte er innerlich hinzu.

Praiodan nickte und nahm dankend das Frühstück entgegen.

Sandres' Hand krampfte sich um die kleine Glasphiole, die er von seinem einzigen Freund, dem Einzigen, der auf seiner Seite stand und die Wahrheit erkannte, bekommen hatte. *Iss,* betete er innerlich. *Es wird dich gesund machen. Du ahnst nicht, was ich dafür bezahlt habe. Iss.*

Praiodan nahm einige Löffel voll und verzog den Mund. »Du hast es zu lange auf dem Feuer gelassen.«

Sandres spürte, wie ihm der Schweiß in den Nacken rann. »Tut mir Leid, Hauptmann. Ich war … in Gedanken.«

Praiodan grinste und berührte ihn an der Schulter. »Schon gut. Es ist nicht sehr schlimm. Hauptsache, du kannst besser kämpfen als kochen.« Er aß weiter, unbeeindruckt von dem Geschmack, den seine scharfen Sinne zweifellos wahrnahmen.

Sandres lächelte still, dann ging er zum Feuer zurück. Er weckte die Elfe und Imera erst, als er sah, dass Praiodan seine Schüssel ganz gelehrt hatte.

Sein war die Rache.

8. Kapitel

Ein Magier? Auf einem schwarzen Pferd? Ja, den habe ich gesehen.«

Endlich. Praiodan rieb sich die Augen. Er war müde. Die Tage im Sattel, der Regen, der ständige Streit – er war erschöpft. Er hätte nie gedacht, dass diese Jagd ihn so anstrengen würde. Aber sie laugte ihn aus, als hingen unsichtbare Vampire an seiner Lebenskraft.

»Wann war er hier?«

»Oh, er hat vor zwei Tagen hier gerastet.« Der Wirt deutete auf einen Platz in der Ecke der Schankstube. »Dort hat er gegessen.«

Es war noch früh am Abend, wenige Bauern und Reisende waren bisher hier eingetroffen, und doch roch es bereits nach abgestandenem Bier und Schweiß. Eine stinkende Bauernschenke. Übelkeit stieg ihm in die Kehle. Und doch – noch eine Nacht in der Kälte, im Regen …? Er musste bereits Fieber haben. Es fiel ihm schwer, sich auf die Worte des stämmigen Wirtes zu konzentrieren. »Sprecht weiter.«

»Ein vornehmer Herr. Er hat ein gutes Trinkgeld gegeben.« Der Wirt schien völlig unbeeindruckt von ihm oder Sandres zu sein. Vielleicht thorwalisches Blut, dachte er träge. Thorwalern war die Unverschämtheit bekanntlich so angeboren wie den Elfen die Magie. Auch seine Gestalt und sein grobschlächtiges Benehmen deutete auf thorwalisches Erbe hin. Mühsam zerrte Praiodan seine Gedanken zur Konversation zurück.

Der Wirt musterte ihn abschätzend. »Wollt Ihr vielleicht nicht doch etwas essen?«

»Ja, gleich.« Sandres versorgte die Pferde, Imera nahm ein Bad. Was Silanandra tat, wusste er nicht. Er hatte nicht gefragt. »Schneidet Braten auf und bringt heiße Suppe und Brot. Und Wein.«

»Kommt sofort.«

»Hat Zeit«, wehrte Praiodan müde ab.

Trotzdem wandte er ihm den Rücken zu und wollte gehen.

Was erlaubte er sich eigentlich …?

»Ich sagte, es hat Zeit, verdammt noch mal!«, knurrte Praiodan und sprang auf.

Der Wirt erstarrte und fuhr zu ihm herum.

»Wenn ich dir sage, dass es Zeit hat, dann wirst du mir gehorchen oder ich schneide dir dein unverschämtes Grinsen aus dem Gesicht!«

Der Wirt war blass geworden, taumelte einige Schritte zurück. Praiodan sah, wie sein nicht weniger grobschlächtiges Eheweib hinter der Theke nach einen Knüppel griff. Blitzschnell wog Praiodan ab. Die beiden wären ihm niemals gewachsen. Er könnte sie umbringen, bevor sie um Hilfe schreien konnten.

Imera kam angelaufen, das Haar noch nass und verknotet vom Bad. »Was ist passiert?«

Praiodan starrte sie an, dann den Wirt.

Sein Körper brannte vor Zorn. Ein kalter, finsterer Zorn, der ihn beben ließ. Diese Leute umzubringen? Einfach so? Er schüttelte den Kopf, versuchte, wieder klar zu denken. Was ging nur in ihm vor? War er so erschöpft, dass er nicht mehr Herr seiner selbst war? Müde ließ er sich auf die Bank zurückfallen. Das Herz raste schmerzhaft heftig in seiner Brust – und doch war ihm kalt. *So kalt.* »Bringt das Essen, in Praios' Namen, und gebt Ruhe.«

Imera musterte ihn besorgt. »Ihr seht nicht gut aus, Hauptmann.«

»Euch hat niemand gefragt«, gab er unwirsch zurück. Gleich würde sie ihm Vorhaltungen machen. Sie hatte ihm schließlich gesagt, dass sie krank werden würden, wenn sie im Regen reisten. »Ihr seid nicht meine Mutter.«

Imera schüttelte tadelnd den Kopf. »Ich meine, was ich sage. Ihr habt Fieber.« Sie legte ihre Finger auf seine, eine warme Berührung. Wieder schüttelte sie den Kopf. »Ihr seid eiskalt.«

Praiodan schürzte die Lippen. »Nichts, nicht einmal der Tod wird mich abhalten, den Paktierer zur Strecke zu bringen«, schwor er.

»Fordert Boron nicht heraus.«

Er machte eine wegwerfende Geste. »Habt Euch nicht so.« Was erlaubte sie sich eigentlich? Er sollte sie zur Strecke bringen. Sie war der Magie verfallen, wie sein verfluchter Bruder, der ihm Schande machte und seinen Namen befleckte. Wieder schüttelte er den Kopf, hielt sich die Schläfen. Ihm war so kalt. »Irgendetwas stimmt nicht mit mir«, flüsterte er erstickt.

Sie legte ihm die Hand auf die Schulter. Er zitterte. Durch seine Kleidung konnte er spüren, wie warm sie war. Wie warm ihr Blut wohl sein würde? Wärmer als der Scheiterhaufen, auf dem das Magiergezücht brennen würde? »Praios, hilf«, flüsterte er mit kalten Lippen.

»Erlaubt mir, Euch zu helfen. Ihr seid krank.«

Er nickte müde. Alle Kraft hatte ihn verlassen. Sandres. Er blickte sich suchend um, aber Sandres war noch nicht aus den Ställen zurück. Vielleicht hatte sein Schüler ihm noch nicht gänzlich verziehen, dass er ihn gestern angebrüllt hatte. Er hatte es nicht so gemeint. Das würde er Sandres sagen.

»Kommt, Hauptmann.«

Er ließ sich von ihr führen, viel zu müde, um Widerstand zu leisten. Sie meinte es gut. Und ihre Hand war so warm. Sich ihr anzuvertrauen, nur für einen Augenblick, erschien verlockend. Sie brachte ihn auf sein Zimmer, half ihm, sich auszuziehen.

Er stierte vor sich hin, als sie die Lederschnüre der wattierten Unterkleidung löste und ihm die Tunika über den Kopf zog, wie es eine Mutter mit ihrem Sohn getan hätte. Dann spürte er ihre glühenden Hände auf seinem Rücken.

»Bei allen Göttern. Wer hat Euch das angetan?«, flüsterte sie.

»Was?«

»Diese furchtbaren Narben. Wer hat Euch das Fleisch von den Knochen gepeitscht? Was habt Ihr getan?«

Er lachte heiser. »Ich selbst.« Fahrig deutete er auf die Geißel. »Ich habe Praios' Gebote nicht zu jeder Stunde befolgt.«

»Ihr seid ja wahnsinnig«, flüsterte sie. »Ihr Bannstrahler müsst alle den Verstand verloren haben.«

Er packte ihr Handgelenk, sah befriedigt, wie sie sich zu befreien versuchte, wie eine rothaarige Füchsin, die den Häschern ins Netz gegangen war. »Reinheit hat ihren Preis«, zischte er ihr zu. »Den nicht jeder zu zahlen bereit ist.«

»Es muss andere Wege zu Praios geben.« Sie zerrte ihre Hand frei, entglitt ihm.

»Mag sein. Dies aber ist der meinige.« Er legte sich in die Kissen zurück, seufzte. Ein Bett. Der Geruch von frischem Stroh, der aus der Matratze aufstieg. So liegen bleiben. Schlafen.

Praiodan spürte, wie Imera sich neben ihn setzte, wie ihr Gewicht die Matratze bewegte. »Blickt mich kurz an«, sagte sie ruhig.

Er blickte in ihre grünen Augen, die ihn aufmerksam musterten. Wenn sie nicht der falschen Sache diente, hätten sie vielleicht Freunde sein können. So aber – er brauchte sie nicht. Er hatte Sandres, dem er vertrauen konnte. Sie war nur eine Störung, eine lästige Bürde.

Imera nickte dann, wandte sich ab. »Eure Augen.«

»Was ist damit?«

»Sie sind blutunterlaufen und gelblich verfärbt.« Ihre Fingerspitzen suchten den Puls an seinem Handgelenk. Teilnahmslos ließ er es geschehen. Praios würde ihn vor ihrer Magie beschützen, dessen war er sicher.

»Ihr seid krank, Hauptmann«, stellte sie fest. »Euer Herz schlägt unregelmäßig und Ihr seid kalt. Ihr schwitzt aber nicht. Das ist keine gewöhnliche Krankheit.«

»Und was sollte es sonst sein?«

Sie seufzte. »Wenn ich das nur wüsste. Es deutet auf eine Vergiftung hin.«

»Quacksalberei.«

Sie stand brüsk auf. »Ihr habt die Manieren eines tollwütigen Hundes, Hauptmann. Ich muss mir das von Euch nicht bieten lassen.«

»Ja, geht nur. Ich habe Euch nie um Hilfe gebeten. Verzieht Euch nach Honingen zu Euren Büchern.«

Sie schleuderte die Tür hinter sich ins Schloss, verfluchte ihn vermutlich in diesem Augenblick im Namen aller Zwölfgötter. Der Gedanke ließ ihn nicht lächeln, berührte nichts in ihm.

Ihm war kalt. Frierend zog er die Decke um sich zusammen und lag zitternd in seinem Zimmer. Nur die Kerze auf dem Nachttisch spendete ihm etwas Licht. Er heftete seine Augen auf die ruhig brennende Flamme.

»Praios, steh mir bei. Stärke mich für den Kampf. Gib mir genug Kraft, um den Paktierer zu stellen. Ich bitte dich, Fürst der Götter. Erbarme dich meiner. Mach mich zu deinem Werkzeug.«

Er schloss die Augen, atmete ruhig ein und aus, obwohl ihm die Kälte den Leib verkrampfte. So kalt, so kalt. Die Narben auf seinem Rücken spannten. Er spürte jede Unebenheit, jede unregelmäßige Narbe. Wann immer er gesündigt hatte, hatte er sich selbst zur Rechenschaft gezogen. Es war ein Ritual; er hatte keine Furcht, und der Schmerz reinigte ihn. Der Schmerz war gut. Er klärte den Geist, kühlte den Hochmut, zähmte den Körper, unterwarf das Fleisch dem Willen.

Er fiel in einen unruhigen Schlaf, der erst unterbrochen wurde, als Sandres mit Brot, Suppe und Wein zu ihm kam. Sandres. Praiodan setzte sich auf, rieb sich den Schlaf aus den Augen, aber sein Körper war bleischwer und gehorchte ihm nur unwillig. Vergiftet? Was für ein Unfug. Er brütete eine Krankheit aus, nichts weiter. Er war nicht zum ersten Mal in seinem Leben krank.

»Ihr müsst etwas essen, Hauptmann«, sagte Sandres freundlich, als er die Sachen auf dem Nachttisch neben der Kerze abgestellt hatte, die nur wenig heruntergebrannt war, seit Imera gegangen war.

»Setz dich, Sandres.«

Sandres setzte sich zu ihm auf das Bett, musterte ihn unverwandt, wie es schien besorgt. Oder forschend?

Praiodan legte ihm die Hand auf die Schulter. »Ich bin stolz auf dich, Sandres. Dies ist eine unvorhergesehene Entwicklung. Es geht nicht so, wie ich es mir wünschte. Aber wir sind den Göttern verpflichtet. Größere Kräfte wirken hier.«

»Ja, Hauptmann. Ich weiß.«

»Vergiss nie, dass ich stolz auf dich bin. Du bist mein bester Schüler. Mehr als das.«

Sandres lächelte. »Ja, Hauptmann. Sorgt Euch nicht. Es wird vorübergehen. Wir werden wieder Seite an Seite kämpfen. Bald.«

Etwas schwang in seiner Stimme mit, verzerrte die Worte. Praiodan war nicht sicher, ob er das hörte, was Sandres meinte. Er musste tatsächlich krank sein, wenn er die Worte seines besten Schülers schon so falsch verstand.

Sandres streifte sanft seine Hand ab. »Esst und ruht Euch aus. Die nächsten Schritte werden Euch sehr anstrengen.«

Praiodan nickte und nahm das Mahl ein, während Sandres ihm bei einem Becher Wein Gesellschaft leistete. Die Wirtsleute waren lausige Köche. Die Suppe schmeckte angebrannt, ein stechender Geschmack, der sich nur durch den schweren roten Wein von seiner Zunge vertreiben ließ. Gesättigt und müde legte sich Praiodan zur Ruhe.

Habt Ihr uns vergessen, Hauptmann?

Die Stimme. Eine Stimme. Herldis? Er stand allein auf einer Lichtung im Wald. Nebel umgab ihn, kalter Nebel, der über die nackte Haut seines Oberkörpers, seiner Arme und Schultern leckte, ihn mit klammen Fingern liebkoste. Er fröstelte.

Habt Ihr uns vergessen, Hauptmann?

Er drehte sich um sich selbst, seine Hand suchte das Schwert an seiner Seite, aber er musste den Waffengurt abgelegt haben. Was für ein Leichtsinn. Kalte Luft strömte in seine Lungen und trug einen fernen Geruch wie nach Schwefel. Er drehte sich auf dem morastigen, trügerischen Waldboden, versuchte, zu erkennen, von wo die Stimme kam, die ihn ansprach. Da waren Schemen. Schatten? Bäume? Feinde?

»Zeigt Euch.«

Zu Befehl, Hauptmann.

Aus dem Nebel schälten sich nun Gestalten. Sie kamen langsam auf ihn zu, helle Gestalten in blutbefleckten Waffenröcken und Mänteln, Geißeln und Schwerter gegürtet.

Herldis.

Askir.

Die anderen.

Seine Krieger.

Herldis schüttelte missbilligend den Kopf. »Ihr werdet doch keine Angst vor uns haben? Wir sind schließlich für Euch gestorben.«

Er starrte sie fassungslos an. Sie waren alle da – so, wie er sie bestattet hatte. Armbrustbolzen ragten aus ihren Körpern und unzählige Wunden bedeckten sie, hatten das Weiß in Blutrot verwandelt, ihre Reinheit in Zerrbilder. »Ich habe keine Angst.«

»Dann werdet Ihr Eure Strafe auf Euch nehmen wie ein wahrer Krieger Praios'?« Ihre Stimme klang spöttisch.

»Meine Strafe?«

»Ihr wart nicht bei uns, als wir Euch brauchten. Ihr habt uns nicht geführt. Ihr habt uns verraten.« Nicht nur sie sprach jetzt – alle zehn sprachen, ein Wall aus Stimmen, der ihn umtoste, immer wieder nachklang, wie ein unheiliger Chor, wie die Stimmen der Verdammten in der Kälte der Niederhöllen. Er spürte sie körperlich – wie Schläge, wie Peitschenhiebe. Sie kamen immer näher. »Werdet Ihr Eure Buße auf Euch nehmen?«

Er stemmte seine Beine fest in den Boden, fixierte Herldis. Er hatte kein Schwert, aber was hier geschah, war Meuterei. »Ich konnte nichts tun. Zieht Euch zurück.«

Sie lächelte nicht. Ihr Gesicht war nur eine helle Fläche mit Öffnungen für zwei dunkle Abgründe, die Augen sein mochten, und die Ahnungen von Nase und Mund. Ihre Hände aber hatten lange Klauen.

Bei Praios, was geschah hier?

Er wehrte sie ab, als sie ihn angriff, mit ihren Klauen wie ein Raubtier nach ihm schlug. Er wich aus, ließ ihren Schlag ins Leere laufen und packte sie um die Hüfte, um sie zu Boden zu werfen. Plötzlich waren sie alle da. Er spürte ihre Krallen auf seiner Haut, als sie nach ihm griffen. Sie waren unmenschlich stark. Je mehr er gegen sie ankämpfte, desto stärker schienen sie zu werden. Er versuchte sich loszureißen. Ihre Haut war wie der Nebel, klamm und kalt. Seifig. Er bekam sie nicht zu fassen. Sie rangen ihn nieder, zwangen ihn auf die Knie, zerrten an seinen Armen, hielten ihn so fest, bewegungsunfähig, die Arme auf dem Rücken verdreht.

»Warum tut Ihr das?«, keuchte er.

»Das ist unsere Rache für Euren Verrat«, zischte Herldis und nahm die Geißel aus ihrem Gürtel. »Wappnet Euch. Wir sind noch nicht fertig mit Euch. Ihr werdet die Qualen eines jeden Einzelnen von uns fühlen.« Sie lachte, ein klackendes Geräusch, wie Geröll, das unter dem Tritt von Pferden nachgab. »Beginnen wir mit *meinen* Qualen ...«

Die Geißel fuhr herunter. Er bebte, zitterte, bäumte sich auf, aber die Geister hielten ihn unbarmherzig. Ebenso gut hätte er gegen Felsen kämpfen können – oder gegen Stahlketten. Aber er schrie nicht. Er schrie niemals.

Schweißgebadet starrte er in die Dunkelheit. Die Kerze war erloschen. Durch die Ritzen der Fensterläden strahlte das milchige Licht des Madamals, übergoss sein Bett mit seinem beruhigenden Schein.

Praiodan zitterte, seine Muskeln schmerzten, aber es war die Erschöpfung der Angst, nicht die von Schwertübungen. Er setzte sich auf die Bettkante. Sein Schweiß stank, ein übler, fauliger Geruch, der ihm deutlicher sagte als jeder Albtraum, wie es um ihn stand. Er war krank. Das war kein Fieber. War er verhext worden? Hatte der Fluch der Hexe aus Elmswald ihn nun doch noch eingeholt?

Mit plötzlicher Klarheit begriff er, dass, was auch immer mit ihm geschah, von Stunde zu Stunde schlimmer wurde. Er wurde leicht zornig, aber wenn er daran dachte, dass er die Wirtsleute am liebsten umgebracht hätte … das hatte nichts mehr mit Gerechtigkeit und gerechtem Zorn zu tun. Das war reiner Blutdurst.

Er wischte sich den Schweiß ab und öffnete die Fensterläden.

Es war noch tiefe Nacht. Herbstlicher Tau glitzerte auf den Blättern der Bäume und auf dem Gras wie winzigste Splitter von Edelsteinen. Kalte Nachtluft umgab ihn, kühlte seinen Körper. Wie schön die Nacht sein konnte. Wie friedlich.

Praiodan legte seine wattierte Unterkleidung und die Stiefel an und gürtete das Schwert. Er öffnete die Tür seines Zimmers und stieg die hölzerne Stiege hinunter. Unten in der Wirtstube lag eine dicke Magd auf einem Strohlager vor dem Feuer und schnarchte. Er setzte seine Schritte vorsichtig, um niemanden zu wecken.

Zwei grüne Augen in der Nähe des Kamins leuchteten ihm entgegen. Praiodan schlug das Praioszeichen, aber die schwarze Katze schien davon nicht beeindruckt zu sein. Er grinste schmal. Natürlich – nicht jedes Tier diente einer Hexe.

Er schob den Riegel zur Seite und trat aus der Taverne. Das Band der Straße erstreckte sich stetig nach Süden und Norden. Kirian entgegen – oder nach Wehrheim zurück. Er ließ sich von der Nacht umfließen, blickte hinauf zum Madamal, das beinahe voll war. Nachttiere raschelten durch Gras und herbstliches Laub, aus den Ställen hörte er die Pferde im Traum leise wiehern und scharren. Es war noch warm, die Erde atmete die goldene Wärme des Sommers, und doch lag schon Frost in der Luft. Es war die Zeit des Jahres, die er so liebte, den Übergang von Hitze zur Kälte, die wenigen Tage, die selbst das Bornland mit wehmütiger Schönheit erfüllen konnten. Ob Kirian das auch so empfand?

Seine eigene Sterblichkeit wurde ihm bewusst. Er

würde, wie der Sommer, dereinst alt werden, wenn er alle seine Kraft hingegeben hatte, jede Gabe seines Geistes und Körpers dem Götterfürsten dargebracht hatte. Ihn erwartete Boron – wie jeden Sterblichen. Und in welcher Gestalt ihn der Tod wohl holen mochte? Kam er als blitzender Stahl? Als magisches Feuer, das ihn bei lebendigem Leibe in seiner Rüstung verbrannte? Kam er als schleichende Krankheit? Und würde er tapfer sein können, wenn es so weit war? War er stark genug, um mutig zu sein, was immer mit ihm geschah? Stark genug, um selbst im Tod noch Praios' Ehre zu mehren?

Wehmut krampfte ihm das Herz zusammen und er sandte ein inniges Stoßgebet an den Götterfürsten. »Vater Praios, der du jedem seine Stunde und Zeit gegeben hast, lass mich stark sein, wenn ich sterbe. Lass mich mit deinem Namen auf den Lippen in den letzten Kampf gehen, und mach mein Herz weit und stark, dass ich deine Gnade erkenne und mein Los demütig annehme, wenn der Tag und die Stunde kommt. Nimm mein Leben, wenn es deine Ehre mehrt, und nimm es auf die Weise, die du mir vorbestimmt hast.«

Er blickte hinauf zu Ucuri, hinauf zu den funkelnden Sternen, die den Götterfalken umgaben. Greifen. Dort wachten die Greifen über die Ordnung der Dinge, und einer dieser Wächter hatte ihn angeblickt, von Angesicht zu Angesicht.

»Warum hast du das getan? Warum hast du mich gerettet? Was hat dein Herr mit mir vor?«, fragte er leise, die Worte schlüpften über seine Lippen, ohne dass er es ihnen hätte verwehren können. Es hätte wie eine Anmaßung klingen können, aber es war eine Frage, die ihn sein ganzes Leben als Praiodan angetrieben hatte. Der Greif hatte ihn erwählt. Von all denen, die sein Vater getötet oder hingerichtet hatte, war nur dies eine Wunder geschehen, war nur er allein gerettet worden. Er erinnerte sich, wie Wulfjew Knechte und Leibeigene, die es wagten, ihm zu widersprechen, oder die einen geringen Fehler begangen hatten, in den Winter hinaus gejagt hatte.

Er erinnerte sich daran, wie man in den Chroniken über seine Familie sprach: *Das Eis ist die Gerechtigkeit der von Weißfels. Kinder des Frostes. Hart und unbarmherzig wie Firuns eigener Atem.*

Er hatte früher nicht verstanden, warum sein Vater diese Dinge tat. Wie viele Flüche und Verwünschungen waren gegen die Tore der Festung gehämmert worden, wie viele hatten geschworen, das werde der Baron noch bereuen? Er erinnerte sich schwach an einen Magus, der gar Blakharaz auf sie herabgewünscht hatte.

Es schauderte ihn. Wie leichtfertig die Menschen mit diesen Verwünschungen umgingen. Und wie schnell diese Flüche grausame Gestalt annahmen.

»Warum sprichst du vom Sterben?«, fragte da Silandra, die, katzenhaft, wie sie war, sich herangeschlichen haben musste. Er erschrak nicht. Er hatte keine Angst mehr vor ihr, wandte sich nur um, als habe er sie erwartet.

»Unser Leben ist anders bemessen als das deines Volkes«, erklärte er leise.

»Und ihr verbringt es, indem ihr über den Tod nachdenkt?«, fragte sie, den Kopf schräg gelegt, ihre Sternenaugen leuchteten – Was mochte es sein? Licht? Ihre Seele? Magie?

Praiodan lächelte. Sie war auf ihre Art weise. Für ein Volk der Ewigkeit waren diese Gedanken in der Tat schwer nachzuvollziehen. Sie waren ewig wie die Sterne, während Menschen nichts weiter als flackernde Kerzen waren. Etwas wie Neid nagte an seinem Herzen. Und doch – er war nicht sicher, ob er eine Ewigkeit auf Dere würde ertragen können. Er akzeptierte Praios' Ratschluss.

Sie musterte ihn still, für lange Zeit, und wieder war es Praiodan, als könne er in sie hineinfallen, als sei ihre Seele so tief und groß, dass sie mit Leichtigkeit ihn und alle anderen hätte umgeben können, wenn sie es wollte. Er streckte die Hand aus, berührte zögernd ihre Wange. Keine Menschenhaut. Zu weich. Fleisch, das eine Ewigkeit ertragen konnte. Sie lächelte und schmiegte ihre Wange in seine Hand. Diese Berührung allein, seine braun gebrannte, grobe Hand auf ihrem weißen Gesicht und das Vertrauen, das sie ihm entgegenzubringen schien, beschleunigten seinen Atem. Seine Lippen wurden trocken. Es hungerte ihn. Jetzt leben, nicht über den Tod nachdenken. Für wenige Augenblicke war es ihm, als könne er die Dunkelheit, die sich beständig um ihn zusammenzog, abstreifen. Er neigte sich zu ihr hinab, streifte ihre Lippen mit den seinen. Sie blickte ihn die ganze Zeit unverwandt an. Und wie gut sie roch – eben nach jenem sommerlichen Wald, den er so liebte. Sie roch nicht wie Menschenfrauen nach Duftwassern und Seife, nach Schönheitsmittelchen und Pudern. Sie roch gar nicht wie ein Mensch. Blattgrün, vielleicht. Dampfende Erde nach einem warmen Sommerregen. Ihre Lippen – weich. Weich wie Schnee, sanft wie Tau. Silanandra trat dicht zu ihm, ihr Körper streifte ihn, entflammte ihn, ließ ihn mit einer plötzlichen, verzweifelten Lust beben, die jede Schwermut aus seinen Gedanken vertrieb. Seine Welt, die Sterne, der Orden, seine Mission, alles stürzte in zwei silberne Punkte zusammen, fand sich in ihren Augen.

Ihr Mantel breitete sich über das Laub, sein Waffenrock wurde zu ihrem Kissen. Kein Frost konnte sie berühren, und sie lagen eng beieinander, als die Praiosscheibe sie fand und das frische, rosige Licht des Morgens über ihnen ausgoss. Mit ihr an seiner Schulter träumte er nicht.

Sie war gegangen – wie der Traum, der sie war. Nachdem er erwacht war, war er zurück in sein Zimmer gegangen. Nein: geschlichen. Etwas Ungeheuerliches war geschehen, doch er konnte nicht entscheiden, ob er sich dafür schuldig fühlen sollte oder nicht.

Wäre sie eine gewöhnliche Magd gewesen, er hätte nicht weiter darüber nachgedacht. Er pflegte nicht zu Rahjadienerinnen zu gehen, eingedenk der Tatsache, dass dort, wo Praios und Rahja aufeinander trafen, der Götterkreis geschwächt wurde. Und doch – die Elfe war anders.

Silanandra.

Er spürte noch immer ihre Hände und Lippen auf seinem Körper. Sie hatte ihn für eine Ewigkeit wie in Mondlicht getaucht, hatte ihn vergessen lassen. Ob ihn das stärkte oder schwächte, konnte er nicht entscheiden.

Nachdem er sich gewaschen, gekleidet und gerüstet hatte, ging er hinunter in die Stube, wo Sandres bereits ein reichhaltiges Frühstück bestellt hatte.

»Hauptmann, geht es Euch besser?«

Praiodan konnte nicht verhindern, dass er einen raschen Blick auf Silanandra warf, bevor er antwortete. »Ja, viel besser.« Er leistete ihnen am Tisch Gesellschaft und ließ sich das Frühstück schmecken. »Was ist mit den Pferden, Sandres?«

Sandres, der sein halbes Noviziat in den Ställen verbracht hatte, weil er eine gute Hand und ein gutes Auge für Pferde hatte, grinste. »Werden gerade geputzt und aufgezäumt, Hauptmann. Bernstein brennt darauf, wieder auf die Straße zu kommen.«

Praiodan lächelte. »Gut. Mir geht's ebenso.« Er verspürte Wehmut. Diesen Winter untätig in Auraleth verbringen? »Sandres, wir sollten in diesem Winter ins Bornland reisen. Mir steht der Sinn nach einer guten Jagd und Bärenschinken.«

Sandres lachte erfreut. »Ja, Hauptmann, gern.«

Es würde ihnen Zeit geben, den Schaden, den ihre Freundschaft genommen hatte, auszubessern. Sie mochten sogar näher zusammenwachsen als wirkliche Brüder.

Als Praiodan seine Aufmerksamkeit wieder seinem Essen zuwenden wollte, sah er, wie die Tür der Taverne sich öffnete und eine Bauernfamilie zögernd hereinkam. Er hob eine Augenbraue, als ein halbwüchsiges Mädchen auf ihn deutete und die älteste Frau – es mochte wohl die Mutter sein – mit schlotternden Knien auf ihn zukam, ihre fünf Kinder um sie wie die Küken um eine Glucke.

»Arbeit, Sandres«, murmelte er.

Die Bäuerin ging auf ihn zu. Ihre Augen schwammen in Tränen und sie fiel vor ihm auf die Knie. Ihre Kleidung war von dem unbestimmten Mausbraun armer Leute, keine Stelle, die nicht geflickt worden war. Aber dafür waren die Sachen sauber und ihr Haar war ordentlich aufgesteckt, als ginge sie in den Tempel.

Praiodan ließ zu, dass sie seine Hände küsste, als sei er tatsächlich ein Geweihter. »Was fehlt ihr?«, fragte er leise und entzog ihr sanft die Hände.

Mit Tränen in den Augen blickte sie zu ihm auf. »Meine Tochter«, brachte sie hervor. »Meine Tochter ist verschwunden.«

»Dann suche sie sie dort, wo Kinder in dem Alter spielen gehen«, murrte Sandres.

Sie zitterte. »Das tat ich, Herr. Seit zwei Tagen suche ich. Dann sagte die Nachbarin, ein Fremder auf einem schwarzen Pferd habe mit ihr gesprochen. Und dann haben wir das gefunden.« Sie reichte Praiodan eine ebenso mausgraue Lumpenpuppe, die offenbar von einem Kind fast in Fetzen geliebt worden war. Praiodan gab ihr das Spielzeug hastig zurück, als habe er sich daran verbrannt.

»Sie hätte sich nie davon getrennt«, erklärte die Mutter.

»Ein Mann auf einem schwarzen Pferd«, wiederholte Praiodan. »Nun, sie kann sich glücklich schätzen, dass wir einen solchen Mann suchen. Wir werden ihre Tochter zurückbringen.« Er hatte weniger Zuversicht, als er ausdrückte. Wenn der Paktierer ihr Blut zum Beschwören brauchte, mochte sie längst irgendwo verscharrt oder ein Raub der Wölfe geworden sein.

Wieder bedeckte sie seine Hände mit Küssen. Praiodan ließ es etwas hilflos geschehen. »Oh, Praios segne Euch dafür, edler Ritter. Praios möge es Euch und Euren Kindern vergelten.«

»Wie sieht sie aus?«

»Alwenna ist acht Götterläufe alt und hat goldbraunes, langes Haar.« Die Mutter ließ seine Hände los und drängte ihm die Puppe auf. »Gebt ihr das, bitte. Damit sie keine Angst vor Euch hat.«

Hastig verstaute er die Puppe in seiner Gürteltasche. »Das werde ich.« Brüsk stand er auf. »Sandres. Wir brechen auf.«

Sandres hatte sich gerade wieder seinem Frühstück zuwenden wollen. »Hauptmann, eine Stunde mehr oder weniger …«

»Wenn du so hungrig bist, dann lass dir was zusammenpacken.« Damit ließ er ihn stehen und ging in den Stall, um die Ausrüstung zu prüfen. Ein Stallmädchen hatte sie gut und sicher verpackt. Er gab ihr eine kleine Münze und saß auf, die anderen Pferde am Zügel.

Sandres kam auf den Hof, unzufrieden vor sich hin murmelnd. »Ihr hättet etwas essen sollen, Hauptmann. Ihr seid noch geschwächt.«

»Wenn die Bauern sehen, dass wir uns lieber den Bauch voll schlagen, als gegen die Dunkelheit zu kämpfen, werden wir noch enden wie der Theaterorden. Frisch ans Werk, Sandres.«

Sein Schüler saß ebenfalls auf, nachdem er tatsächlich einigen Proviant verstaut hatte. Seine dunklen Augen zeigten Unwillen, aber zumindest lehnte er sich nicht offen gegen ihn auf.

Als Imera und Silanandra ebenfalls aufgesessen hatten, setzten sie ihre Reise fort.

Die Bauernfamilie sah ihnen nach. Praiodan spürte ihre Hoffnung wie einen schweren Mantel um seine Schultern.

Auf der Reise konnte er nicht umhin, immer wieder Blicke auf Silanandra zu werfen. Es hätte ein Traum sein können, wenn nicht ihr Lächeln sich seit der letzten Nacht verändert hätte. Diese Lippen. Dieses Strahlen in ihren Augen.

Sandres trieb sein Pferd an seine Seite, zerriss den Blick zwischen Silanandra und Praiodan. »Hauptmann, wie werden wir weiter vorgehen?«

»Wir machen Fortschritte«, erklärte Praiodan, dankbar, dass Sandres ihn zwang, an die Mission zu denken. »Und der Feind reist mit einem Kind. Das dürfte ihn langsamer machen. Zumindest kann er sich nicht mit einer schreienden, gefesselten Göre ruhig in eine Taverne setzen.«

»Falls sie noch am Leben ist«, gab Sandres zu bedenken.

»Oh, ich denke, dass sie am Leben ist«, mischte sich da Imera ein. »In zwei Tagen wird das Madamal voll sein. Vielleicht braucht er sie dann für ein Ritual. In der Tat wird in zwei Nächten, etwa zur vierten Stunde, eine überaus interessante Sternenkonstellation entstehen. Wenn das Madamal Ucuri blendet ...«

Praiodan hörte nicht hin. So weit würde es nicht kommen. Sein Bruder würde weder morgen noch jemals wieder ein Kind opfern.

Koste es, was es wolle, er würde ihn aufhalten. Sonst mochte Kirian sein Unwesen weiterhin treiben oder gar in die Schwarzen Lande gehen, um dort die Heerscharen des Bösen zu mehren. Vielleicht war er sogar deren Abgesandter. Er war es ihm schuldig. Er war ein Hexenjäger, ein Schwert des Praios. Niemand fragte, was er wohl wollte oder wonach er sich sehnte. Er war es Praios schuldig, seine eigenen Wünsche zurückzustellen.

Nur so würde er ewigen Lohn erhalten.

Ewigen Frieden.

9. Kapitel

Schuldig!

Wo war er? Seine Gedanken drehten sich im Kreis. Dunkelheit.

Den Vater verraten!

Das hatte er nicht. Sein Vater hatte ihn verraten. Er hatte keinen Vater mehr.

Die eigenen Leuten in den Tod geschickt. Im Stich gelassen!

Er verkrampfte sich. Er war doch nur zu spät gekommen.

Sich an dem sündigen Fleisch einer Elfe ergötzt!

Keine Antwort. Darauf wusste er keine Antwort. Welche Stimme sprach da?

Dem Volk zu viel Milde gezeigt. Recht und Gesetz vernachlässigt!

Der Zweifel setzte sich in seinen Gedanken fest. Hatte er das? War er zu den Bauern zu milde gewesen? Zu milde zu dem Gastwirt?

Du hast Schwäche gezeigt! Du hast bereits versagt. Wie kannst du behaupten, die Gerechtigkeit zu lieben? Du liebst deinen Bruder doch mehr als Praios' Wort!

Praiodan wünschte, er könnte antworten. Aber kein Wort, das er hinausschreien wollte, verließ tatsächlich seine Lippen.

Richten wir ihn! Herldis' Gestalt schälte sich aus der Dunkelheit hervor, gefolgt von einigen Schatten. Alle waren in zerfetzte weiße Gewänder gehüllt.

Schuldig! Schuldig! Schuldig!

Praiodan wollte sich die Ohren zuhalten, aber er konnte sich nicht rühren. Finsternis, überall nur Finsternis.

Dann war Herldis vor ihm. Ihr rechtes Auge fiel heraus, während sich ihr Fleisch langsam schwarz färbte und stückweise zu Boden fiel. Sie hob ihre Hand in seine Richtung. Das faulige Fleisch stank bestialisch, erinnerte ihn an die Schlachtfelder des letzten Krieges, wo die Toten von Fliegenschwärmen bedeckt worden waren, ein schwarzes, summendes Leichentuch.

Du wirst einer von uns!

Praiodan schrie auch noch, als sein Schüler ihn schüttelte. Es dauerte eine Weile, bis Praiodan erkannte, wessen Gesicht er vor sich hatte. »Herldis …«

»Sie ist tot«, beruhigte ihn Sandres. »Ihr habt nur schlecht geträumt.«

Sandres' Gegenwart entspannte ihn. Langsam richtete er sich in seinem Bett auf. »Neuigkeiten?« Ein Zittern in seiner Stimme. Er biss sich auf die Zunge. Nur keine Schwäche zeigen.

»Ihr habt nicht lange geruht, Hauptmann«, Sandres legte ihm ein feuchtes Tuch auf die Stirn. »Die Draconiterin ist immer noch bei der Schriftgelehrten und geht die Aufzeichnungen durch.«

»Aufzeichnungen?« Praiodan zögerte. Verdammt! Wo waren sie überhaupt?

Sandres schien besorgt. »Stimmt etwas nicht mit Euch, Hauptmann?«

Praiodan machte eine abwehrende Geste, während er sich erhob und das feuchte Tuch angewidert von der Stirn wischte. »Nur ein Albtraum.« *Hoffe ich.*

Sandres schien das zu genügen oder er wollte ihn nicht weiter beschämen, anders als die praiosverdammte Draconiterin, die ihm jetzt weiter zugesetzt hätte. »Imera ist bei der einzigen Frau in diesem Dorf, die uns vielleicht mehr über das Ziel des Paktierers sagen kann.«

Praiodan trat zum Fenster. Immer noch etwas unsicher auf den Beinen stützte er sich auf den Rahmen. Beim Anblick der hoch im Zenit stehenden Praiosscheibe durchflutete ihn wieder neue Kraft. Praios siegte über die Finsternis. Er siegte über den Nebel, über Unsicherheit und Schwäche. So würde es immer sein. »Soll sie das tun.« Mit Genugtuung stellte er fest, dass seine Stimme ihm wieder gehorchte. »Wie lange habe ich geschlafen?«

»Nicht lange, Hauptmann.« Sandres rührte gerade die dampfende Suppe um, die auf dem Nachttisch stand. Vermutlich war sein Schüler gekommen, um ihm etwas zu essen zu bringen, und hatte ihn aus dem Albtraum gerissen. »Ich habe gerade Euer Mittagessen bereitet.«

»Sollte das nicht der Wirt tun?« Praiodan zog eine Augenbraue hoch.

»Besser nicht. Wir sind Eurem Bruder hart auf den Fersen. Er könnte hier jemanden angewiesen haben, Euch zu vergiften.«

Ja, richtig. Eine Möglichkeit, mit der sie immer rechnen mussten. Weitere Fallen. Sein Schüler war aufmerksam und dachte an alles. Schon bald würde er ihn nicht länger als Schüler betrachten können. Bald würde Sandres seine eigenen Missionen und Einheiten bekommen. Dann gab es nichts mehr, das er ihn noch lehren konnte.

»Esst.« Sandres reichte ihm die Schüssel.

Später warteten sie unten im Gasthof auf Imera. Eine junge Schankmaid trat an ihren Tisch, um ihnen zwei Krüge Bier zu servieren. Praiodan hätte sie nicht wahrgenommen – mit ihrer Schürze und den geübten Bewegungen unterschied sie nichts von hundert anderen Schankmaiden, die ihm im Laufe seines Lebens Bier gebracht hatten. Nur eines.

Ihre Hände zitterten.

»Stimmt etwas nicht?«

Ihr Blick senkte sich zu Boden, wich dem seinen aus. Ein weiteres untrügliches Anzeichen.

»Der Hauptmann hat sie was gefragt!«, bellte Sandres.

»Es … ist nichts …«, stammelte das Mädchen. Ihr rotes Haar schimmerte feurig im Licht. Rotes Haar.

»Hexe!« Praiodan erhob sich, funkelte sie an.

»Nein, Herr … ich …« Sie war leichenblass geworden, konnte sich vor Schreck kaum rühren.

»Sie ist meine Tochter!« Der Wirt, ein rundlicher Mann in den besten Jahren, kam herangeeilt, brachte Küchengerüche, aber keine Waffe mit.

Sandres verstellte ihm den Weg. »Der Vater der Hexe.«

Praiodan packte die junge Frau beim Arm. »Wie heißt sie, Hexe?«

»Saria.« Sie zitterte wie Espenlaub.

»Was geht hier vor?«

Praiodan wandte sich um. Imera war zurück, gerade rechtzeitig, um sich einzumischen.

Sandres funkelte in ihre Richtung. »Wir haben hier eine Hexe gefunden und ihren Vater, der sie versteckt hält.«

Die Draconiterin stürmte auf Praiodan zu. Wieder dieses Feuer in ihr. Wenn sie nur für die rechte Sache stritte …

Zu viel Milde! Schuldig!

Praiodan blinzelte. Fast wäre ihm der Arm des Mädchens entglitten.

Und wieder versagst du! Die Draconiterin will dich nur an deiner Pflicht hindern!

»Herldis …«, murmelte er leise. Es war ihre Stimme. Hinter der Draconiterin zeichnete sich eine schemenhafte Gestalt ab, die im Schatten der Tür stand. Sie war in ein ehemals weißes Gewand gehüllt und deutete mit dem Schwert auf die Schankmaid. *Schuldig! Tue deine Pflicht!*

»Das Rohalsedikt, nach dem es verboten ist, Hexen und andere Magiekundige zu verfolgen, nur weil sie Magie wirken können, besitzt bis heute Gültigkeit!«

Praiodan ließ die Schankmaid los, als habe er das Interesse verloren. Sein Blick war auf Herldis' Schatten an der Tür gerichtet.

Schuldig! Deine Seele wird brennen! Und ihre auch!

Ein erneutes Blinzeln ließ den Geist verschwinden. Als habe sich nur das Licht gespiegelt. Als … befänden sie sich in der Wüste. Er hatte von den todbringenden Luftspiegelungen der Khom gehört.

»Alles in Ordnung?« Besorgnis schwang in der kühlen Stimme der Draconiterin mit.

»Ja, natürlich.« Sandres hatte für ihn die Antwort gegeben. Warum auch nicht?

Praiodan wandte seinen Blick zu der angsterfüllten Schankmaid, zwang sich, wieder sie anzusehen, und nicht die Schatten seiner Vergangenheit, die ihn narrten. »*Noch* hat sie das Gesetz nicht gebrochen. Aber sie wird! Magie hat sie bereits durchdrungen und zerfrisst ihre Seele.« Er genoss ihre Angst. Wie sie ihn mit weit aufgerissenen Augen anschaute. Ein kleines Hexlein. Futter für die Flammen.

»Und dann werde ich da sein, um sie zu strafen. Mein Schwert wird auf sie warten, um sie in Praios' reinigendes Feuer zu geleiten.«

»Verschwinde!«, knurrte Sandres.

Als hätte das einen Bannzauber gebrochen, rannte Saria mit wehenden Röcken zu ihrem Vater, der schnell in den Hinterräumen mit ihr verschwand.

»War das hier …«, wollte Imera fragen.

»Ja. Das war es.« Praiodan hatte keine Lust, sich nun auch noch auf eine Diskussion mit der Draconiterin einzulassen.

Imera zog tief die Luft ein, nickte aber schließlich, als sei sie zu dem Entschluss gekommen, dass sie nichts an der Lage ändern konnte. Oder dass sie besser mit ihm zusammenarbeitete. Er konnte sie so schwer einschätzen. Alles, was er wusste, war, dass sie Ärger bedeutete.

»Wie Ihr wünscht.« Dann setzte sie sich ebenfalls an den Tisch. »Ich habe Neuigkeiten. Der Magier, den wir suchen, war hier …«

Praiodan bemerkte, wie sie seinem Blick auswich.

»… er behauptete, Kirian von Weißfels zu heißen«, setzte Imera gedämpft hinzu.

Praiodan schlug mit der Faust auf den Tisch. Hass erfüllte ihn. Blanker Hass. »Mein Bruder! Ich wusste es. Ich werde ihm ein für allemal Einhalt gebieten!«

Falls du nicht versagst … hörte er Herldis flüstern.

»Ihr jagt Euren Bruder?« Imera hob ungläubig die Augenbrauen.

»Wir bringen ihn zur Strecke. Ja.«

Sie starrten sich für eine Weile an, aber wieder schien Imera zu entscheiden, dass dies weder der Ort, noch die Zeit war, um mehr darüber zu erfragen. »Jedenfalls«, fuhr sie fort, »fand ich alte Aufzeichnungen bei der Schriftgelehrten, die von einem Unheiligtum des Widersachers Praios sprechen …«

Reflexartig fuhr Praiodans Hand zum Schwert. Dass sein Bruder paktiert hatte, damit hatte er sich bereits abgefunden. Aber musste es ausgerechnet Blakharaz sein? Welchen Lohn erwartete er vom Herrn der Rache?

»Es ist nicht weit von hier«, fuhr Imera fort. »Und dieser Kirian hat keinen großen Vorsprung. Spätestens bei der Ruine werden wir ihn eingeholt haben.«

»Dort werden wir ihn richten«, erklärte Praiodan inbrünstig.

Dann spürte er die Hand seines Schülers auf der Schulter. »Keine Sorge, Hauptmann, das werden wir.«

Imera wirkte zweifelnd. »Bewahrt aber einen kühlen Kopf.«

»Ich *bin* ruhig«, presste Praiodan hervor, während sich seine Hand um den Griff des Schwertes verkrampfte. Das Schwert, das Kirian töten würde. Seinen Bruder töten würde. *Kirian töten würde ... seinen Bruder töten würde ... Töte ihn ... Praiodan. Räche uns! Rache!* Herldis' Stimme.

»Habt Ihr verstanden, Hauptmann?« Imeras Stimme.

»Was?« Schweiß lief Praiodan von der Stirn, seine Kehle war wie ausgedörrt und er spürte ein Entsetzen, das jeden seiner Muskeln verkrampfte. Praios, was geschah nur mit ihm?

»Ihr schient kurz abwesend«, vernahm er Sandres' besorgte Stimme. »Als hättet Ihr einen wichtigen Gedanken.«

Imeras Blick aber sagte Praiodan, dass sein Schüler die Lage beschönigte. Verdammt, verlor er tatsächlich langsam, aber unaufhaltsam den Verstand? Welchen Zauber hatte Kirian gewirkt? Griff er aus der Ferne nach seiner Seele? War der Paktierer denn so mächtig, dass er Praios' Schutz überwinden konnte?

»Wie hat die Schriftgelehrte den Magier beschrieben?«, hakte Sandres nun nach, um das Gespräch in eine andere Richtung zu leiten. Ablenkung. Was würde er nur ohne seinen Adjutanten tun, der immer einsprang, um ihn zu schützen?

Imera seufzte. »Sie konnte sich nicht gut erinnern. Sie sprach von einem gewöhnlichen Magier: graues Reisegewand, Magierstab. Ein blonder Mann von edlem Gebaren.«

»Seine Augen!« Praiodan packte die Draconiterin

plötzlich am Arm: »Welche Farbe hatten seine Augen? Hat er was darüber gesagt?«

»Grün«, antwortete Imera. Sie blickte zu seiner Hand. »Was soll das?«

»Schon gut …«, murmelte Praiodan, atmete tief durch und ließ sie los. »In der Tat, es ist Kirian. Er hat grüne Augen. Ich werde ihn …« *töten … töten … töten … töten … töten …*

»… töten.«

»Wie es SEIN Wille ist«, fügte Sandres leise hinzu.

Imera nickte, als wäre ihr das Erklärung genug. »Wie ich soeben ausführen wollte, gibt es Anzeichen, dass in diesem Unheiligtum ein mächtiges Wesen gefangen gehalten wird.«

»Was für ein Wesen?« Praiodan hatte Mühe, sich auf ihre Worte zu konzentrieren.

Die Draconiterin schüttelte den Kopf. »Darüber gibt es keine Aufzeichnungen. Doch der Ort und die Indizien deuten auf ein mächtiges Wesen hin.«

»Gewiss ein höherer Diener des Ersten der Erzdämonen«, vermutete Sandres.

Innerlich stimmte Praiodan seinem Schüler zu. Vermutlich würde Kirian diesen Diener befreien, um seinen dämonischen Meister zu stärken. Wie mächtig dieses Geschöpf auch war – sie durften nicht zulassen, dass sein Bruder es befreite und sich damit seine Unterstützung erkaufte. Es würde ihn nur mächtiger werden lassen und unabsehbares Leid über die nächsten Opfer der Kreatur bringen.

Du musst Kirian töten!

»Geh aus meinem Kopf!«

»Hauptmann?« Zum ersten Mal fragten Imera und Sandres das Gleiche im gleichen Atemzug.

Praiodan winkte ab. »Das geht Euch nichts an.«

Töte Kirian!

Schuldig!

»Soll ich Euch untersuchen?«, bot Imera an.
»Mir fehlt nichts.«
Die Tür wurde aufgerissen.
Praiodan und Sandres fuhren wie ein Mann herum, Hände an den Schwertern.
Ein Junge stand in der Tür, die Wangen vom Rennen erhitzt. Atemlos keuchte er: »Die Elfe hat einen Jungen getötet!«
In Sandres' Augen blitzte es auf.
Sündig ... mit dem Makel geboren!
»Niemals. Nicht Silanandra!« Imera. Natürlich, die Draconiterin. Diesmal aber wollte er ihr so gern zustimmen und konnte die Worte doch nicht über die Lippen bringen.
»Los. Wir sehen uns das an!«, befahl Praiodan.

Der Junge führte sie zu einer Scheune, wo sich schon eine wütend wogende, flüsternde, zischelnde Menschenmenge versammelt hatte.
»Steinigt sie!«
»Elende Elfe!«
»Nagelt sie mit dem Ohr an das Scheunentor!«
»Was ist hier los?« Praiodans Stimme übertönte die Menge, die sich gehorsam vor ihm teilte und damit den Blick auf Silanandra freigab, die neben einem reglosen Kind kniete, einem Jungen von nicht mehr als acht Götterläufen.
»Seht das Messer dort!« Sandres deutete auf eine blutverschmierte Waffe, die anklagend neben der Elfe lag. Waffe? Ein Arbeitsmesser, ein Werkzeug. Aber scharf und spitz genug, um zu töten.
»Es ist sein Blut!«, rief eine Stimme aus der Menge.
Praiodan fixierte die Ruferin, ein hoch aufgeschossenes Mädchen mit schiefen Zähnen. »Ach ja?«
Gespenstische Ruhe trat ein, als er auf die Elfe zuschritt. Das dreckige Hemd des Jungen war an einer Stelle

kreisrund mit Blut getränkt, der Einstich knapp unterhalb der Rippen. Dafür brauchte man keinen Medicus. Wenig Blut. Möglicherweise ein Treffer mitten ins Herz.

Sandres eilte zu Silanandra. Noch bevor Praiodan ihn aufhalten konnte, schlug er sie mit der Faust nieder. »Ich hab's gewusst! Dafür wirst du brennen, Elfenhure!«

»Ja, verbrennt sie!«, kamen vereinzelte Rufe aus der Menge.

Praiodan untersuchte das Messer, dann warf er wieder einen Blick auf die Wunde, legte das Messer daneben, verglich. Unzweifelhaft. Der Junge war durch diese Waffe gestorben.

»Wer von euch hat wirklich mit eigenen Augen gesehen, wie die Elfe ihn getötet hat?« Die Draconiterin.

Sie versucht, ein Schlupfloch zu finden, um ihrer Elfenfreundin zu helfen … zischelte Herldis.

Es wurde ruhiger. Doch dann trat eine grobschlächtige Frau vor. Ihre Augenklappe verdeckte eine Narbe, deren Ansätze noch zu sehen waren.

Söldnerveteranin, vermutete Praiodan.

»Ich habe es gesehen«, erklang ihre Stimme, die kratzig und geschwächt war vom vielen Alkohol, dem sie offenbar den Rest ihres wertlosen Lebens gewidmet hatte.

Sandres wandte sich eifrig zu ihr um. »Was hat sie gesehen?«

»Also«, begann die Frau lallend. »Ich ging gerade hier entlang. Sah den Jungen auf dem Boden liegen. Sie hatte den Dolch in der Hand, war so über ihn gebeugt. Er lebte noch …«

»Woran hat sie das gesehen?«, wandte Imera ein.

»Er hustete Blut!« Verächtlich spuckte die Frau auf den Boden. »Ein Toter tut das wohl kaum, oder?«

Praiodan sah, dass Imera die Veteranin wütend anfunkelte.

Diese wandte sich zur Menge: »Tut ein Toter doch nicht … oder? Sie nahm dann noch die Hände runter, weil sie sein Blut trinken wollte!«

»Elfenhure!« Sandres hatte schon wieder sein Schwert in der Hand, als wollte er sie an Ort und Stelle richten. Nicht durch das Feuer, sondern durch den Stahl.

Praiodan blickte verwirrt in die Runde. Die Leute, wie ein Kreis um die Elfe und den Rest seiner Gefährten. Sandres, kampfbereit. Die Draconiterin erzürnt. Die Elfe schweigend. Die Stimme in seinem Kopf lähmte ihn. *Brennen muss sie! Brennen!*

»Verbrennt dieses Elfenpack!«, rief die Veteranin in die Menge.

»Verbrennt sie!«, rief Sandres laut, als er Imera genau gegenüberstand und sich ihre Blicke trafen.

Und dann kamen weitere Stimmen – erst leise, dann immer lauter – aus der Menge hinzu. »Brennen! Brennen! Brennen!«

Brennen! Brennen! Brennen! fand es Widerhall in Praiodans Gedanken. Sein Kopf schmerzte, es hallte in seinen Ohren wie bronzene Glocken. Als sei er in einem Gewitter gefangen und habe den Weg verloren.

Orientierungslos blickte er sich um, bis er in die Augen der Elfe sah. Traurige Augen. Für einen Moment fand er dort den merkwürdigen Sternenschimmer, der ihn immer wieder fesselte und ihn bis in sein Grab verfolgen würde.

Funkelte es nicht wie damals? Ucuris Leuchten? Der Greif?

Frevel! Frevel! Dein Gedanke! Frevel!

»Ich wollte ihm helfen«, sang ihre Stimme nun zum ersten Mal. Allein der Klang erfüllte die Leute mit solcher Ehrfurcht, dass sie zurückwichen.

Nur Sandres löste sich aus der Erstarrung. Imera zur Seite stoßend, knurrte er: »Das war deine letzte Lüge, brennen soll dein Leib!«

»Brennen, brennen, brennen«, fiel der dumpfe Chor der Menge ein, die nun ebenfalls den seltsamen Zauber abgeschüttelt hatte.

Brennen, brennen …

Praiodan sprang auf. Noch im Sprung zog er die Waffe. Das durfte nicht geschehen. Er dachte nur an das Sternenlicht in ihren Augen, als sein Schwert Sandres' Schlag parierte. Sandres' Schwert fand klingend Widerstand in Praiodans Stahl.

»Was …?«, keuchte sein Schüler mit weit aufgerissenen Augen. »Was tut Ihr …?«

»Sie sagte, sie wollte ihm nur helfen!« Imera, die sich nun zum ersten Mal auf Praiodans Seite stellte. Allein das hätte ihm schon zeigen sollen, dass er einen Fehler beging. Draconiter und wahre Bannstrahler standen niemals Seite an Seite.

Sandres' Fassungslosigkeit traf Praiodan wie ein Schlag vor die Stirn. Schuldig? Unschuldig? Ihre Augen. Unschuldig. Er schob seinen breiten Rücken vor die Elfe, zwischen Sandres und sie. Die Botschaft war klar. *Nur über meine Leiche, Sandres.*

Nun sprang die Veteranin mit einem Kurzschwert vor. In ihrem einen Auge blitzte es wild auf. Ihr folgte die Menge wie eine erste Welle, die die Flut ankündigte. »Brennen! Brennen! Brennen!«

Sandres wurde von ihnen einfach beiseite gestoßen. Praiodan sah nur noch das Aufblitzen der Klinge, die auf ihn zuschoss. Er riss sein Schwert hoch. Langsamer als sonst? Es ging ihm nicht gut. Funken sprühten, als Stahl auf Stahl traf.

»Sie ist schuldig! Sie wird brennen!«, krächzte die Frau wie wahnsinnig.

Praiodan ließ sein Schwert hervorzucken, gab sich dem Eigenleben der Waffe und seines Körpers hin, das ihn wie früher auf dem Schlachtfeld erfüllte.

Seine Gegnerin parierte keuchend. Doch noch während seine Klinge abglitt, fuhr er mit dieser herum und rammte sie einem Bauern, der sich gerade an ihm vorbeidrängen wollte, in die ungeschützte Seite. Ein kurzer erstickter Schrei, dann brach dieser zusammen. Ein tiefer Hieb, knapp unter die Rippen.

Einer weniger. Rasch brachte er seine Klinge wieder in Position, um das erneut herabsausende Kurzschwert zu parieren. Dann sah er die Lücke in der Deckung. *Wie nachlässig.* Sandres war schon vor drei Jahren besser gewesen. Die Veteranin war schlecht ausgebildet worden, hatte vielleicht nie einen wirklichen Schwertmeister gehabt. Wie leichtsinnig. Die Klinge fand ihren Weg unter dem Kurzschwert hindurch und versenkte sich in den Brustkorb der Frau.

Fassungslos schaute sie ihn an. Alle Härte und Entschlossenheit wich aus ihr, als sie begriff, dass sie starb. Praiodan hatte für sie nichts als Verachtung übrig und riss seine Klinge mit beiden Händen wieder heraus. Sie hatte einen Diener Praios angegriffen.

Zu Recht ...!, zischelte Herldis in seinem Ohr.

Der Rest der Menge wich zurück, wohl auch, weil sich nun Sandres neben ihn gestellt und sein Schwert abwehrbereit gehoben hatte. Praiodan vermutete, dass die Draconiterin derweil in ihrem Rücken, bei der Elfe, war und dort den Leib des Jungen untersuchte.

»Ich werde jemanden schicken, der diesen Fall untersucht!«, rief Praiodan den Dorfbewohnern zu. »Den Tod des Jungen ... und den Angriff auf Praiosdiener.« Letzteres ließ die Leute zurückweichen.

»Und nun geht besser ... bevor noch mehr von euch sterben ...«

Von den Vorkommnissen erschüttert und noch immer unwillig murmelnd, zerstreute sich die Menge und ließ Praiodan und seine Gefährten zurück.

Praiodan blickte ihnen nach, bis von ihnen keine Gefahr mehr drohte und wischte das Schwert an der Kleidung der toten Veteranin sauber, bevor er es in die Scheide zurückstieß. *Unschuldiges Blut! Sie waren im Recht!* Wies ihn Herldis wieder und wieder zurecht.

»Warum habt Ihr das getan, Hauptmann?« Sandres bebte vor Wut und Enttäuschung. Sein Blick wanderte über die beiden Gefallenen, richtete sich dann wieder auf ihn. »Sie hat Euch verhext.«

Praiodan schüttelte den Kopf. Sein Schüler verstand nicht. Aber wie sollte er auch? »Warum ich das tue?« Er streckte sich zu seiner vollen Größe auf und betrachtete Sandres.

Das Dorf beobachtete sie. Lauschte. Aus den Fenstern, hinter Ecken. Jedes Wort hier würde zum Bannstrahl gelangen, auf dem einen oder anderen Weg. Er zeigte keine Angst, obwohl er spürte, dass das Dorf ihn mit der Elfe gemeinsam brennen sehen wollte. Vielleicht hatte er, Praiodan, das sogar verdient. Nicht aber, bis er nicht seine Mission erfüllt hatte.

Das Schlimmste war allerdings Sandres' Hass. Junger Hass, der ihm wie ein feuriges Mahnmal entgegenloderte. Für ein solches Feuer musste viel verbrannt werden.

Und immer wieder Herldis' Worte *Schuldig! Schuldig! Schuldig!*

Doch – es war allein Silanandras Blick, der ihn wirklich erreichte. Allein ihre Augen. Und so stand er zwischen Sandres und ihr und es gab nur eine Rechtfertigung. »Weil ich weiß, dass Silanandra Sternenlicht unschuldig ist.«

10. Kapitel

Sie waren scharf geritten und noch am Nachmittag kamen sie zu einem weiteren winzigen Dorf. Die Gesichter der Leute blieben verschlossen, als sie in einer schäbigen Taverne, die ihren Besitzer vermutlich kaum zu ernähren vermochte, Quartier bezogen. Praiodan war sicher, dass diese Verschlossenheit einen Grund haben musste. Man fürchtete den Bannstrahl, viele bewunderten ihn auch oder sahen in ihm die Rettung vor der Finsternis – wie jene Mutter, die ihm die Puppe gegeben hatte.

Während Sandres sich darum kümmerte, dass die Pferde versorgt wurden, durchmaß Praiodan das Dorf zu Fuß. Vielleicht hundert Schritt von der Straße entfernt lag eine Hand voll ärmlicher Hütten, die sich um einen kleinen Platz geschart hatten. Als er näher kam, zerstreute sich eine Gruppe Bauern, die schwatzend beim Dorfbrunnen gestanden hatten, und gaben den Blick frei auf einen geschwärzten Fleck Erde, der aus dem Grün des Platzes wie ein Brandmal hervorstach.

Regen hatte einen Teil der Asche ausgewaschen, aber der Boden war ölig und roch beißend. Praiodan kniete nieder, untersuchte die Stelle genauer. Mit drei Schritten hätte er sie wohl durchmessen können. Einige fettige Holzstückchen waren in der Asche auszumachen.

Ein Scheiterhaufen. Vielleicht eine, möglicherweise zwei Wochen alt. Es war bei dem Regen der letzten Tage schwer zu schätzen.

Er blickte sich um, aber der Platz war leer. Die Augen der Häuser schienen ihn anzustarren und er fröstelte. In Elmswald war das anders gewesen. Die Bauern waren ihm dankbar gewesen.

Dann sah er die kleine Gestalt eines Kindes auf sich zu eilen. Er blieb knien, um das Kind nicht zu erschrecken. Für einen Augenblick hoffte er, das entführte Bauernmädchen, Alwenna, habe sich befreien können. Aber das Kind war schwarzhaarig. Schmerzlich dachte er an die Puppe in seiner Gürteltasche. Ob er je selbst Kinder haben würde? Ob Praios derlei für ihn vorgesehen hatte?

Die Kleine blieb mit runden Kulleraugen vor ihm stehen, eine einzige Frage im Gesicht.

»Was …«

»Bringst du meinen Papa wieder?«, fragte sie, ließ ihn gar nicht zu Wort kommen.

»Wer ist denn dein Vater?«

»Torolf, der Schmied.«

Eine der Türen öffnete sich, und eine Frau rannte auf sie zu, offenbar um das Kind wegzureißen. »Wo ist er denn?«

»Er ist bei euch. Ihr habt ihn mitgenommen.«

Praiodan blickte auf den schwarzen Fleck. Er bezweifelte ihre Worte, aber vermutlich war es das gewesen, was ihre Mutter ihr erzählt hatte, um zu erklären, warum der Vater nicht mehr nach Hause kam.

»Wann bringt ihr ihn denn wieder? Er hat versprochen, dass er ganz bald wieder kommt.«

Auch andere Türen hatten sich jetzt geöffnet, und Praiodan sah die Feindseligkeit auf den Gesichtern der Leute. Da war die Mutter auch schon bei ihnen. »Fioa!« Sie packte das Kind am Arm, das sofort zu heulen anfing, und wollte es wegzerren.

»Halt!«

Sie drehte sich zu ihm um, blanke Mordgier im Blick.

»Habt ihr nicht schon genug angerichtet?«, zischte sie. »Wollt ihr mir jetzt auch noch meine einzige Tochter nehmen?«

Seine Hand fuhr zum Schwert. »Ich habe nichts getan. Wenn ihr Mann der Hexerei …«

»Nicht vor dem Kind!«, schrie sie.

Er zuckte zusammen, aber da sah er, dass Sandres bereits angelaufen kam um ihm beizustehen, die Hand ebenfalls am Schwert. Gut. So, wie er die Stimmung der Leute einschätzte, mochten sie ihnen Widerstand entgegensetzen. Zu zweit aber wären sie ihnen mühelos gewachsen.

Sie wich zurück, doch Praiodan überbrückte die Entfernung mit einigen Schritten. »Was ist hier vorgefallen?«, fragte er schneidend.

Die Frau stellte sich zwischen ihn und ihre Tochter, eine Löwin, die sich einem Greifen entgegenwarf. »Ihr habt meinen Mann ermordet«, zischte sie.

Das kannte er. Manchmal waren Hexen infam genug, um selbst ihre Liebsten zu täuschen. Er kannte solche Fälle aus den Prozessakten. Vermutlich war der Mann einer Bannstrahl-Patrouille aufgefallen. Auf Auraleth würde er die Berichte konsultieren, um das zu prüfen.

»Wir vollstrecken Praios' Willen«, erklärte er. »Ihr hat die Liebe den Blick getrübt.«

»Sie sei uns dankbar, dass wir ihn unschädlich gemacht haben, bevor er ihr oder ihrem Kind etwas antun konnte«, setzte Sandres hinzu, der die Situation sofort erfasst hatte. Guter Schüler.

Die Frau wurde weiß vor Wut.

»Er wird außerdem gestanden haben«, ergänzte Praiodan.

»Niemals!«

»Hör mir gut zu, Weib. Ohne Geständnis oder schlagende Beweise wird niemand verbrannt.«

Das Mädchen hatte mittlerweile angefangen zu heulen und die Mutter hielt ihr die Ohren zu, was nur dazu führte, dass sich das Kind störrisch und quengelnd zu befreien versuchte.

Die Frau starrte ihn an, und Praiodan schlug ein Praioszeichen, so sehr loderte der Hass in ihren Augen. Diesem Weib sollte er besser niemals den Rücken zuwenden. Sie würde vermutlich sogar versuchen, ihn mit einer rostigen Haarnadel umzubringen, falls sie die Gelegenheit dazu bekäme. Der Gedanke amüsierte ihn nicht. Sie glaubte, was sie sagte, glaubte es mit aller Kraft, die ihre Seele aufbieten konnte. Er würde in der Tat die Aufzeichnungen prüfen. Nur, um sich zu beruhigen, schwor er sich. Nur um ganz sicher zu gehen, dass er sich nicht irrte.

»Komm, Sandres.« Er ließ sie stehen, jederzeit bereit herumzufahren und das Schwert zu ziehen, falls sie ihn doch angriff, etwa mit dem Arbeitsmesser an ihrem Gürtel.

Sandres fletschte die Zähne. »Gib Ruhe, Weib, oder du landest ebenfalls im Feuer.«

»Sandres, es reicht.«

Schweigend gingen sie zu ihrem Quartier zurück, dicht beieinander, kampfbereit, ohne es zu zeigen, von den sichtbaren und unsichtbaren Blicken der Bauern verfolgt. Torolf war gewiss ein beliebter oder zumindest ein wichtiger Mann gewesen.

»Wir sollten heute Nacht Wachen aufstellen«, murmelte Praiodan.

»Ihr meint, sie greifen an?«

»Man kann nie sicher sein. Sie könnten entscheiden, die Taverne in Brand zu setzen, um sich zu rächen. Der Frau wäre es zuzutrauen.«

»Bauernmetze! Wir sollten sie verbrennen!«

Praiodan seufzte. »Wir können uns davon nicht aufhalten lassen. Aber ich werde ausrichten, dass man diesen Fall genauer untersuchen soll.«

»Ihr glaubt, es war ein Irrtum?«

»Reine Routine, Sandres. Vielleicht können wir beweisen, dass wir im Recht waren. Damit auch nicht der Schatten eines Zweifels auf den Bannstrahl fällt.«

Sandres schüttelte den Kopf. »Ihr seid zu gut zu diesem Abschaum.«

»Ich möchte nur nicht werden wie mein Vater«, flüsterte Praiodan. Sie betraten die Taverne, aber weder Imera noch Silanandra waren dort. Er unterdrückte den Wunsch, nach der Elfenfrau zu suchen. Gewiss hatte sie von den Dorfbewohnern hier nichts zu befürchten; deren Hass konzentrierte sich voll und ganz auf die Bannstrahler.

Blieb noch, sich auf den Kampf mit dem Paktierer vorzubereiten. Praiodan bezog Stellung in der Stube, weil er durch die Fenster den Dorfplatz gut im Auge behalten konnte und breitete dort seine Waffen vor sich auf dem Tisch aus. Er prüfte die Schärfen seiner Schwerter, schliff sie nach, damit sie ihm im bevorstehenden Kampf besonders gut dienten. Er murmelte Gebete und spiegelte sein Gesicht in der Klinge.

Der Paktierer musste den größten Teil seines Vorsprungs eingebüßt haben. Sie würden heute Nacht im Licht des vollen Madamals aufbrechen und ihn im Schlaf überrumpeln. Bei Vollmond zu kämpfen, das wusste Praiodan aus Erfahrung, war keine besondere Herausforderung, wenn sich die Augen erst mal an das silberne Licht gewöhnt hatten. Und wenn Imera Recht behielt, was den Zeitpunkt des Rituals betraf, dann mochten sie den Paktierer in fieberhaften Vorbereitungen oder am Anfang des Rituals stören. In beiden Fällen wäre er unaufmerksam und besonders verwundbar. Er grinste bei dem Gedanken.

Sandres brachte ihm zwischendurch einen starken schwarzen, etwas bitteren Tee, den er durstig trank. Während sein Schüler ihm Gesellschaft leistete, schärfte dieser auch seine Waffen. »Diese Mission noch, Sandres. Dann gehen wir Bären jagen.«

Sandres lächelte still und nickte.

»Wenn wir heute Nacht zuschlagen, müssen wir zumindest keine Nacht unter Feinden verbringen«, erklärte Praiodan.

»Wir sollten das ganze Dorf niederbrennen.«

Je mehr er darüber nachdachte, desto einleuchtender erschien ihm Sandres' Vorschlag. Wer sich den Streitern Praios' entgegenstellte, verdiente kein besseres Schicksal. Sie sollten alle brennen, ihre Felder, ihre Häuser, ihr eigenes Fleisch und ihre Kinder. Er trank noch einen zweiten Becher Tee und nickte. »Auf dem Rückweg, Sandres. Auf dem Rückweg werden sie alle bezahlen.« Er lachte leise. Der Klang seiner eigenen Stimme jagte ihm eine Gänsehaut über den Rücken, und seine Hand verkrampfte sich um den Holzbecher. Als Sandres in das Lachen einstimmte, schüttelte es Praiodan vor nur beinahe unterdrücktem Grauen, aber er konnte nicht aufhören zu lachen.

Silanandra kam auf sein Zimmer, als er vor der Statue des Praios seine Gebete gesprochen hatte. Er hatte gehofft, im Gebet Ruhe und Zuversicht zu finden, aber seit jener Nacht mit Silanandra schien Praios ihn nicht mehr zu erhören.

Oder war es die Nacht davor gewesen? Er war nicht sicher. Er wusste nur, dass ihm auf dieser Reise die vollkommene Sicherheit, Praios achte auf ihn, abhanden gekommen war. Hatte er den Glauben verloren?

Das Schwert hatte er blank auf den notdürftig errichteten Altar gelegt. Ein Holzschemel mit seinem darüber gebreiteten Mantel diente ihm als Altar, darauf stand die goldene Praios-Statuette und daneben eine Kerze. Er kniete mit gesenktem Kopf. Tonlos flossen die uralten Silben über seine Lippen, aber sein Herz war bang und schlug ihm in der Kehle. Es ging auf das Ende zu, das spürte er, und er wusste nicht, ob er ohne Praios' Gunst bestehen würde und was er getan hatte, dass Praios ihn so strafte.

Sein Oberkörper war nackt. In der Rechten hielt er die Geißel. Die Läuterung war nicht sehr stark ausgefallen; er wusste, dass er würde kämpfen müssen, aber er hatte doch nachgeholt, was er die Tage über versäumt hatte. Sein Rücken war wie in ein Flammenmeer getaucht. Ein Flammenmeer, das die Sünde von ihm abwusch. Seinen Hochmut, seine Feigheit, sein schwankendes Vertrauen in den, der ewig war. Die sündige Lust, die er mit der Elfe geteilt hatte.

»Nimm mein Blut und meine Taten, Götterfürst, und führe mich auf deinen Wegen, auf dass ich deinen Ruhm mehre.« Er verneigte sich tief, dann erst spürte er den kalten Luftzug von der offenen Tür her.

Er wandte sich um und sah Silanandra blass wie Mondlicht im sterbenden Licht des Nachmittags stehen. Ihr Anblick krampfte ihm das Herz zusammen. Sie war so unsagbar schön. Früher hatte ihn diese Schönheit geängstigt, jetzt aber wollte er sie an sich pressen und ihren Körper – wie in jener Nacht – mit Küssen bedecken, wollte sich an dieser Schönheit berauschen.

Und warum auch nicht? Sie hatte ihm bereits einmal gehört. Warum sollte er sie nicht für sich beanspruchen?

Der Vater ihres Kindes.

Vielleicht hatte der Paktierer ihn längst getötet.

Vielleicht ist der Paktierer der Vater.

Sie kam zu ihm, streichelte seine Wange. »Ich habe mich hier im Dorf etwas umgesehen«, sagte sie sanft. »Vor zwei Wochen haben sie hier einen Mann hingerichtet.«

»Ja, das war mein Orden.«

Sie schüttelte leise tadelnd den Kopf. »Aber er war unschuldig.«

»Und woher willst du das wissen?«

»Ich habe mit den Leuten gesprochen. Sie sagten, das Böse sei von den Ruinen im Osten gekommen. Aber niemand hat gewagt, für ihn zu sprechen.«

Ja, manchmal waren die Bauern so eingeschüchtert, dass sie den Mund hielten, oder auch zu weit aufrissen. Wie viele verstockte Zeugen er schon zum Sprechen gezwungen hatte, konnte er nicht mehr sagen, aber es waren viele gewesen.

Denen geschah dies ganz recht. Sie haben Widerstand geleistet.

Er schüttelte den Kopf, um diese Gedanken zu vertreiben, stand auf und legte seine Arme um sie.

»Das Böse war hier«, sang Silanandra ihm zu. »Und es ist noch hier.«

»Ich werde prüfen lassen, ob er ordnungsgemäß befragt wurde.«

Ach, wolltest du diesen Ort nicht vorhin noch niederbrennen? Er schüttelte wieder den Kopf. Verlor er jetzt völlig den Verstand?

»Wir werden diese Ruinen erkunden.«

Sie nickte und schmiegte ihre schlanke Gestalt an ihn. Sofort war da die Erinnerung an ihre Umarmung, wie ihr Silber sein Feuer angefacht und dann gekühlt hatte. Wie sie auf seinem Körper ihre Melodie gespielt hatte. Er schauderte. Warum sie nicht einfach beanspruchen?

Und doch – sie war und blieb ein Geschöpf der Magie. Er war noch immer ein Bannstrahler. Sobald sie den Vater ihres Kindes wiedertraf, würden sie sich trennen. Damit er zum Bannstrahl zurückkehren und sie ihr Kind mit ihrem Mann aufziehen konnte. Es durchfuhr ihn wie eine glühende Nadel, die ihm unter die Schädeldecke getrieben wurde. Sie wieder hergeben? Nie wieder diesen Leib zu berühren und zu kosen, diesen Leib, der so viel vollkommener war als menschliches Fleisch? Es war unmöglich, dass sie zusammenblieben, er spürte das in jeder Faser seines Körpers. Doch mit derselben Kraft begehrte er sie.

»Imera sagt …«, begann die Elfe.

»Wo ist sie eigentlich?«

Silanandra zuckte die Schultern, als sei das gar nicht wichtig. »Sie hat mit einigen Leuten hier gesprochen und mir gesagt, ich solle dir sagen, dass sie glaube, dass heute Nacht eine besondere Nacht sein wird. Sie glaubt, der Diener der Finsternis sei erst heute Morgen hier angekommen und sei geradewegs zu den Ruinen geritten.«

War der Paktierer also unterwegs, um einen gefangenen Dämon zu befreien. Das Blut des Mädchens diente, den Dämon zu stärken. War nicht das Blut Unschuldiger besonders mächtig? Welchen widerwärtigen Gesetzen die Magie doch gehorchte! Er war dankbar für diesen Fingerzeig der Götter. Er musste sich auf die Mission konzentrieren. Und doch …

»Dann wird er sich dort noch auf das Ritual vorbereiten«, murmelte Praiodan, küsste ihren milchweißen Hals, atmete ihren köstlichen Geruch. Ihr Haar strich ihm über die Wange, verführerischer als jeder Seidenschleier. Praios, sie einfach zu behalten!

»Vielleicht ist das alles nicht so, wie du glaubst, *Iama*«, flüsterte die Elfe, ein zirpendes Geräusch.

»Die Beweise sprechen dafür. Ich urteile nicht vorschnell.« *Er ist mein Bruder. Ich bin es ihm schuldig, ihn aufzuhalten.* »Es ist die Gerechtigkeit, der ich diene. Und niemandem sonst.« Er hielt inne, sein Verlangen drohte, seine Gedanken zu verwirren. »Silanandra, was glaubst du, warum ich das alles hier tue?«

Sie lachte leise. »Du sprichst es falsch aus, *Iama*. Vielleicht, weil du dein eigenes Lied nicht klar genug hörst?«

»Ich verstehe nicht.«

»Bist du sicher, dass du dein Lied hörst?«

Praiodan schüttelte den Kopf. »Ich weiß nicht, was das bedeuten soll. Menschen haben kein Lied. Das ist Elfenglaube.«

»Du musst besser hinhören, dann wirst du verstehen.« Ihre Lippen berührten die seinen – und dann kümmerte ihn nichts mehr.

Sandres war bei ihm im Nebel. Der Striemen, der sich über sein dunkles Gesicht zog, leuchtete im Dunkel anklagend. Um sie herum wisperten die Stimmen der Gefallenen.

Herldis. Askir.

Seine Leute.

Er schuldete ihnen sein Leben.

Würde er denn niemals Frieden finden? Was hatte er getan, dass die Götter ihn so straften? Praiodan verbannte den Gedanken, der sich für einen wahren Diener Praios' nicht ziemte. Er erkannte den Ratschluss der Götter an. Gleichgültig, was geschah.

Sandres stand vor ihm. Die schwarzen Augen, in denen der Eifer glühte und tobte wie ein Jagdhund, der auf Beute sann, sein fein geschnittenes Gesicht, die Lippen, die sich nun zu einem Lächeln verzogen. Der schwarze, dichte Schopf, so kurz wie sein eigenes Haar.

Panther und Tiger. Aber jeder Muskel in seinem Körper verkrampfte sich, als Sandres auf ihn zutrat.

»Bist auch du eine Traumgestalt, gekommen, um mich zu quälen?« Sandres' Lächeln weitete sich, verzerrte den Striemen in seinem Gesicht, den Praiodans Ring ihm geschlagen hatte. Es sah kaum wie ein Striemen aus, mehr wie eine Narbe, die das Gesicht quer teilte. »Nein, Praiodan. Ich bin nicht gekommen, um dich zu quälen, sondern um dich zum wahren Licht zu führen.«

»Du kennst dich hier aus?«, fragte Praiodan, deutete auf die vom Nebel in Schweigen gehüllte Lichtung, die sie umgab und atemlos auf jedes ihrer Worte zu warten schien.

»Du musst nur deine Feinde erkennen.« Sandres trat zur Seite und neben ihn. »Und erkennen, wer dich wahrhaftig liebt.« Sein Atem streifte über Praiodans Wange, und dieser wich zurück.

Sandres sprach in Rätseln.

Das war nicht Sandres.

Dort, wo soeben noch sein Schüler gestanden hatte, stand nun ein Junge, Haar von der Farbe des wilden Honigs, das blasse Gesicht ernst, über seine Jahre hinaus. Kirian.

»Du hast nicht einmal meine Briefe gelesen, Firu«, klagte ihn sein Bruder an. »Wie soll ich dich denn lieben, wenn ich dich gar nicht mehr kenne?«

Praiodans Schwert fuhr zischend aus der Scheide. »Du also. Du schickst mir diese Träume. Aber du wirst mich nicht brechen. Gilborn von Punin, führe meine Klinge!«

Der Junge vor ihm zerfloss wie das Spiegelbild in einem stillen See, wenn es zu regnen begann. Er streckte sich, wurde schlank, die Robe verwandelte sich in einen weiten, dunklen Reisemantel, die kindlich-weichen Hände wurden zu denen eines Gelehrten, feinknochig, keine harte Arbeit gewöhnt. Die nachdenklichen dunkelgrünen Augen blieben unverändert. »Höre mir wenigstens zu, Firunian. Wenn du mich schon aus deinen Gedanken verbannst, wenn du meine Briefe nicht liest, so höre mir wenigstens zu.«

Praiodan richtete die Spitze seines Schwertes auf Kirians Hals. »Im Namen des Praios, im Namen des Erwählten Ucurian Jago und kraft meiner mir gegebenen Vollmachten verhafte ich dich, Kirian von Weißfels, als Schwarzmagier, Ketzer und Paktierer mit den dunklen Mächten.«

Kirian lächelte schmal. »Das ist doch Unsinn, Firu.

Hör auf, dich wie ein Wahnsinniger zu gebärden.« Er machte Anstalten, das Schwert von seinem Hals zu schieben, aber Praiodan ließ die Klinge einen Bogen beschreiben und presste sie seinem Bruder erneut gegen den Hals. Diesmal aber so, dass er ihn enthaupten könnte, wenn er nur ausholte.

Kirians Augen wurden hart und bohrten sich in seine. »Der Wille ist stärker als der Stahl«, sagte er. »Und die Liebe besiegt beide.«

»Denk auch nur an Magie, und ich bringe nichts weiter als deinen Kopf nach Wehrheim.«

Kirian lachte, als habe Praiodan einen guten Scherz gemacht. »Wenn du mir anders nicht zuhörst ... *Blitz dich find*!« Er machte eine ungeheuer rasche Geste.

In Praiodans Kopf explodierte ein grauenhaft gleißendes Licht. Ein Licht, wie von tausend Sonnen zugleich. Er taumelte zurück, verwirrt und auf eine Art verwundet, die ihm fremd war. Diese verfluchte Magie! Er schüttelte den Kopf, versuchte, wieder klar zu sehen. Das Blut rauschte in seinen Ohren. Die blendende Helligkeit schien eine Ewigkeit anzuhalten ehe sie verging.

Kirian hielt den Magierstab, der Praiodan nun umso mehr wie eine Waffe erschien, obwohl er aus Holz geschnitzt und mit einem Kristall an der Spitze verziert war. »Du willst kämpfen, Firunian? Du willst mich töten?«

»Ich werde dich für deine Taten zur Rechenschaft ziehen.«

»Meine Taten? Was weißt du schon von meinen Taten oder meinen Zielen? Kann das ein gewöhnlicher Krieger überhaupt verstehen?« Kirian nahm den Stab in beide Hände und ließ ihn kreisen, als sei er ein Bauer und der Stab ein Bauernstecken.

So sehr es eine Waffe des Volkes war, Praiodan wusste doch aus leidvoller Erfahrung, wie wirksam ein Kampfstab sein konnte.

»Ich zumindest verstehe die Ordnung der Götter.« Praiodan ging zum Angriff über. Kirians Worte waren hohl, unbedeutend. Ihm vorzugreinen, er habe sich nie für seinen Bruder interessiert war töricht, immerhin hatte Kirian selbst seine, Praiodans, Zuneigung mit seinem Verhalten verspielt.

Wie tief konnte sein Bruder noch sinken? Oh, *sehr* tief. Zumindest bis in die Niederhöllen.

Stahl traf immer wieder zornig auf Holz. Kirian wich zurück, vollauf damit beschäftigt, den Stab zwischen sich und seinen Angreifer zu halten, aber Praiodan konnte es in seinen Augen glitzern sehen. Kirian bereitete einen Zauber vor – Praiodan spürte es instinktiv und er trieb seinen Bruder mit noch mehr Wut über die Lichtung, wie ein Wolf einem Hund zusetzte, um den anderen Wölfen Zeit zu geben, sich an die Herde heranzumachen.

Wie Hagel prasselten die Schläge auf den Magierstab ein, dicht und hart genug, dass Kirians Schultern rasch taub werden mussten. Und schnell genug, dass sein Geist sich nicht genug sammeln konnte, um zu zaubern. Zumindest hoffte Praiodan das.

»Den Wehrlosen zu töten? Das wäre die Ordnung der Götter?«, keuchte Kirian.

»Den Schuldigen zu bestrafen!«, schrie Praiodan ihm entgegen. Sein Hass brach wie eine glühendheiße Flut aus ihm hervor, brach den Damm der Selbstbeherrschung, und er kämpfte nun tatsächlich wie ein Tier, bar jeder Menschlichkeit, beserkergleich, rasend vor Zorn und Blutdurst.

»Erkenne dich, Bruder. Es sind Gier und Rache …«

Praiodan gab nichts mehr auf Taktik oder Waffenkunst, wild hackte er auf den Magierstab ein, bis dieser endlich brach.

Das knallende Geräusch hallte über die Lichtung. Für einen Augenblick war es totenstill. Die Klinge, von ihrer eigenen Wucht weitergetrieben, grub sich hungrig in Kirians Schulter.

Kirian schrie.

Praiodan empfand eine so wilde, ungeheure Lust am Schmerz seines Bruders, dass er die Klinge in der Wunde drehte. Seine Adern brannten in seinem Körper, als durchflösse ihn die geheimste, abscheulichste Droge, die je in Al-Anfa oder an anderen verdorbenen Orten gebraut worden war.

Mit gefletschten Zähnen riss er das Schwert aus Muskeln und Knochen und schwang es erneut in einem glitzernden Bogen und trennte den Kopf des Magiers von seinen Schultern. Noch bevor die grünen Augen seines Bruders brachen und das Leben gänzlich aus ihnen gewichen war, trat Sandres wieder an Praiodans Seite. Praiodans Knie zitterten, Schweiß lag auf seiner Stirn, rann ihm heiß in den Nacken und ließ ihn schaudern.

»Jaaaa«, seufzte Sandres gedehnt und trat ganz dicht hinter ihn. »So ist es gut. Wir werden wahre Brüder sein. Du wirst mir dienen, wie ich dir gedient habe. Gemeinsam werden wir Armeen anführen. Du wirst dieses Gefühl noch oft empfinden. Ich werde dir reichlich davon zu trinken geben. Bis deine Seele im Blut ertrinkt.«

Praiodan schauderte, schloss die Augen. Etwas in ihm schrie nach dem, was Sandres ihm anbot. Sie alle zur Rechenschaft ziehen. Nehmen, was er wollte. Was scherte ihn Demut? Was scherte ihn Gnade? Das Gesetz der Stärke war alles, was den wahrhaft Starken zu kümmern brauchte. Sein Gesetz. Seine eigenen Gesetze. Mit dem Schwert und dem Willen.

Praios …

»Sandres!« Praiodan war aufgesprungen, hatte nach dem Schwert gegriffen, bevor er verstand, wo er war. Kribbelnder Schweiß lief an seinem Körper hinunter.

Träge schmiegte sich Silanandra im Schlaf an ihn.

Traum. Ein Traum. Nichts zu sehen. Das rötliche Licht des Nachmittags war noch nicht gänzlich dem sanften Grau-Blau des Abends gewichen. Sie konnten nur wenige Augenblicke lang Seite an Seite gedöst haben, von ihrem Liebesspiel erschöpft.

Praiodan seufzte und rollte die verkrampften Schultern. Bei Praios, seine Seele quälte sich in der Tat, dass die Götter ihm solche Träume schickten.

Angewidert blickte er auf die Waffe in seiner Hand, wartete, bis sein rasendes Herz seinen ruhigen Takt wiedergefunden hatte, dann stand er auf und rüstete sich.

Er wusch sich den Schweiß vom Körper, badete im letzten Licht des Tages, da er am Fenster stand, als könne ihn die Abschied nehmende Praiosscheibe mit ihrem Licht stärken.

Es war nur passend, dass es blutrotes Licht war. Das Licht der Vergeltung.

Rache.

Mit sicheren Bewegungen legte er die Unterkleidung und die gepanzerten Stiefel an und schlüpfte danach in den Gambeson, der sich warm und schützend um seinen Körper legte. Schloss jeden einzelnen der Verschlüsse mit einem leisen Gebet auf den Lippen. Dann legte er das lange Kettenhemd an, dessen geschmeidiges Gewicht ihn seltsam beruhigte. Das war etwas, das er kannte, etwas, das zu seinem Leben gehörte. Das war etwas ganz anderes als der Wahnsinn, der auf dieser Reise an seinem Verstand und seiner Seele zerrte. Danach den weißen Wappenrock mit dem Symbol des Ordens darauf, das er zu den Lippen führte und küsste. »Praios, blicke auf mich, wenn ich als dein Krieger in die Schranken trete. Lass mich in Zuversicht für die gerechte Sache streiten.«

Und doch – Praios hörte ihn nicht. Er spürte keinerlei

Macht, die ihn durchströmte, keine Kraft, kein Aufleuchten. Praios hörte ihn nicht.

Was, wenn Praios ihn tatsächlich verlassen hatte? Konnte er denn vor jedem Kampf ein Zeichen erwarten? War das nicht vermessen? Er zögerte, bevor er den Wappenrock anlegte. Nicht vor jedem Kampf, dachte eine Stimme in ihm trotzig. Vor diesem aber schon.

Andere Sterbliche hatten nie in die Augen eines Greifen geblickt, nie die Gegenwart ihres Gottes körperlich gespürt. Andere Sterbliche mochten nie die Gewissheit erfahren, dass Praios selbst seine Hand über sie gehalten und ihnen ein neues Leben geschenkt hatte. Aber er war nicht wie die anderen. Die fehlende Gewissheit jagte ihm Angst ein, eine Angst, die er nie zuvor so bedrückend gespürt hatte.

Praios war nicht bei ihm.

Weil er noch immer sündig war? War er es nicht wert, für diese gerechte Sache zu streiten? Wer würde dann Praios' Willen tun, wenn sie dem Paktierer gegenübertraten? Sandres? Der Gedanke durchfuhr ihn wie ein Schwert, aber er biss sich auf die Lippen und zwang sich zur Demut. »Ich habe dir meinen Schüler gegeben, Praios. Wenn er würdiger ist als ich, dann führe seine Klinge, wie du früher die meine geführt hast.« Die Worte kamen würgend, aber aufrichtig.

Er legte den Waffengurt an, prüfte noch ein letztes Mal Schwerter und Geißel. Wieder wurde ihm bewusst, dass sein Leben auf Messers Schneide stand. Wenn der Paktierer – Kirian – zauberte, würde er seine besten und stärksten Zauber einsetzen. Eine Feuerlanze vielleicht. Kirian hatte immer sehr viel für Feuer übrig gehabt. Als Kampfmagier gehörte die Feuerlanze so sehr zu seinen Waffen wie das Schwert zu Praiodans.

»Und wenn es so sein soll, so lass meinen Tod nicht umsonst gewesen sein«, flüsterte Praiodan heiser und schloss die Mantelschließe an seiner Schulter. »Selbst wenn ich deine Gnade verloren habe, Fürst der Götter, so habe ich doch für dich gelebt und werde für dich sterben.«

Er legte den Helm und die gepanzerten Handschuhe bereit, dann trat er zum Bett.

Silanandra schien noch zu schlafen. Er versagte sich, sie lange anzublicken, aber nicht, ihr sanft über die Stirn zu streichen.

»Wir müssen bald aufbrechen«, flüsterte er ihr zu und hauchte ihr einen Kuss auf die Stirn, wagte aber nicht, wirklich ihre Haut zu berühren. »Es ist soweit.«

Sie gähnte und streckte sich katzenhaft. Ihr schlanker Leib zeigte keine Anzeichen dafür, dass sie tatsächlich schwanger war. Praiodan war alles andere als ein Wissender, wenn es um Frauenangelegenheiten ging – doch elfischen Frauen schien man es nicht so sehr anzusehen wie den menschlichen. Andererseits – vielleicht war es noch zu früh dafür. Er brachte es nicht über sich, sie danach zu fragen, da es ihn nur daran erinnerte, dass er sie nie würde behalten können, weil sie ein magisches Geschöpf war. Ein Geschöpf, mit dem der Rahjadienst nichts anderes als Sünde sein konnte. Er war ein Bannstrahler. Die Magie zu hassen und zu verfolgen und sich doch in ihren Fallstricken fangen zu lassen … Wie sollte er den einen Magier richten, wenn er einer geborenen Zauberkundigen unterlag?

Brüsk wandte er sich ab. Er musste mit Sandres sprechen, ihr gemeinsames Vorgehen planen.

Doch als er in die Stube der Taverne trat, war Sandres nicht dort. Rasch ging er die Stiege wieder hinauf, klopfte an Sandres' Tür. Keine Antwort. Er klopfte erneut, aber es regte sich nichts. Die Tür war verschlossen. Vielleicht war er bei den Pferden. Praiodan ging wieder hinunter, eine dunkle Ahnung plagte ihn, aber er schob sie unwirsch zur Seite. Sandres wusste, was er tat.

Warum hat er dir nicht gesagt, wo er hingeht?

»Weil er alt genug ist, um mir nicht mehr am Rockzipfel zu hängen«, schalt er sich laut.

Vielleicht hat Praios ihn statt deiner zum Kampf gerufen. Vielleicht kämpft er gerade gegen deinen Bruder.

»Das hätte er mir gesagt.«

Ach? So, wie du dich in den letzten Tagen ihm gegenüber verhalten hast? Wie du ihm seine Treue mit Hass vergolten hast? Glaubst du, er liebt dich noch immer?

»Ich war krank …«

Du warst nicht da, als er dich brauchte! Praiodan interessiert nur Praiodan. Sein Schmerz, seine Unsicherheit. Seine Angst. Seine Lust. Wann hast du dich je um andere gekümmert, Praiodan? Du bist ein Verräter an deinen Freunden. Du warst deinen Schülern nie ein Mentor. Ihr Hass auf dich hat sie stark gemacht. Nie ihre Liebe zu dir. Und selbst Sandres, der immer anders war als die anderen, sogar dessen Liebe hast du …

»Ruhe, verflucht!«

… in Hass verwandelt.

Die Stimme erstarb, echote in seinem Kopf nach. In Hass verwandelt. Bei Praios, er musste mit Sandres sprechen, bevor die Mission endete. Bevor sie ihre Beute stellten. Bald. Ohne Imera, ohne Silanandra. Noch heute Nacht.

Eilig lief er zum Stall. Dort stand Bernstein, scharrte ungeduldig mit den Hufen, als er ihn witterte. Die Packpferde waren da. Alles war in bester Ordnung. Doch Sandres' Grauschimmel und der Fuchs der Draconiterin fehlten.

Verdammt!

Hatte Imera sich auf eigene Faust aufgemacht, um den Paktierer zu stellen? Oder versuchte sie womöglich, sein verbotenes Wissen vor Schwert und Feuer zu retten? War Sandres ihr gefolgt, um sie aufzuhalten? Oder gar, um ihre Schuld zu beweisen?

Sie zu richten?

Vielleicht gab es auch eine andere Erklärung. Er lief wieder zur Taverne zurück, ging diesmal zu ihrem Zimmer. Ihre Tür war nicht verschlossen.

Er trat ein, blickte sich in der kleinen Kammer um. Sie war leer. Kein Reisegepäck, keine Satteltaschen, keine persönlichen Gegenstände, nicht einmal eine Nachricht.

Die Draconiterin hatte sich einfach so aus dem Staub gemacht.

Obwohl damit endlich das eingetreten war, was er sich zuvor gewünscht hatte, traf ihn die plötzliche Abwesenheit Imeras wie ein Schwall kalten Wassers.

Warum ausgerechnet jetzt? Warum ohne ein Wort zu sagen, warum ganz ohne Abschied? Sie waren immerhin bis hierher mit ihm gereist, und obwohl sie gewiss keine Freunde geworden waren, hätte Praiodan es ihr nicht zugetraut, ihn zu verlassen, ohne ihm noch ihre guten Ratschläge auf den Weg zu geben und ihm bei der Gelegenheit auch ein paar Sticheleien zu versetzen. Es war so sehr Imeras Art gewesen, dass es ihn wunderte, wie sehr er sich in ihr getäuscht haben konnte.

Sie gedachte nicht zurückzukommen, sonst hätte sie zumindest einen Teil des Gepäcks dagelassen. Auf sie zu warten hatte somit keinen Sinn.

Blieb Sandres. Verfolgte er sie?

Praiodan verfluchte sich für seine Schwäche. Hätte er sich nicht von seiner elfischen Geliebten ablenken lassen, hätte er Imeras Abreise sicher bemerkt. Oder hatte die Draconiterin gar Silanandra auf ihn angesetzt, um ihn abzulenken? Nagende Zweifel plagten ihn, als er zu Sandres' Kammer zurückging. Vor der geschlossenen Tür blieb er stehen. Sandres war nicht abgereist; er würde wiederkommen.

Und doch – die Sonne ging bereits unter und die Nacht breitete ihren Mantel aus. Sie hatten nicht mehr viel Zeit, wenn sie dem Paktierer noch rechtzeitig Einhalt gebieten wollten.

Geistesabwesend berührte Praiodan den Beutel an seinem Gürtel, in dem die kleine Lumpenpuppe ruhte. Er hatte Verpflichtungen. Sandres würde noch rechtzeitig zu ihnen stoßen, dessen war er sich sicher.

Er kehrte in seine Kammer zurück, wo Silanandra derweil aufgestanden war, schrieb eine Notiz für Sandres und schob sie unter dessen Tür hindurch.

Dann verließen Praiodan und Silanandra die Taverne. Sie war sehr still, aber Praiodan schob es auf ihre Erschöpfung. Er sattelte die Pferde. Als sie gerade in die Finsternis aufbrechen wollten, kam Sandres von Osten aus dem Wald geritten.

»Hauptmann, ich weiß, wo es zur Ruine geht. Die Draconiterin hat sich aus der Taverne geschlichen und ist auf dem Weg dorthin. Wir müssen uns beeilen.«

11. Kapitel

Imera hatte sich gerade ihrer Verbitterung hingeben wollen, als sie sah, wie einer der Bannstrahler, Sandres Atjan, die Taverne verließ.

Sie hatte Luft schnappen müssen, frische Luft, etwas, das ihr half, trotz des Ärgers, der sie seit Tagen aufwühlte, klar zu denken. Sie hatte sich nicht versteckt – nur an eine geschützte Stelle zurückgezogen. Sie wollte von niemandem gestört werden, nicht von einem der Bauern, nicht von Hauptmann von Weißfels oder gar seinem Speichellecker, der nichts lieber in der Hand zu halten schien als sein Schwert. Sie grinste bei dem Gedanken. Und da kam er aus der Taverne geschlichen.

Ein Bannstrahler, der schlich?

Nun, sie war die Letzte, die abstritt, dass auch Bannstrahler Menschen waren, wenn sie sich auch oft nicht so verhielten. Zumindest mit dem Hauptmann konnte man reden – vorausgesetzt, er war gerade bei Verstand. Leutnant Atjan aber – der Mann machte ihr Angst. Anders als der Hauptmann war Atjan immer bei vollem Bewusstsein, aber genau das ließ ihn so furchtbar erscheinen.

Sie sah, wie Atjan sich einen Mantel überwarf, der nicht zu seinen weißen Bannstrahler-Gewändern passen wollte. Einen dunklen Mantel, als wolle er nicht gesehen werden. Sichernd blickte er sich nach allen Seiten hin um und lief dann rasch, aber vorsichtig, in Richtung Stall.

Kurz darauf kam er mit seinem Pferd wieder zum Vorschein, saß auf und ritt gen Osten.

Imera duckte sich tiefer zwischen die Bäume, zwischen denen sie Schutz gesucht hatte, und konnte ihre Neugierde nicht bezwingen. Sie konnte es einfach nicht.

Etwas sagte ihr, dass sie ganz dicht an der Wurzel des Übels war. Ein Instinkt, Erfahrung, oder der Nachhall der Vision, die sie dazu gebracht hatte, sich den Bannstrahlern anzuschließen. Sie eilte ebenfalls zum Stall und holte ihr Pferd. Zum Satteln und Aufzäumen hatte sie keine Zeit, aber sie war eine hervorragende Reiterin.

In Weiden, im Schatten der Greifen, wirst du dein Schicksal finden!, hatte ihr eine Stimme in der Vision gesagt. Sie hatte einen Scheiterhaufen gesehen – und einen Greifen im Schnee, auf einer Lichtung, auf der ewiger Frühling herrschte. Was immer das auch bedeuten mochte. Ein glutrotes Auge. Sie glaubte, sogar Praiodan gesehen zu haben, aber sie war sich nicht sicher. Zwei blonde Männer, einander wie aus dem Gesicht geschnitten. Einer von ihnen verdunkelte sich, als schöben sich Wolken vor die Sonne. Der andere dagegen leuchtete, als brenne er, aber die Flammen taten ihm nichts zuleide.

Sie hatte gewusst, dass etwas Großes, etwas Furchtbares in Weiden geschehen würde und war der Vision gefolgt, wie es ihre Pflicht war.

Sie war im Spurenlesen erfahren genug, um Atjans Fährte mühelos aufzunehmen. Langsam und bedächtig folgte sie ihm und fragte sich währenddessen beständig, warum Atjan sich zum ersten Mal, seit sie ihn kannte, von der Seite seines Meisters entfernte. Möglicherweise, weil Praiodan von Weißfels neuerdings die Gesellschaft der Elfe vorzog. Sie lächelte leise vergnügt in sich hinein. Dieses pikante Detail der Reise bewies ihr zum Einen, dass selbst Praiodan von Weißfels nicht so unfehlbar war, wie er sie glauben machen wollte, und zum Zweiten, dass der Hauptmann noch einen Funken Menschlichkeit besaß.

Vielleicht genug, um sogar eines Tages einzusehen, wie falsch all das war: dass der Bannstrahl in seiner fanatischen Verblendung weit über das Ziel hinausschoss und mehr Schaden anrichtete, als er nützte.

Sie wünschte es ihm, denn von Weißfels war fanatisch, er war erbarmungslos zu anderen und zu sich selbst, er war stur wie ein Bergesel und über die Maßen von sich eingenommen. Aber in seinem tiefsten Inneren, so dachte Imera, war er kein schlechter Mensch. Sie hatte ihm angesehen, wie sehr ihn das Schicksal des verschwundenen Mädchens beschäftigte und wie hart ihn der Tod seiner Soldaten getroffen hatte. Und gewiss handelte er zum Teil auch so, weil er gezwungen war, seinen eigenen Bruder zur Strecke zu bringen. Welcher Ordensobere konnte so grausam sein, einen Mann zu zwingen, sein eigen Fleisch und Blut zu verfolgen? Kein Wunder, dass von Weißfels handelte, wie er handelte.

Atjan bewegte sich immer tiefer in den Wald hinein, folgte erst dem einen Wildwechsel, dann einem anderen. Es dunkelte schon, als Imera die Turmruine vor sich aufragen sah. Der ehemalige Sitz eines Magiers?

Sie band das Pferd an einen Baum und schlich geduckt weiter. Sandres' Pferd graste ruhig auf der Lichtung, sie aber schlich sich gegen den Wind an. Pferde konnten hervorragende Wachhunde sein.

Sie blieb im Schutz eines mächtigen Baumriesen stehen, überblickte die Lichtung. Um den Turm verstreut lagen noch die Ruinen einiger Häuser. Hier mochte vor langer Zeit einmal ein Feuer getobt haben. Vielleicht ein Waldbrand. Oder gar eine Schlacht. Die Aufzeichnungen, die sie gelesen hatte, waren mehr als dürftig gewesen. Möglicherweise hatte dieser Kirian einige der Papiere verschwinden lassen. Sie hatte frische Tintenspuren auf einem der Folianten gefunden und die

Schriftgelehrte hatte bestätigt, dass der blonde Magier die Aufzeichnungen kopiert hatte. Genug Gelegenheit, allzu deutliche Spuren zu verwischen.

Was aber hatte Atjan mit der Sache zu tun? Und – wollte sie das wirklich wissen? Atjan war ihren Argumenten nicht zugänglich, und sie konnte sich nur zu gut vorstellen, was geschähe, sollte er sie entdecken. Immerhin war sie es, die ihm hinterhergeschlichen war.

Sie pirschte sich näher, als sie Stimmen hörte. Die einbrechende Dämmerung bot ihr etwas Deckung, während sie sich auf die Stimmen zubewegte. Zwei Männer.

»Hast du die Fährte gelegt? Fährte gelegt?« War das eine Stimme oder ein Sing-Sang, seltsam leiernd, immer wieder die Höhe verändernd? Imera schüttelte den Kopf, konzentrierte sich stärker auf die Worte.

»Das habe ich.«

»Und er wird kommen? Wird er kommen?«

»So gewiss, wie ich hier stehe.«

Sie schlich noch näher. Die beiden standen in einem der eingefallenen Häuser, von dem ein Teil noch beinahe intakt war. Sie schlug einen Bogen um das Gebäude, hielt sich im Schatten der Mauer und pirschte leise auf eine der Fensterhöhlen zu, aus der die Stimmen klarer erklangen.

»Und du hast ihn vorbereitet? Vorbereitet, wie ich dir gesagt habe?« Der Sing-Sang fiel zu einem gedämpften Zischeln herab, das klang, als würde uraltes Laub zertreten.

»Er ist bereit. Er wird erkennen, dass er sich geirrt hat.« War das etwa Atjans Stimme? »Ich bete, dass er es erkennt.« Tatsächlich: Atjan.

Gelächter, die wispernde Stimme des zweiten Mannes. »Die von Weißfels sehen ihre Fehler nie ein. Nie sehen sie ihre Fehler ein. Sie verstehen nur eine einzige Sprache. Eine einzige.« Den Mann kannte sie nicht. Kirian? Warum aber sollte sich Kirian mit Atjan treffen?

Und warum sollte der Paktierer von seiner eigenen Familie auf diese Weise sprechen?

»Sie haben mich damals in den Schnee gehetzt. In den Schnee gehetzt«, erklärte der andere Mann plötzlich, die Stimme heiser vor Wut. »In Firuns Arme. Die kalten Arme Firuns. Ich hatte ihm geschworen, dass ich mich rächen würde. Rächen würde ich mich. Und das tue ich nun. Nun tue ich das. Die von Weißfels werden vergessen werden. Vergessen werden sie. Unkraut soll auf den Steinen ihrer Burg wachsen – und der Name soll getilgt werden. Der Name wird von Unkraut getilgt. Bis in die letzte Generation. Das letzte Kind von seinem Blut.« Plötzlich kicherte er, kicherte so lange, dass Imera schon nicht mehr glaubte, er werde seine Rede fortsetzen. Das Gelächter wurde heiser, kehliger, als entstamme es der Kehle eines Raubtieres. »Ich sollte ihm dankbar sein, nicht wahr? Dankbar sollte ich ihm wirklich sein. Erst durch ihn habe ich erkannt, wer die wirkliche Macht auf Dere besitzt ... wie jämmerlich diese Götter doch sind. Jämmerlich sind diese Götter.«

Es klang, als führe der Mann ein Selbstgespräch, als gäbe er sich immer wieder selbst das Stichwort. Imera schauderte. Dieser Mann war wahnsinnig. Oder Schlimmeres.

»Mach mit der Elfe und ihrer Brut, was du für richtig hältst. Die Draconiterin dazu, wenn du darauf Wert legst«, erklärte Sandres unbeteiligt und unbeeindruckt. »Solange ich Praiodan bekomme.«

»Es hungert dich wirklich nach ihm. Rasender Hunger treibt dich, Sandres. Du sollst ihn haben, haben sollst du ihn. Wenn er getan hat, was der Meister verlangt, soll er dir gehören. Auf ewig soll er dir gehören, sobald er getan hat, was der Meister verlangt. Auf ewig, Sandres. Wird die Ewigkeit deinen Hunger stillen?«

Atjans Stimme bebte, heiser vor unterdrückter Leidenschaft: »Vielleicht.«

Wieder lachte der Fremde, und erneut verlor er sich fast in seiner Schadenfreude, seinem Hass oder seinem Wahnsinn. »Du sollst deine Rache haben. Deine Rache wird zu dir kommen.«

Imera hörte ein leises Wimmern.

»Was ist jetzt mit ihr?«, fragte Sandres.

»Sie ist der Köder. Der Köder ist sie, um zu fangen unseren Fisch. Das Fischlein zu fangen. Blut will der Meister, der Meister will Blut.«

Das Mädchen. Alwenna.

»Wann wirst du sie opfern?«

»Bald. Bald.«

»Tu das.« Sandres schnaubte. »Was gibt es sonst noch zu tun?«

»Ich muss das Schlachtfeld vorbereiten, das Schlachtfeld muss vorbereitet sein. Und du kehre zu deinem Sklaven zurück, zurück kehre du, damit er dein Sklave wird.«

Imeras Gedanken rasten. Sie hörte Schritte im Haus. Sofort presste sie sich gegen die Wand, sah dann, wie Sandres das Haus verließ, die Fäuste an den Seiten geballt. Warum – bei allen Göttern – tat Sandres das? Furcht und Pflichtgefühl, gepaart mit ungläubigem Entsetzen, rangen in ihrer Brust um die Vorherrschaft. Sie hätte weglaufen sollen, aber wieder hörte sie das Wimmern. Bei der Gnade der Götter, sie konnte ihnen nicht einfach das Kind überlassen!

Kurz entschlossen wandte sich Imera wieder zum Fenster, spähte hinein, konnte im Dunkel aber nur den Umriss einer kleinen, kauernden Gestalt ausmachen. Der fremde Mann war nicht zu sehen, und sie hatte keine Zeit zu verlieren, um nach ihm zu suchen.

Hastig kletterte sie durch das Fenster in den Raum. Das Mädchen war gefesselt und geknebelt und weinte leise.

Imera kniete neben ihr nieder. »Schhhht. Es ist alles

gut. Sie können dir nichts mehr tun. Ich werde dich jetzt befreien …«

Das Mädchen nickte rasch, die hellen Augen riesig und plötzlich voller Hoffnung. Imera knotete das Tuch auf, das sie geknebelt hatte und säbelte mit ihrem Dolch vorsichtig an den festen Stricken herum, die unbarmherzig fest angezogen waren, so fest, dass sie der Kleinen erst die Hände und Füße reiben musste, bis diese sie wieder gebrauchen konnte.

Waren das Schritte? Imera erstarrte, betete zu Hesinde, sie möge sich getäuscht haben – keine Schritte. Alles blieb ruhig. Den Göttern sei es gedankt!

In der Ferne klapperte ein Fensterladen gegen eine Mauer. Nicht ungewöhnlich. In den frühen Abendstunden frischte der Wind oft auf.

Sie packte das Mädchen bei den Schultern. »Du musst rasch zum Dorf laufen. Halte dich nach Westen.« Sie nestelte den Kompass hervor, der ihr so oft gute Dienste geleistet hatte. »Geh immer nach Westen.«

»Und du?«

»Ich muss hier noch etwas herausfinden.« Imera schob die Kleine zum Fenster. »Dreh ihn immer so, dass die Nadel auf den Stern da deutet, und halte dich in diese Richtung. Dort findest du eine Taverne. Frag dort um Hilfe. Wir bringen dich bald nach Hause.«

Das Mädchen schien nicht ganz überzeugt, aber Imera gab ihr einen aufmunternden Klaps. »Nun geh schon. Und lauf schnell. So schnell und leise du kannst.« Das Kind kletterte aus dem Fenster und rannte auf den Waldrand zu, das dunkelblonde Haar flatterte hinter ihr wie eine Fahne.

Sie wäre ihr selbst gern gefolgt – doch sie musste herausfinden, was hier geschah. Was genau ausgerechnet an diesem Ort so wichtig war – und welche Art Wesen hier festgehalten wurde. Sie musste es erfahren, bevor der Bannstrahl alle Indizien wieder vernichtete. Das war sie der Göttin und ihrem Orden schuldig. Und da sie sich Hauptmann von Weißfels nicht in den Weg stellen konnte, musste sie es eben auf eigene Faust herausfinden. Nicht zuletzt würde jemand den Fremden davon abhalten müssen, erneut mit dämonischen Mächten zu spielen.

Es befand sich nur sie an diesem Ort. Sie allein. Imera schauderte.

Sie überzeugte sich, dass Alwenna den Waldrand tatsächlich erreichte, dann wandte sie sich um – und starrte auf eine Schwertklinge. Darüber, nicht weniger gefährlich, loderten Sandres' dunkle Augen aus der Finsternis.

»Man sagt, zu viel Neugierde kann töten«, flüsterte der Bannstrahler. »In deinem Fall hat das alte Sprichwort Recht behalten.«

Imera wich zurück, aber Sandres folgte. »Hast du also das Opfer befreit? Eine wirkliche Heldin, nicht wahr? Sie wird nicht weit kommen. Sie wird sich verlaufen. Aber die Göre knöpfe ich mir später vor. Noch ist genug Zeit.«

»Warum tut Ihr das, Leutnant?« Sie konnte es noch immer nicht fassen, betete insgeheim, Praiodan und Silanandra kämen jetzt hinzu, um ihr zu helfen.

Sandres schüttelte tadelnd den Kopf. »Das geht dich nichts an, Metze. Los!« Er bedeutete ihr, vor ihm her aus dem Haus zu gehen, sein Schwert hielt er dabei auf ihren Rücken gerichtet.

Fieberhaft überlegte sie. *Hesinde, halte deine Hand über mich.*

Gehorsam ging sie vor Sandres her, hinaus auf die Lichtung, in Richtung des Turmes.

»Weißt du, Imera«, erklärte Sandres in beiläufigem Plauderton, »du warst so kurz davor, mich zu entlarven. Aber es ist ein besonderer Trank, den ich dem Hauptmann verabreicht habe. Ein Trank, der ihn klarer sehen lässt. Mein Hauptmann ist ein guter Krieger, dieser Trank lähmt seinen Körper, damit er besser denken kann. Damit er schneller versteht, worum es hier eigentlich geht.«

»Du hast ihn vergiftet.«

»Gift und Heilmittel unterscheiden sich voneinander nur in der Dosierung. Was du wissen müsstest, Metze«, dozierte Sandres. Und ich habe dir nicht gestattet, mich wie einen gewöhnlichen Bauern zu duzen!«

»Und wovon wollt Ihr ihn heilen?«, entgegnete Imera gepresst.

Sandres lachte. »Von den Göttern. Ich tue es, um ihn dafür zu belohnen, was er mich gelehrt hat. Bleib stehen. Ja. Genau hier.«

Sie wandte sich langsam zu ihm um.

»Er hat mich gelehrt, wie man jede Niederlage in einen Sieg verwandeln kann, um am Ende doch zu obsiegen. Du aber, Imera, wirst daran keinen Anteil mehr haben. Denn der Meister verlangt Blut, und umso besser, wenn es das Blut einer Geweihten ist …«

Imera schloss die Augen, zog sich in ihr Inneres zurück, wurde eins mit dem stummen Schrei, den ihre Lippen formten:

Hesinde, hilf!

12. Kapitel

Sandres, Praiodan und Silanandra ritten schweigend durch die Nacht. Es konnte nicht mehr weit sein. Allein diese Hoffnung hielt Praiodan noch aufrecht. Sein Kopf dröhnte, als habe er zu viel Premer Feuer getrunken und seine Glieder wurden taub, als erstarre er zu Stein oder Eis.

Die Dunkelheit hatte schon längst eingesetzt, doch diese Nacht war besonders düster, selbst der Sternenhimmel war verdunkelt, bedeckt von Wolken. Eine Nacht der Finsternis.

Die Nacht der Wahrheit!

Wieder das schon fast vertraute Zischen Herldis'.

Fackeln hatten sie keine entzündet, um Kirian nicht auf ihr Kommen aufmerksam zu machen. Sandres führte sie sicher durch die Nacht. »Wir sind schon ganz nah.« Sandres zog die Klinge aus der Scheide.

Praiodans Blick fiel auf die Elfe. Zum ersten Mal war auch sie unruhig. Doch es schien ihm, als gälte ihre Unruhe nicht dieser Nacht. Nein. Sie galt ihm.

Bernstein wurde immer nervöser, je näher sie dem Ort kamen. Ein paarmal klopfte Praiodan seinem treuen Gefährten den Hals, aber das Schlachtross hatte wie so oft die feineren Instinkte. Auch Sandres' und Silanandras Pferde tänzelten.

Der Wald lichtete sich.

Mada erhellte die Szenerie durch einen Spalt in den Wolken. Im Hintergrund erhob sich düster die Silhouette der alten Turmruine. Satinavs Krallen hatten sich tief in das Mauerwerk gegraben, doch zuvor hatten bereits andere Kräfte gewirkt. Das Gemäuer war an einigen Stellen geschwärzt. Der untere Teil des Turmes stand noch unversehrt und trutzig auf der Lichtung.

»Dort!«, rief Sandres erregt. »Der Paktierer und Imera!«

Praiodans Blick folgte der Richtung, in die Sandres deutete.

Dort, nur dreißig Schritte entfernt, lag hingestreckt die Gestalt der Draconiterin. Waren das Schatten oder dunkle Flecken auf ihrem grünen Gewand? Über ihr ragte finster der Schemen eines Wesens in einer Kutte auf. Kirian.

»Vorwärts, Bernstein!« Als Praiodan auf die Gestalt zupreschte, richtete diese sich auf.

»Firu!«, drang der erleichterte Ruf des Mannes über die Lichtung.

Praiodan zügelte sein Pferd und sprang ab. »Kirian!« Wie erwartet! Und gleich mit Imeras Leiche bei sich. Überführt. *Töte ihn!*

»Bin ich froh, dass du hier bist!« Sein Bruder lief ihm entgegen. Die Praiodan so vertrauten grünen Augen, das schon immer blasse Gesicht. Kirian hatte sich kaum verändert. Nur sein Herz, das war ein Fraß der Finsternis geworden.

»Natürlich«, knurrte Sandres, der herbeigeeilt kam. »Natürlich freust du dich, ertappt worden zu sein. Die Leiche ist der Beweis. Du wirst ...«

»... brennen«, beendete Praiodan kalt den Satz seines Schülers. Sachte hob er die Klinge und setzte sie an Kirians Kehle.

Die Umgebung verschwamm leicht vor seinen Augen, als lege sich feiner Dunst darüber. War das hier real? Oder wieder ein Nachtgespinst? Zu sehr glich die Lichtung der aus seinen Träumen.

Sein Bruder zuckte zusammen, als der bläuliche Stahl sich kalt an seine Haut schmiegte.

»Im Namen des Praios, im Namen des Erwählten Ucurian Jago und kraft meiner mir gegebenen Vollmachten verhafte ich dich, Kirian von Weißfels, als Schwarzmagier, Mörder, Ketzer und Paktierer mit den dunklen Mächten.«

Der Magier, der einmal sein Bruder gewesen war, dieser Paktierer starrte ihn entgeistert an. »Firunian ... das ist Unsinn! Hör auf, dich wie ein Wahnsinniger zu gebärden! Hier ist kein Noinit, der dir helfen könnte.« Dann wurde er ernster: »Ich bin dein Bruder.« Mit diesen Worten wollte er die Klinge beiseite schieben, aber ...

Praiodan ließ die Klinge einen Bogen beschreiben und presste sie seinem Bruder erneut gegen den Hals. Diesmal aber so, dass er ihn hätte enthaupten können, wenn er nur ausholte.

»Du bist nicht mehr mein Bruder«, Praiodan schüttelte den Kopf: »Wage es nicht, dich so zu nennen, Paktierer. Oder dein Tod wird noch schmerzhafter sein.«

Kirians Augen wurden hart und bohrten sich in seine. »Der Wille ist stärker als der Stahl«, sagte er. »Und die Liebe besiegt beide.«

Praiodan blinzelte. Das hatte er schon einmal gesehen, gehört und erlebt. Der Griff um sein Schwert lockerte sich für einen Augenblick. Sandres? Silanandra? Waren sie noch hier? Bestimmt. »Keine Magie! Oder du bist tot, noch vor deinem nächsten Atemzug.«

»Firunian, ich will nicht ...«

»Er will zaubern!«, schrie Sandres.

Reflexartig riss Praiodan die Klinge herum, doch noch während sich der Magier wegduckte, erklangen dessen Worte:

»Blitz dich find!«

In Praiodans Kopf explodierte ein grauenhaft gleißendes Licht. Ein Licht, wie von tausend Sonnen zugleich. Er taumelte zurück, verwirrt und auf eine Art verwundet, die ihm fremd war. Diese verfluchte Magie! Er schüttelte den Kopf, versuchte, wieder klar zu sehen. Das Blut rauschte in seinen Ohren.

Er wusste, wo sein Bruder nun stehen musste. Noch bevor er wieder sehen konnte, hieb er blind zu. Er hörte das Keuchen Kirians, als dieser nur mühsam den Schlag mit seinem Magierstab parierte. Damit hatte er nicht gerechnet!

Praiodans Mund verzog sich zu einem sardonischen Grinsen. Wenn dieses Pochen in seinem Kopf nicht wäre, wäre Kirian längst tot.

»Warum willst du kämpfen, Firunian? Warum mich töten?«

Er schreit danach! Dieser Lügner! erklang Herldis' Stimme zwischen zwei Schmerzwellen in seinem Kopf.

»Ich werde dich für deine Taten zur Rechenschaft ziehen.«

»Hauptmann, schenkt ihm keine Gnade!«

Seine Sicht klärte sich wieder. »Niemals«, knurrte Praiodan – und sein grimmiger Blick galt Kirian.

»Meine Taten? Was weißt du schon von meinen Taten oder meinen Zielen? Kann das ein … ein Bannstrahler überhaupt verstehen?« Kirian nahm den Stab in beide Hände und ließ ihn kreisen.

Klang sein Bruder etwa enttäuscht?

Unwichtig! Töte ihn!

»Ich weiß alles!«, schmetterte Praiodan ihm entgegen und drang weiter mit der Waffe auf ihn ein. Er wusste im Voraus, wie Kirian parieren würde und suchte so andere Lücken in seiner Deckung. Hier und da fand er auch eine, und Kirian konnte mehrfach nur mit knapper Not einem Schlag entgehen.

Stahl traf immer wieder zornig auf Holz. Kirian wich zurück, vollauf damit beschäftigt, den Stab zwischen sich und seinen Angreifer zu halten. Praiodan aber konnte es in seinen Augen glitzern sehen. Kirian bereitete einen Zauber vor – Praiodan spürte es instinktiv und er trieb seinen Bruder mit noch mehr Wut über die Lichtung, wie ein Wolf einem Hund zusetzte, um den anderen Wölfen Zeit zu geben, sich an die Herde heranzumachen.

»Firunian, hör auf!«, flehte Kirian. Scheinbar konnte er die Schmerzen nicht mehr aushalten. Hätte er nur mehr Zeit in der Wildnis und mit Leibesertüchtigungen verbracht, der Schwächling!

»Sein Name ist Praiodan, Hauptmann des Bannstrahls!«, bellte Sandres aus der Ferne.

Doch die Worte seines Schülers erreichten Praiodan nicht. Hier war nur er. Er und sein Bruder. Und bald würde nur noch er hier sein. Endlich war die Schande aus der Familie und die seiner eigenen Seele getilgt.

Tief in ihm erklang schallendes Gelächter. Aber war das sein eigenes?

»Den Wehrlosen zu töten? Das ist die Ordnung der Götter?«, keuchte Kirian.

»Den Schuldigen zu bestrafen!«, schrie Praiodan ihm entgegen. Sein Hass brach wie eine glühendheiße Flut aus ihm hervor …

Nein. Nicht die Kontrolle verlieren.

Aber töten! Ja. Töten.

»Erkenne dich, Bruder. Es sind Gier und Rache …«

»Nein! Die Überlegenheit! Der Zorn über deine Taten! Die Kinder! Die Scheune! Die Unschuldigen! Zorn, dass du ausgerechnet ihm folgen musst!« Immer wieder traf sein Schwert auf den Stab. Er musste brechen! Er war in jenem Traum gebrochen. Aber – wie war das möglich? Waren Magierstäbe nicht unzerbrechlich? Gleichgültig. Er würde brechen! »Ich werde deine Seele erlösen, und wenn mir das nicht gelingt, deine verruchte Hülle vom Antlitz Sumus tilgen, damit sie ihren Weg dorthin findet, wo sie hingehört!«

Kirian ließ den Stab sinken. »Ich …« Der Rest des Satzes versank in einem Schmerzensschrei.

Die Klinge, von ihrer eigenen Wucht weitergetrieben, grub sich hungrig in Kirians Schulter.

Kirian schrie.

Praiodan empfand eine so wilde, ungeheure Lust am Schmerz seines Bruders, dass er die Klinge in der Wunde drehte.

JA! TÖTE IHN!

Praiodan hielt inne. Für einen Augenblick nur kauerte da nicht mehr Kirian der Paktierer, sondern Kirian sein Bruder. Der Bruder, der sich, wie so oft, zu weit vorgewagt hatte und nun seine Hilfe brauchte. Das Blut. Er wollte nicht das Blut seines kleinen Bruders vergießen.

»Firu …«, keuchte Kirian, die Hand auf die Schulterwunde gepresst. »Ich war es nicht. Ich jage denselben Mann wie du.«

»*Lüge*!« Sandres. Oder Herldis?

»Ich nahm seine Spur hier in Weiden auf.« Kirians grüne Augen flehten darum, er möge ihm glauben. Nicht um Gnade. »Ich will nicht gegen meinen Bruder kämpfen. Töte mich, wenn du musst. Aber ich werde nicht gegen dich kämpfen!«

Er ist geständig! Töte ihn, und du wirst vielleicht seine Seele retten!

»Töte ihn endlich!«

Praiodan setzte die Klinge an Kirians Hals. »Hast du noch irgendwas zu sagen?«

»Ich liebe dich.« Kirian schloss die Augen.

Wie jämmerlich.

Praiodan hob die Klinge. Die Worte seines Bruders drangen langsam in seinen Geist. *Und die Liebe besiegt beide.*

Irrte er? Durfte er seinen Bruder richten? Hatte er genug Beweise? Was, wenn es eine Täuschung war?

Das Gesicht des Erwählten schob sich vor sein inneres Auge, seine grauen Augen waren kalt und forschend. *»Werdet Ihr Praios auch dereinst so verraten, wie Ihr Euren Vater verraten habt?«*

Nein. Das werde ich nicht. Wieder verschwamm der Wald um ihn her. Kirian zauberte gewiss! Wie hatte er ihm nur glauben können?

»Stirb, Abschaum!«, stieß er knurrend hervor.

Ja, töte ihn!

Sein Schwert beschrieb einen weiten Bogen und fuhr herab.

TÖTE!

Ein feiner metallischer Klang ertönte, als die schlanke Klinge Silanandras den Schlag parierte. Ausgerechnet mit dem Schwert, das er ihr gegeben hatte, damit sie sich verteidigen konnte.

»Ich habe es gewusst! Diese Elfenhure ist mit ihm im Bunde!« Sandres wollte vorstürmen. Doch Praiodan stieß ihm die gepanzerte Faust hart gegen die Brust. »Das ist mein Kampf.«

Er spürte diesen furchtbaren Zorn in sich. Lange verharrte sein Blick auf Sandres, bevor er sich wieder zu Silanandra umwandte. Was tat sie hier?

Silanandra hatte sich mittlerweile zu Kirian hinabgebeugt. Sie schien sich um seine Wunde zu kümmern.

»Fühlst du dich gut?« Sorge schwang in ihrer Stimme mit. Sorge um einen ...

»Paktierer!«, brach es aus Praiodan hervor. »Was tust du, Silanandra?«

»Ihm helfen«, erwiderte sie leise. »Er ist der Vater meines Kindes.«

Er wurde blass. Zorn wallte in ihm auf. *Hatte sie ihn die ganze Zeit getäuscht. Diese ...*

Silanandra wandte sich um, schaute ihn an. Das Licht Madas brach sich in ihren Augen tausendfach, ließ die Sterne wieder hell funkeln. »Nein, Praiodan. Er ist wie du. Anders und dir doch gleich. Ihr seid Brüder. Zwei Wege, ein Ziel.«

»Warum tust du das?« Praiodans Lippen bebten.

Sie blickte ihn an. Kein Wort. Keine Geste. Kein Zucken ihrer Lippen. Ein Zauber? Nein, sie sprach kein Wort. Und so fuhr das Licht ihrer Augen in die seinen. Und nach einer Ewigkeit, wie es Praiodan schien, öffneten sich ihre Lippen. Und ohne sagen zu können warum, glaubte ihr Praiodan. In ihren Augen hatte er die Wahrheit gesehen. Ihre Antwort war einfach. So einfach, dass Praiodan die Waffe sinken ließ und sie und seinen Bruder nur ansah. Sein Blick fuhr zu Sandres hin, der aufbegehren wollte – und doch: »Ich glaube ihr.«

Und während er fühlte, wie Sandres' Zorn sich in Hass verwandelte, Hass auf seinen eigenen Lehrmeister; während eine dunkle Stimme, die sich immer nach Herldis angehört hatte, enttäuscht aufheulte, während all dies seinen Geist wankend machen wollte, klang tief in ihm ihre Antwort. »Weil ich weiß, dass er unschuldig ist.«

Ein grauenvoll hasserfüllter Schrei drang zu ihnen. Praiodan fuhr herum. Das Schwert schon wieder in der Hand, bereit zuzuschlagen.

Aus der Finsternis der Nacht löste sich eine Gestalt in schwarzer Robe. Ihr Gesicht war nicht genau zu erkennen, doch ein rotes Glühen ging von einem ihrer Augen aus.

»Der Paktierer!«, flüsterte Praiodan.

Sandres machte einen Schritt zur Seite und stand zwischen den beiden. Und immer noch hielt er sein Schwert. Es lag etwas in den Augen seines Schülers, das Praiodan frösteln ließ.

»Bei Praios, gebt Euch zu erkennen!«, dröhnte Praiodans Stimme.

»Blakharon Glutauge. Diener Blakharaz'!« Stolz und klar hallten die Worte durch die Nacht.

Praiodan zögerte nicht. »Sandres, auf ihn!«

»Nein.«

Praiodan fuhr herum. Was hatte Sandres gesagt? Was geschah hier? Ein Traum? Es schien so unwirklich. Wieder verschwamm die Umgebung um ihn her. Ein kurzes Blinzeln klärte seinen Blick. Dort stand Sandres und hatte das Schwert auf ihn, nicht auf den Paktierer gerichtet.

»Du bist allein, Praiodan!«, bellte Blakharons Stimme erbost, während er sich ihm näherte. Praiodans Blick flog von ihm zu Sandres. Wer? Welchem sollte er sich zuwenden?

Eine Hand auf seiner Schulter: »Firu ... du bist nicht allein.« Die Stimme seines Bruders. »Sila und ich übernehmen Blakharon, Magie bezwingt die Magie. Bezwinge du das Schwert.«

Praiodan nickte stumm und wandte sich Sandres zu.

»Du willst gegen mich kämpfen?« Sandres runzelte die Stirn. »Aber wir sind Brüder. Dein Herz und meines sind eins. Du kannst dich nicht dagegen wehren. Du weißt es. Hör auf, es zu leugnen.«

Dort stand sein Schüler. Der Sohn, den er nie gehabt

hatte. Der Dunkelheit zum Opfer gefallen. Ungehorsam, Verrat, Hinterlist, Rache. Und er hatte es zugelassen. Sogar verursacht? »Du bist gefallen«, schwer kamen Praiodan die Worte von den Lippen.

»Bin ich das?« Sandres nahm Verteidigungshaltung ein. Praiodan versuchte anhand der Bewegungen zu erkennen, welche Taktik sein Gegner verfolgte. Er schluckte schwer.

»O Sandres. Ich werde das Einzige für dich tun, das ich noch für dich tun kann!« Sein Schwert zuckte vor. Verdammt, seine Hand zitterte.

Sandres parierte den Schlag ohne Anstrengung und Praiodan hatte Mühe, sein Schwert festzuhalten. Was war mit ihm?

»Hat dich deine Kraft verlassen?«, höhnte Sandres. »Wo ist denn dein Gott, wenn du ihn brauchst? Meiner ist hier! Bei mir! Und er wird dein Gott werden, noch ehe die Sonne aufgeht.« Wild drang er auf Praiodan ein. Attacke folgte auf Attacke, Schlag auf Schlag. Und mit jedem Schlag verdunkelte sich der Hoffnungsschimmer in Praiodans Herzen. Sandres würde nicht umkehren. Würde nicht zu ihm zurückkehren. Nicht zum Licht. Nicht zum Leben.

Praiodan konnte jedes Mal nur im letzten Augenblick sein Schwert hochreißen. »Praios hat mich mein Leben lang geführt!«, keuchte er.

»In die Irre!«, fauchte Sandres, während er erbarmungslos immer wieder seinen Lehrer vor sich hertrieb. »Er hat dir alles genommen! Er entriss dir deinen Vater! Er entriss dir deinen Bruder!«

Praiodan zuckte zusammen. Mit schmerzhafter Wucht traf Sandres' Schlag auf sein Schwert, doch mit viel größerer Kraft trafen Sandres' Worte. Und da war kein Eisenpanzer um seine Seele, der ihn geschützt hätte. Aber nein! Praios hatte ihn errettet. Errettet vor seinem Vater. Kirian? Von Kirian war er getrennt worden.

Und hatte nicht Praios sie hier wieder zusammengeführt, vereint gegen die dunklen Mächte?

Sandres' nächster Hieb holte ihn in die Wirklichkeit zurück. Das Schwert durchbrach seine Deckung, durchschlug das Kettenhemd, riss es auf und schnitt tief in seinen Leib.

Praiodan schrie auf, presste die Hand auf den Schnitt über seiner Hüfte. Warum schmerzte es *so* sehr? Er hatte schon viele Wunden empfangen, diese aber brannte, als habe ihn hier nicht Stahl, sondern Eis getroffen – Eis, so kalt, dass die Berührung sein Fleisch schwärzte und verdorren ließ.

»Was, glaubst du, passiert, wenn du zum Bannstrahl zurückkehrst?«, spottete Sandres. »Natürlich wird es ihnen gleich sein, dass du mit einer Elfe gehurt hast. Sie werden sich darüber freuen. Sie werden dich mit offenen Armen empfangen ... und zum Scheiterhaufen geleiten!«

Praiodan stöhnte. Natürlich. Dafür würden sie ihn verbrennen. Oder einkerkern. Verbannen. Falls er reuig genug war, mochte er überleben. Nur – er empfand keine Reue. Er holte zu einer kraftlosen Attacke aus. Was würde er gewinnen, wenn er Sandres bezwang? Silanandra würde bei seinem Bruder bleiben. Der Bannstrahl würde ihn verstoßen. Nein, viel eher noch jagen und richten. Und sein Schüler war dann ... tot.

Der nächste Hieb traf ihn unvorbereitet. Abermals schnitt Sandres' Schwert tief in sein Fleisch, traf ihn an der anderen Seite – Spiegelbild der ersten Wunde.

»Du hast alles verloren, Praiodan. Deine Familie, deine Freunde und nun auch noch deinen Glauben. Komm mit mir!«

»Nein!« Praios war immer für ihn da. Wie wild fuhr er herum, brachte einige ungezielte Schläge an. Sein Schüler parierte ohne Mühe. So oder so; jetzt war Sandres nicht länger sein Schüler. Das nackte Grauen stieg die Brust hinauf und legte sich kalt um sein Herz. »Praios hat mich errettet. Er wird mich wieder erretten!«

»Er wird dich richten!«, griff ihn Sandres mit Wort und Klinge an. »Er verlangt von dir, was du nicht erfüllen kannst. Er verlangt von dir, was kein Mensch erfüllen kann!«

Praiodan schlug Sandres' Schwert beiseite. Seine Lider flackerten. Es schien ihm, als müssten sich seine Beine durch tiefen Morast kämpfen. »Praios verlangt nichts, was nicht erfüllbar ist. Es sind hohe Anforderungen – und nur die Besten können ihnen genügen.«

»Die Elfe ist schlecht in Praios Augen! Siehst du es auch so? Wenn nicht, musst du irren! Er wird dir diesen Irrtum nie vergeben!«

Praiodan brach in die Knie. Keuchend riss er sein Schwert hoch und konnte zumindest die Klinge abwehren, während die Worte seinen Kampfwillen zu lähmen drohten.

»Dein Bruder wird sterben und du hast nichts getan, ihn zu retten ...«

Praiodan atmete schwer. Sandres trat beiseite und wies auf die anderen. »Er kann nicht gegen Blakharon bestehen!«

Kirian und Blakharon standen sich gegenüber. Silanandra wand sich hilflos schreiend am Boden. Praiodan sah keine Wunde an ihr, nur ihre Hilflosigkeit und ihr schmerzverzerrtes Gesicht.

»IGNIFAXIUS FLAMMENSTRAHL!«, schrie Blakharon. Eine Feuerzunge schoss aus seiner Faust. Das Lodern prallte auf Kirians unsichtbaren Schild, hüllte diesen ein. Da waren nur noch Flammen, eine lodernde Flammenkugel, die nur wenige Augenblicke später über Kirian zusammenbrach. Dessen erstickte Schreie erreichten Praiodans Ohr genauso klar wie das triumphierende Gelächter Blakharons.

Er sah Sandres' nächsten Hieb kommen. Sein Körper reagierte langsam. Zu langsam. Funken sprühten, als Stahl auf Stahl traf.

»Praiodan! Wir könnten Brüder sein!«, stieß Sandres hervor. »Du gewinnst nichts, wenn du weiter kämpfst. Ich bin deine Familie. Diese Elfenhure ... Sie hat schon alles zerstört. Sie hat deinen Bruder in ihren Fängen. Sie hat dich sündigen lassen. Sie hat deine Bindung zum Bannstrahl gebrochen, denn du wirst nie wieder dorthin zurückkehren können. Sie hat dir Praios genommen!«

»Nein!«, brüllte Praiodan, hob sein Schwert, das unter Sandres' eiserner Parade barst. Praiodan sackte in sich zusammen.

»Willst du deinen Bruder retten?«, flüsterte Sandres. »Willst du eine Familie haben? Oder willst du alleine sein? Für immer?«

Nein. Nicht alleine. Nicht schon wieder alleine. Nicht alles verlieren. Er hatte Kirian immer beschützt. Auch jetzt hatte er ihn beschützen wollen. Vor sich selbst. Familie ...? Was war das? Weißfels? Vergangenheit. Der Bannstrahl?

»Komm zu mir, Praiodan.« Wie vertraut Sandres' Stimme klang. »Blakharon wollte dich töten. Aber ich liebe dich. Also nimm meine Hand.«

Die Umgebung um Praiodan begann zu verschwimmen. Alles um ihn herum schien zu verschwinden. Da war nur er. Nur er. Alles finster. Sandres' Stimme. »Komm zu deiner Familie ...«

»Familie ...«, flüsterte Praiodan schwach. Sein Blick glitt an Sandres empor.

»Komm zu mir ...« Sandres hatte sein Schwert gesenkt und reichte Praiodan die freie Hand. »Verstoß mich nicht, wie dein Vater dich verstieß. Sei für mich da!« Ein Lächeln stand auf dem Gesicht des Schülers: »Ich brauche dich.«

Zitternd richtete Praiodan sich auf. »Ich will nicht allein sein.« Er griff nach Sandres' Hand.

Er konnte das siegesgewisse Lächeln auf dessen Lippen sehen. Mit einem kraftvollen Ruck half Sandres ihm auf. »Komm schon, Praiodan. Du bist nie mehr allein …«

Er hatte Recht. Was sollte er noch tun? Sich jetzt einfach Sandres hingeben. Ihm folgen. Mit ihm zusammen sein. Kirian retten. Alles wäre wieder in Ordnung. Silanandra. Sie war nur eine Elfe.

Sein Blick wanderte zu dem ungleichen Kampf.

Silanandra lag noch immer schreiend am Boden, wand sich in Schmerzen. Es berührte ihn nicht. Schien unendlich fern. Eine andere Welt.

Kirian versuchte sich aufzurichten. Seine Robe war zerfetzt. Die Haare angesengt. Die Schulterwunde, die er ihm zugefügt hatte, blutete wieder und hinzu kamen furchtbare Verbrennungen an seinem Arm. Praiodan wollte gar nicht wissen, wie sehr sie schmerzen mussten. Und trotzdem kämpfte Kirian noch. Er schien sich gerade für einen neuen Zauber zu sammeln.

»FULMINICTUS!«, donnerte Blakharon und Kirians Gestalt schien zu brechen. Wie von einem Sturm hinwegfegt, ging er in die Knie.

»Du kannst ihn retten«, säuselte Sandres ihm ins Ohr.

Praiodan nickte schwach. Wieder schien die ganze Umgebung zu verschwimmen, wie in einem Traum, nicht wirklich.

»Was muss ich tun?«

»Nimm dieses Schwert …« Sandres lächelte zufrieden. Nein, nicht nur zufrieden. Da war mehr. Freundschaft? Verehrung? Liebe?

Praiodan griff mit zitternden Fingern nach dem Schwert. Wie schwer so eine Waffe sein konnte. »Und jetzt?«, murmelte er schwach.

»Töte die Elfe! Opfere ihr Blut Blakharaz, und du wirst nie wieder allein sein!«

Praiodan blickte Silanandra an. Hilflos wand sie sich am Boden. Selbst in seinem Zustand würde es kein Problem darstellen, ihr Leben hier zu beenden. Sie hatte kein Recht auf die Ewigkeit. Sie hatte ihm alles genommen. Und dann, dann würde da Sandres sein. Kirian würde leben. Was war schlecht daran?

Töte sie schon!

Ein Schritt in ihre Richtung. Die Nächte mit ihr. Ihre zarten Finger, die über sein Gesicht wanderten.

Weil sie deinen Bruder in dir sah!

Ihre liebevollen Worte, die ihn besänftigt hatten.

Sie wollte nur verhindern, dass du Kirian Leid zufügst! Ein letztes Mal wanderte sein Blick ihren Körper entlang. Wie schön sie auch jetzt noch war, hier in der Finsternis. Ihr lieblicher Busen, ihr Bauch … Das Kind.

Innerlich schreckte er zusammen.

»Nun töte sie schon, mach dem ein Ende!«, mahnte Sandres. »Komm nicht zu spät, deinen Bruder zu retten!«

Das Kind. Kind einer Elfe. Ja. Aber auch Kirians Kind. Durfte er das? Durfte er seinem Bruder das Kind rauben? Durfte er seinem Bruder die Familie rauben? Was machte ihn dann besser als Wulfjew?

»Es wird Zeit …«, wisperte Sandres an seiner Seite. Schmeichelnd. Sanft.

Praiodan nickte. »Das wird es.«

Er atmete tief, als seine Finger sich fest um den Schwertgriff schlossen. Ein Hieb. Es würde ihn nur einen Hieb kosten. Aber war es richtig, was er hier tat? Konnte er sich sicher sein? Für wen tat er es? Nachdenklich fing sein Blick das Schimmern des Stahls auf. Diese Waffe war weder böse noch gut. Allein die Hand, die sie führte, entschied. Ob zum Guten oder zum Bösen.

Dumpf drang das Ächzen Kirians an sein Ohr. Mit einem Mal stand seine Entscheidung fest – Praiodan wusste, was er tun musste.

Er holte weit aus und legte seine ganze Liebe in diesen einen Schlag.

Für Kirian.

Die Klinge schnitt mit Leichtigkeit tief in das weiche Fleisch.

Es war immer einfach, wenn der Gegner unvorbereitet, wehrlos war.

Blut spritzte.

Praiodan schloss die Augen.

Die Klinge beendete ihren Weg und der Kopf fiel zu Boden.

Was hatte er getan?

Das Schwert fiel aus seiner Hand und neben dem Kopf auf den Boden. Tränen raubten ihm die Sicht.

»Nein!«, schrie er. Tief in seinem Innern wusste er, dass es keine andere Wahl gegeben hatte.

Aber was änderte das?

Aus dem toten Gesicht seines Schülers war jegliche Bösartigkeit gewichen. Die Enttäuschung darüber, dass sein eigener Lehrer ihn verraten hatte, war alles, was in diesen dunklen Augen geblieben war, aber da waren auch Frieden und Erlösung.

Praiodan begriff mit einem Mal, dass er selbst dort hätte dort liegen müssen, an Sandres' statt. Der Schuldige war er, denn es war seine Strenge, seine Unfähigkeit, offen Liebe oder Verständnis zu zeigen, sein Hass und seine Blindheit, die Sandres in die Finsternis getrieben hatten. In allem war er seinem Schüler ein schlechter Lehrer gewesen, außer im Hass, den er ihn zu vortrefflich gelehrt hatte. Er starrte auf das Schwert. Selbst als Paktierer im ersten Kreis der Verdammnis hatte Sandres ihm vertraut, ihn geliebt.

»Vergib mir«, flüsterte Praiodan heiser.

Ein überraschtes »Was?«, holte Praiodan in die Wirklichkeit zurück. Durch seine Tränen sah er Blakharon fassungslos in seine Richtung starren. Es mochten nur Augenblicke vergangen sein, aber es waren Augenblicke, die sowohl Kirian als auch Silanandra nutzten.

Was immer Silanandra gequält hatte, es war verebbt. Und in ihrem Gesicht stand eine raubkatzenhafte Wildheit, die Praiodan noch nie an ihr gesehen hatte. Mit loderndem Blick deutete sie auf Blakharon.

Dieser riss die Arme hoch, wie um sich zu schützen.

Doch was immer die Worte bedeuteten, die Silanandra ihrem Peiniger entgegenschleuderte, sie ließen ihn stöhnend zusammenzucken und zurückweichen. Noch aber stand er. Doch bevor er wieder gänzlich zur Besinnung gekommen war, sah Praiodan seinen Bruder in der gleichen Pose wie Blakharon zuvor, seine Hand gebieterisch auf seinen Gegner gerichtet.

Praiodan spürte Stolz. Sein Bruder mochte zwar ein Magier sein, aber er war kein Weichling mehr. In Kirians Stimme lag rasender Zorn, als er die Worte »IGNIFAXIUS FLAMMENSTRAHL!«, ausstieß.

Die Feuerlanze schoss aus seiner Hand auf Blakharon zu. Nur kurz schien sie zu verharren. Vermutlich war dies Blakharons magischer Schild. Doch dann brach sie mit der Wildheit einer Raubkatze hindurch, loderte heiß und grub ihre Zähne sengend in Blakharons Körper.

Ein gellender Schrei durchschnitt die Stille der Nacht.

Blakharon ging in die Knie. Unglaube stand ihm ins Gesicht geschrieben.

Praiodan richtete sich mühsam auf und humpelte zu seinem Bruder, das Schwert dabei umklammernd. Sandres' Schwert. Sandres, der ihm den letzten guten Dienst erwiesen hatte, als er ihm diese Waffe gab. Vertrauen, das Praiodan nicht wert gewesen war.

Kirian sah ihm erschöpft entgegen. »Du hast den anderen besiegt. Gut gemacht!«

Doch Praiodan spürte keinen Triumph. Auch Silanandra war bei ihnen. Ihr Atem ging schnell und flach, es waren die Nachwirkungen des Zaubers. »Es ist noch nicht vorbei«, sagte sie.

Praiodan blickte sie verständnislos an: »Noch nicht ...«

»Recht hat sie!«, presste Blakharon hervor. Der Flammenstrahl hatte ihn furchtbar zugerichtet, der Geruch von verbranntem Fleisch lag schwer und beißend in der Luft. »Ihr mögt Sandres besiegt haben, meinen gelehrigen Schüler«, Praiodan war, als würde ihm ein Dolch ins Herz gestoßen, »mich auch ... aber meinen Herrn nicht! BLAKHARAZ, HERR DER RACHE! RÄCHE MICH!«

Es blieb ihnen keine Zeit zum Nachdenken.

Die letzten Worte des Paktierers besaßen eine zwingende Gewalt, die größer war als alles, dem Praiodan bisher die Stirn geboten hatte.

Ein geisterhaftes Leuchten ging mit einem Mal von der Tür der Turmruine aus – grünlich erschienen dort Zeichen, flammten eines nach dem anderen auf, während sich von drinnen etwas mit solcher Wut gegen die Tür warf, dass die einzelnen Bohlen knirschten und die Tür in ihren Angeln erbebte. Immer wieder warf sich etwas – eine Gewalt, ein Körper – gegen das Holz, und Praiodan meinte, einen gellenden, rauen Schrei hören zu können, der ihnen von dort entgegenschallte.

Die leuchtenden Zeichen bedeckten nun die ganze Tür. Dann, mit einem Schlag, verloschen sie. Zuerst blieb es ruhig. Praiodan schluckte hart und griff sein Schwert fester, wappnete sich für das, was auch immer ihnen von dort drohte.

Es war kalt geworden; Kälte von jener Art, die Praiodan bereits in der Scheune begegnet war. Nur war sie an diesem Ort viel stärker. Sie kroch unter sein Kettenhemd und ergriff die gesamte Lichtung, ließ den Atem der Gefährten als weiße Wolken in der Luft schweben.

Die Grundmauern des Turmes erbebten. Fahlgrüne Flammen schlugen aus der Tür und hüllten für einige Atemzüge den Turm ein, ließen ein widerwärtiges, kränkliches Leuchten über die Lichtung tanzen und warfen verdreht wirkende, seltsame Schatten.

»Dort!«, schrie Kirian und deutete auf die Tür, die sich in diesem Augenblick blähte, als sei das Holz zu einer zähen, nachgiebigen Masse geworden, die nun Blasen warf. Sekunden später zerbarst sie in einem Regen aus grünem Feuer und hölzernen Splittern.

Eine weitere Kältewelle jagte über die Lichtung; Praiodan spürte, wie seine Hände schmerzten und gefühllos wurden.

Die Erde selbst schien zu ächzen, als die Kreatur der Finsternis gleich einem Herrscher aus dem Turm trat. Rot glühende Augen lasteten auf Praiodan, der diesem Blick kaum standzuhalten vermochte, so abgrundtiefe Bosheit und Heimtücke stand in den Augen der Kreatur, die sich nun aus dem Inneren des Turmes hervorschob, langsam, wie um sich ihnen zu präsentieren.

Das also war das Wesen, das Blakharon hier gebunden hatte. Es schien vertraute Züge anzunehmen …

Vier Hörner bildeten auf dem Adlerkopf des Wesens eine grausige Krone, der schwarze Leib war dem eines Löwen ähnlich, aber nicht vollkommen – es war das Zerrbild eines Greifen, das ihnen da gegenübertrat. War der Greif ein Bote des Praios, so waren diese Geschöpfe ihre dunklen Schatten. Die Garde der Finsternis. Blakharaz' Sendboten.

»Asquarathi …«, keuchte Kirian ehrfürchtig, der fassungslos vor der Erscheinung zurückwich.

Im flackernden Licht des grünen Feuers war die Gestalt des Ungetüms kaum richtig auszumachen. Praiodan schirmte die Augen mit der Hand, während er sich für den Kampf sammelte. Er würde dem Monstrum nicht weichen. »Gilborn von Punin, sei bei mir!«

Zögerte der Dämon einen Augenblick? Oder ließ er ihnen nur Zeit, ihre Furcht ganz auszukosten?

Die schwarzen Schwingen des Asquarathi entfalteten sich und ließen dem Feuer, das in ihnen loderte, freien Lauf. Geblendet schloss Praiodan die Augen. Kälte schlug ihm entgegen, noch bitterer und beißender als zuvor, griff nach seinem Lebensfeuer, versuchte, seinen Willen zu lähmen.

Das schmerzerfüllte Stöhnen Kirians und Silanandras verriet ihm, dass diese sich kaum noch halten konnten. Vielleicht brauchten sie mehr Zeit, um sich wieder zu fangen, einen Zauber vorzubereiten … Praiodan stellte sich vor seine Gefährten, zwischen sie und den Asquarathi. Seine Augen hatten sich an das grelle Licht gewöhnt.

»Praios!«, rief Praiodan und rannte auf die Kreatur zu, mitten in ihr eisiges Feuer, das seinen Körper entlangleckte und ihn dann ganz umhüllte, als greife eine Faust aus Feuer nach ihm. Blind schlug er zu, rammte sein Schwert in den Leib des Dämons, spürte, wie es durch einen Widerstand fuhr.

Ein ohrenbetäubendes Kreischen.

Treffer!

Doch im gleichen Augenblick erfasste ihn ein Prankenhieb der Kreatur, riss das Kettenhemd auf und drang tief in sein Fleisch. Praiodan wurde wuchtig zurückgeschleudert. Hart kam er auf dem Boden auf, die Luft wurde ihm aus den Lungen getrieben, sein Körper schien in kalten Flammen zu stehen. Der Blick des Wesens haftete an ihm, und es legte für einen Augenblick den Kopf schräg, als sei es amüsiert.

»Kirian, tu doch was! Du verfügst doch über Magie!«, rief er seinem Bruder zu, während er sich wieder aufrappelte und für den nächsten Angriff sammelte.

Es hätte seiner Worte nicht bedurft, denn Kirian hatte schon mit der Faust in Richtung des Dämons gewiesen: »FULMINICTUS DONNERKEIL!«

Die Flammen, die den Leib des Dämons umhüllten, wurden für einen Moment wie von einer Windböe erfasst. Und doch schritt der Asquarathi nun auf sie zu, langsam und selbstsicher, oder, wie Praiodan verzweifelt hoffte, er brauchte diese Zeit noch, um wieder gänzlich zu erstarken. Er wusste, dass die Hoffnung trog.

Kirian war blasser geworden, als er es ohnehin schon war, hektische Flecken tanzten auf seinen Wangen. »Wir müssen fliehen! Er ist zu stark!«

»Dann geht!« Praiodan richtete sich wieder zu voller Größe auf und krampfte die Hand um das Schwert, dessen Stahl vom Feuer des Dämons noch eisig kalt war. Und wenn sein Fleisch daran festfror, er würde nicht weichen! Er war ein Diener des Praios, er würde sich der Finsternis stellen, und wenn es seinen Tod bedeutete. Vielleicht vermochten dann Kirian und Silanandra zu entkommen.

Verdammt, warum musste er nur so zittern?

Sein Blickfeld verengte sich. Das Gift. Die Wunden. Warum griff ausgerechnet jetzt die Schwäche nach seinem Körper? Alles andere verschwamm in Finsternis, nur den Dämon, den konnte er noch deutlich erkennen. Die Schwärze griff nach ihm, wollte ihm Sicht und Besinnung rauben.

Er biss die Zähne so fest zusammen, dass sein Kiefer schmerzte. Durchhalten!

Das widerwärtige Zerrbild eines Greifen hatte ihn schon fast erreicht. Der Dämon beeilte sich nicht, als spürte er gewiss, dass ihm sein Opfer nicht mehr entkommen konnte.

Praiodan wollte schreien, mit dem Namen seines Gottes in den nächsten Angriff gehen, aber er brachte nur ein Krächzen über die Lippen. »Praios ...« Ihm zitterten die Knie, Hände und Gesicht waren wie taub.

Ein Zögern. Der Asquarathi verharrte, als habe der Name des Götterfürsten ihn getroffen wie ein Dolch.

Sein Feuer loderte unstet und der Kopf der Kreatur wandte sich langsam und misstrauisch gen Himmel.

Diesen Augenblick nutzte Praiodan, um wieder mit letzter Kraft anzugreifen. Wieder verschlang ihn kaltes Feuer, als er den Stahl durch den Nacken des Wesens trieb, und der Schrei der Kreatur drang ihm gellend und betäubend durch Mark und Bein. Erneut wurde er von einem Prankenhieb zurückgeschleudert, der ihm ins Fleisch fuhr. Blut rann seine Brust hinunter und wärmte ihn, als er sich wieder aufrappelte.

Praios, gib ihnen Zeit zur Flucht! Nimm mein Leben dafür!, flehte er inbrünstig und hob das Schwert zu einem weiteren Angriff gegen das Ungetüm.

Dieses aber blickte ihn gar nicht an, sondern starrte in Richtung des ersten Morgenlichts.

Morgenlicht?

Mit einem zornigen Kreischen stob der Asquarathi in die Luft. Praiodan konnte nicht erkennen, was sich dort näherte, aber er konnte es spüren. Je näher es kam, desto klarer wurde Praiodans Blick, als reiche allein die Gegenwart des Sendboten, um Schmerz und Schwäche von ihm zu nehmen. Atemlos stand er da und blickte dem majestätischen Geschöpf entgegen, auf das der Asquarathi zuhielt.

Das Leuchten Praios' ging von dem mächtigen Greifen aus, der den Asquarathi erwartete. Seine Flügel peitschten die Wipfel der Bäume; Wind erhob sich, der Praiodan die gemurmelten Gebete von den Lippen riss.

Über den Wipfeln trafen sie mit einer Urgewalt aufeinander, dass die gesamte Lichtung, der Wald, alles um sie herum erzitterte. Praiodan spürte die Wucht bis ins Mark, als das Dämonenfeuer dem Praiosboten entgegenschlug – Kälte traf auf Hitze, der Zorn der Niederhöllen auf den Zorn Alverans.

Dann erst stürzte sich der Dämon mit Schnabel und Klauen auf den Greifen, der weder auswich noch zurückzuckte, sondern Gleiches mit Gleichem vergalt. Für jeden Hieb, den er empfing, erhielt der Asqarathi zurück – es war ein Fauchen, Zischen, Kreischen und Flügelschlagen, dass Praiodan kaum zu erkennen vermochte, welches der Geschöpfe die Oberhand behielt, so sehr hatten sich die beiden Wesen ineinander verkrallt, so sehr wüteten sie dort oben in der Höhe.

Dann aber schien die Kälte des Dämons stärker zu werden, sein unheiliges Feuer hatte den Greifen gänzlich ergriffen und schien dessen Leuchten in einem Griff der Finsternis zu ersticken.

»Nein«, flüsterte Praiodan heiser. Seine Knie zitterten so stark, dass er sich auf sein Schwert stützen musste, um nicht zu fallen. Der Asquarathi konnte nicht stärker sein als Praios' Macht. »Steh uns bei, Götterfürst, in der Stunde der Not ...«

Als habe der Greif das Gebet vernommen, stießen leuchtende Klauen aus der Schwärze, die die beiden kämpfenden Wesen eingehüllt hatte. Noch bevor der Dämon reagieren konnte, zerriss der Greif die schwarze Kugel, in die er eingehüllt worden war und packte die Flanken des Asquarathi mit beiden Pranken. Mächtig mit den Flügeln schlagend, gewann der Greif so an Höhe, den sich wild sträubenden Asquarathi mit sich zerrend.

Das Kreischen des Dämons, das zuvor so triumphierend und zornig geklungen hatte, gellte nun und überschlug sich beinahe, während er immer wieder mit Krallen und Schnabel nach dem Praiosdiener schlug. Die Kälte des Dämons wich von der Lichtung – Praiodan spürte, wie sich Sonnenlicht über ihn und seine Gefährten legte, ein wärmender, schützender, tröstender Mantel aus Licht, mit dem Praios ihnen seine Gnade erwies.

Dann hatte der Greif seinen Aufstieg beendet. Praiodan musste den Kopf in den Nacken legen, so hoch oben stand der Praiosdiener in der Luft, den zappelnden Dämon noch immer in den Klauen.

Dann, als sei er seiner Beute müde geworden, ließ der Greif den Dämon aus seinen Fängen. Bevor dieser aber noch seine Flügel ausgebreitet hatte, um den Fall zu bremsen, stürzte sich der Greif aus der Höhe auf ihn, wie ein Habicht sich auf seine Beute stürzt; seine Klauen gruben sich tief in den dämonischen Körper, rissen und hackten und zerfetzen, was sie nur zu packen bekamen. Asche regnete auf den Wald – das Fleisch und Blut des Dämons, das durch die Gegenwart des Greifen verbrannt wurde.

Die Gegenwehr des Asquarathi wurde schwächer, bald erstarben sogar seine Schreie, und für lange Atemzüge war nichts zu hören als das Flügelschlagen des Greifen, und wie dessen Schnabel und Klauen den Dämon zerfetzten. Erst, als sich der Körper des Asquarathi vollkommen in Asche aufgelöst hatte, hielt der Greif inne und wandte den Kopf in Praiodans Richtung.

Ehrfurcht durchrieselte Praiodan heiß, als er den prüfenden Blick Praios' auf sich spürte. Scham stieg in ihm auf, dass er an dem Sieg des Greifen gezweifelt hatte – und dass er kein besserer Praiosdiener war. Er hatte so viel gewollt und so wenig erreicht, hatte Praios' Aufmerksamkeit durch keine seiner Taten verdient.

Der Greif über ihm breitete seine Schwingen zu ihrer vollen Länge aus, warf den Kopf in den Nacken und verkündete gellend seinen Sieg. Dann erst wandte er seinen Blick wieder von Praiodan ab und dem Tagesgestirn zu.

Gewaltige Flügelschläge trugen ihn dann fort, gen Osten, der Praiosscheibe entgegen, mit deren Leuchten der Greif kurz darauf verschmolz, ohne eine Spur zu hinterlassen.

Eine Ewigkeit später gelang es Praiodan, seine Erstarrung abzuschütteln und seine Beine dazu zu zwingen, ihn noch ein paar Schritte zu tragen, obwohl ihm schwindelte und das Blut aus seinen Wunden rann. Er brauchte Gewissheit. Schritt um Schritt näherte er sich Imeras Körper.

Neben ihr ging er auf die Knie, wusste gleichzeitig, dass er nicht mehr die Kraft haben würde, sich zu erheben. Es war gleichgültig. Er hatte seine Pflicht getan.

Er strich ihr das rote Haar aus der Stirn und berührte die kühle Wange. Ihre Augen waren geschlossen, aber ein schwacher, langsamer Atem war eher zu spüren als zu sehen.

»Silanandra. Kirian. Sie lebt. Sie muss ...«, krächzte er noch, als ihm schon die Sinne schwanden; die Wunden und die Erschöpfung forderten nun ihren Tribut.

13. Kapitel

Besorgt blickte Kirian auf seinen Bruder hinunter. Er wagte kaum, die Aufmerksamkeit von ihm zu wenden. Den Tag über hatte er kaum etwas gegessen und nicht geruht, obwohl die Anstrengung, Imera und seinen Bruder aus dem Wald zurück in das Dorf zu bringen, sowohl Silanandra als auch ihn erschöpft hatte. Aber er konnte nicht ausruhen, während sein Bruder noch zwischen Leben und Tod schwebte.

Sie hatten Imera mit einem Trank geheilt – alles, was die Draconiterin jetzt noch brauchte, war ein wenig Ruhe, um sich gänzlich zu erholen.

Kirian legte ein neues feuchtes Tuch auf die fieberheiße Stirn. Er hatte schon das Schlimmste befürchtet, als Firunian wortlos zusammengebrochen war. Noch auf der Lichtung hatten sie ihn und Imera notdürftig verbunden. Und was zum Vorschein kam, als sie Firunian hier in das karge Tavernenzimmer hinaufgeschafft hatten … Trotz der Narben, die beredte Zeugen vergangener Gefahren und überlebter Verletzungen waren, verschlug es Kirian angesichts dieser Wunden die Sprache. Zwei Schwerthiebe und zwei Prankenschläge des Asquarathi hatten Firunian an den Rand des Todes gebracht. Das war aber nicht das Schlimmste: Hätte das Blut die Wunden ausgewaschen, so hätten Heilkräuter und einige Wochen Ruhe wahre Wunder bewirkt. Doch Firunians Blut war vergiftet; der faulige Geruch sprach eine deutliche Sprache. Kirian vermutete, dass es sich um ein dämonisches Gift handelte, das das Blut in den Wunden schwarz werden und die Ränder purpurn hervortreten ließ.

Wieder einmal kam der Sohn des Wirtes mit abgekochtem Wasser. Kirian dankte dem Wirt innerlich für seine Umsicht. Es würde sein Schaden nicht sein. Auch jetzt schnippte er dem Burschen, der sich bei dem Versuch, in das Zimmer hineinzuspähen, fast das Genick verrenkte, eine kleine Münze zu.

Kirian schmunzelte leicht – ein Magier, eine Elfe und ein Bannstrahler gemeinsam auf einem Zimmer. Wenn das nicht das Dorfgespräch für die nächsten Generationen abgäbe!

Er nahm das Wasser entgegen und brachte es an Firunians Lager, wusch das Tuch auf seiner Stirn aus und wischte ihm den Schweiß von Gesicht und Hals.

Sie hatten die Wunden nur reinigen können, doch sie würden sich schon bald wieder mit dem Gift füllen. Niemand im Dorf war in der Lage gewesen, so schwere Verletzungen zu heilen, kein Wundheiler, kein Medicus.

Und die letzte Möglichkeit …?

Vielleicht gelang es seinem Bruder auch allein, das Gift zu besiegen. Kirian setzte sich an Firunians Seite und nahm dessen Hand in seine. Gemeinsam. Wie lange war es her? Er hatte immer wieder versucht, diese Trennung aufzuheben, hatte Briefe geschrieben, Erkundigungen eingeholt, aber überall hatte man ihm die Tür vor der Nase zugeschlagen, als sei etwas Verwerfliches daran, dass sich ein Bruder um seinen Bruder kümmerte. Jetzt waren sie wieder vereint. Wenn auch – vielleicht nur für kurze Zeit.

»Schwingen … Schwingenschläge … die Bestie …«, keuchte Praiodan da, warf den Kopf zur Seite, als weiche er einem Angriff aus. Hektische rote Flecken tanzten auf seinem eingefallenen Gesicht.

Besorgt wischte ihm Kirian erneut mit dem Tuch über die Wangen. »Es ist gut, Firu. Du bist in Sicherheit.«

Kirian schrak zusammen, als sein Bruder ihn mit unvermittelter Heftigkeit packte. »Halt mir die Kreatur vom Leib, Sandres!«

Fieber. Wahnvorstellungen. Trotz aller Magie war er dagegen machtlos. Er legte seine Hand auf die Firunians, versuchte, den Griff zu lösen. Zwecklos.

»Ich bin bei dir, Bruder. Du wirst diesen Kampf gewinnen.«

Firunian nickte knapp, die Augen zwar geöffnet, doch leicht nach innen verdreht, sodass die Pupillen kaum zu sehen waren. Seine Stimme war heiser, als er sprach. »Ja … wir werden siegen, Sandres. Der Paktierer kann uns nicht entkommen.«

Kirian seufzte. So ging es schon seit Stunden. So würde es vielleicht die ganze Nacht über weitergehen. Firunian erkannte ihn nicht; das Gift gaukelte ihm Schatten vor, die ihn nur noch mehr quälten. »Ich bin es. Dein Bruder. Kirian.«

»Kirian …« Firunian beruhigte sich. Seine Hand löste sich von Kirians Arm, der die schmerzende Stelle verstohlen rieb. Was für eine Kraft in Firunian lauerte, selbst in diesem Zustand!

»Schon gut … Kirian … alles wird gut … ich werde Vater nichts verraten. Schon gut …« Firunians Augen schlossen sich, als er in einen dämmerigen Schlaf fiel.

Kirian wünschte, er könnte jetzt dort sein, ihm im Traumreich oder wohin auch immer ihn das Gift entführt hatte, beistehen. Ihm helfen gegen die Dämonen, die dort um seine Seele stritten.

Als sein Bruder damals zum Bannstrahl ging, hatte er es zuerst nicht glauben können. Seine Meisterin hatte ihm ans Herz gelegt, sich damit abzufinden, dass Firunian für ihn gestorben sei. Er war nicht dazu fähig gewesen. Sein Bruder konnte unmöglich einer der wahnsinnigen Hexenjäger geworden sein, die alles verbrannten, was nicht in ihre enge Weltsicht passte. Er hatte seinen Bruder nie verloren gegeben. Nun waren seine Gebete erhört worden. Kein Dämon oder Gott würde ihn jetzt noch von seiner Seite reißen – das schwor er sich.

Leise betrat Silanandra die Kammer, doch Kirian, der ihre Art kannte, bemerkte sie sofort. Mit einem sanften Lächeln wandte er sich zu ihr um. »Silanandra …«

Sie setzte sich neben ihn ans Bett. »Kirianiama, wie geht es Praiodan?«

Er runzelte die Stirn. »Praiodan?«

Sie schaute ein wenig verwundert. »Dein Bruder …«

»Ach ja.« Kirian seufzte. »Er hat seinen alten Namen ja abgelegt.« Wieder kehrte sein Blick zu dem gebräunten Gesicht seines Bruders zurück. Bannstrahler. Hesinde, hilf. »Er ist wirklich nicht mehr der Gleiche.«

»Er ähnelt dir … in gewisser Weise … Iama …«, murmelte Silanandra nachdenklich.

»Willst du mir etwas sagen?«

»Nein.« Sie schenkte ihm ein versöhnliches Lächeln. Ihre Anmut, ihre Unschuld. Wie ein Schmetterling im Sonnenlicht. Es erschien ihm immer wieder wie ein Wunder, dass sie ihn zum Gefährten erwählt hatte. Und das Kind, das in ihr wuchs, war das größte Wunder von allen. Wenn jetzt nur sein Bruder am Leben bliebe …

Es schien ihm, als zeichne sich jeder Schmerz, jede Angst, jede Anspannung in dem breiten, offenen Gesicht seines Bruders ab. So war es immer gewesen, Firunian war unfähig, sich zu verstellen.

»Nein, bitte …« Es war nur ein gequältes Wimmern, das Kirian durch Mark und Bein fuhr.

»Firu, ich …«, hilflos brach Kirian ab.

Doch Silanandra hatte sich schon erhoben und strich seinem Bruder sacht über die Wange. »Iama … ich bin doch bei dir …«, erklang die Stimme.

Kirian fragte sich, was auf der Reise geschehen war. Wie hatte Silanandra es geschafft, zwei Bannstrahler zu überzeugen, ihr gewissermaßen Geleitschutz zu geben? Er schüttelte den Kopf. Er misstraute Silanandra nicht. Und er wollte nicht glauben, dass auch nur das geringste Ehrenrührige dabei geschehen war. Vielleicht hatten die Bannstrahler sie aus Mitleid mitgenommen. Oder sie bereits vorsorglich verhaftet. Oder sie hatte sich ihnen als Fährtenleserin angeboten. So etwas musste es sein.

»Kirian …?«

Er war sofort bei ihm. »Firu! Du erkennst mich?«

Firunian blickte ihn an, als sei er der Verwirrte. »Natürlich … Kirian. Ich werde doch meinen eigenen Bruder erkennen … ich …« Schmerzen verzerrten sein Gesicht in einem neuerlichen Anfall; ein gepresster Schrei entrang sich seiner rauen Kehle. »Sandres! Hilf mir!«

Silanandras Hand fasste Praiodans. Diese Zärtlichkeit. Diese Sorge. Bildete er sich das nur ein? Fühlte sie etwa mit einem Bannstrahler? *Mit meinem Bruder!* schalt er sich. Warum aber zog sich sein Herz bei dem Anblick so zusammen?

Wie immer sie es auch bewerkstelligte, sie brachte Firunian Ruhe.

Als Kirian sicher war, dass Firunian schlief und nicht etwa ohnmächtig war, stand er auf und trat hinter sie, massierte ihr leicht die Schultern und streichelte ihren Nacken. Sie musste ebenso erschöpft sein wie er. Dankbar lehnte sie sich zurück.

»Wir sollten einen Trank brauen, versetzt mit Magie, einigen Kräutern …«, begann er leise.

In diesem Augenblick bäumte sich Firunian wieder auf, für einen Moment waren seine fiebrigen Augen ganz auf ihn gerichtet, und der Blick jagte Kirian eine Gänsehaut über den Rücken.

»Tu das nicht!« Er rief so laut, dass seine Stimme auf der letzten Silbe brach.

Erschrocken zuckte Kirian zurück – und auch Silanandra traf die plötzliche Heftigkeit wie ein Schlag.

»Keine Magie! Keine Tränke!« Firunian hustete krampfhaft, schnappte hektisch nach Luft. »Es ist Praios' Wille.« Für eine Weile konnte er nichts tun als husten, aber sein Blick blieb unverwandt auf Kirian gerichtet, als könne sein Wille allein ihn davon abhalten. »Praios hat mich durch seinen Greifen erwählt. Ich bezwang den Diener seines Widersachers. Mein Leben ist erfüllt.« Firunian hob die Rechte, schlug ein Praioszeichen. »Mir ist mehr Gnade widerfahren, als ich verdient habe.«

»Du kannst jetzt nicht so einfach …«

»Ich kann.« Firunian legte den Kopf müde in die Kissen zurück. »Mein Leben hat sich erfüllt.«

»So darfst du nicht reden, Firunian. Du …«

»Eine Sache … Sandres …«, unterbrach ihn sein Bruder, dessen Körper wieder in stinkenden Schweiß gehüllt war. »Hol Alwenna … bring mir das Mädchen … sie muss doch hier sein … Es war nicht bei ihm … auch nicht genug Blut …«

Kirian war verwirrt. »Welches Mädchen?«

»Das Mädchen«, antwortete Silanandra nur an Firunians Stelle. »Das der Dunkle entführt hat.« Bevor Kirian sich versah, hatte sie den Raum auch schon verlassen, als gelte es, keine Zeit zu verlieren. Sein »Wo willst du hin?« blieb unbeantwortet. Kirian zuckte die Achseln. Das war er mittlerweile von ihr gewöhnt.

»Kirian.«

Er wandte sich wieder seinem Bruder zu. »Ja, was ist?«

»In den Satteltaschen«, keuchte Praiodan schwach, hustete schwärzlichen Schleim. Kirian wischte ihm die Lippen ab, wartete geduldig, bis sein Bruder wieder sprechen konnte. Firunian wehrte ihn schwach ab. »Sandres … ich brauche die Satteltaschen …«

»Firu, ich …« Ihn jetzt allein lassen? Was, wenn er starb?

»Sofort!«, donnerte Firunian. Sein Körper erbebte dabei und Kirian sah mit Schreck, wie er deutlich blasser wurde. Hatte sich wieder eine Wunde geöffnet?

»Jawohl, Hauptmann!«, antwortete er geistesgegenwärtig.

Das schien Firunian zu beruhigen oder ihm war erneut die Kraft ausgegangen. Er sank wieder auf das Lager, blasser und eingefallener als zuvor. Täuschte er sich oder wurde der Atem immer flacher?

Es sah gar nicht gut aus für seinen Bruder. Beinahe glaubte er zu bemerken, wie sich Borons dunkle Schatten um seinen Bruder zusammenzogen, viel zwingender als jede dämonische Macht.

Das durfte nicht geschehen. Nicht, wenn er die Macht hatte, ihn zu heilen. Er konnte noch immer die verbotenen Pfade beschreiten. Er war gut vorbereitet auf die Reise gegangen. Wenn Firunian nur nicht so verbohrt wäre; ein Trank allein könnte Wunder wirken. Ja, vielleicht keine göttlichen Wunder. Aber ausreichend, um ihm das Leben zu retten.

Er eilte hinunter in die Stallungen, wo das riesenhafte Schlachtross seines Bruders wartete und holte die Satteltaschen. Als er schließlich wieder oben war, hörte er schon die Stimme seines Bruders. »Sandres! Sandres! Wo bist du?«

Er eilte zum Bett zurück, fasste wieder Firunians Hand. »Ich bin hier. Alles ist gut«, redete er beruhigend auf ihn ein, während er die Satteltaschen verstohlen zu Boden gleiten ließ. »Ich habe sie mitgebracht. Warum wolltest du sie haben?«

»Nicht so wichtig …«, murmelte Firunian mit geschlossenen Augen und glitt hinüber in einen Schlaf, aus dem er nicht mehr aufwachen mochte. Sein Atem war flacher geworden. Ihm ging die Kraft aus.

Nach weiteren bangen Stunden klopfte es an der Tür.

»Wer ist da?«

Silanandra betrat mit einem jungen Mädchen den Raum, dessen goldbraunes Haar voller abgebrochener Zweige und schmutzig war, als sei sie durch den Wald gerannt. Die Kleine konnte ein Bad vertragen – und ebenso ihre zerlumpte Kleidung, die aus nichts als Flicken zu bestehen schien. Sie zitterte am ganzen Leib und hätte sich wohl eng an Silanandra gedrückt, wenn ihr diese nicht so fremd gewesen wäre.

»Das ist Alwenna«, meinte Silanandra nur. Das Mädchen schaute immer wieder unsicher umher. Am liebsten hätte sie sich wohl losgerissen und versteckt.

Kirian schmunzelte. Ja, er würde sich wahrscheinlich auch nicht besser fühlen, wenn er als Kind auf solche Gestalten getroffen wäre.

»Praiodan … Alwenna ist hier.«

Firunian kostete es viel Kraft, die Augen zu öffnen. Seine Fäuste verkrampften sich, während er mit sich kämpfte, wach zu bleiben, wenigstens für einen Augenblick, wenigstens lange genug, um … was auch immer zu tun.

Silanandra strich Praiodan über die Wange. »Du schaffst es, Iama …«

Kirian wurde blass. Er kannte die vielen Bedeutungen des ›Iama‹ in der Elfensprache. Aber was meinte Silanandra in diesem Fall? Er wagte es nicht, den Blick ihrer Augen zu ergründen, während sie seinen Bruder anschaute. Vielleicht hatte er vor dem Angst, was er darin finden mochte. Etwas war zwischen ihnen vorgefallen. Er atmete hörbar scharf ein.

»Du also bist das«, krächzte Firunian schwach, musterte das Kind unter schweren Lidern hervor. »Das Mädchen, das von diesem Gesindel entführt wurde.«

Sie nickte nur.

Täuschte sich Kirian oder lag da so etwas wie Sorge im Blick seines Bruders? Aufrichtige Sorge um das Wohl eines Bauernmädchens im Blick eines Bannstrahlers? Das hätte er nie erwartet. Hätte ihm das seine Meisterin geglaubt?

»Sieh mich an«, ermahnte Firunian das Mädchen.

Nur zögernd hob sie ihren Blick, als befürchtete sie eine Strafe.

Kirian war immer noch nicht sicher, was sein Bruder von diesem Mädchen wollte. Sein Blick fiel zu Silanandra. Würde er Vater eines Sohnes oder einer Tochter werden? Wo würden ihre Kinder aufwachsen? Wo würden sie leben? Würde irgendwann einmal eines von ihnen Bannstrahler? Er schüttelte den Gedanken ab wie Frühjahrsfrost. Nein. Aus Magiebegabten würden niemals Bannstrahler werden.

»Ich habe etwas für dich«, hörte er seinen Bruder sagen. Er spielte dem Kind etwas vor, tat so, als ging es ihm gut, durchfuhr es Kirian. Firunian lächelte sogar. »Der lange Weg. Ich wollte dir etwas bringen.«

Die Unsicherheit des Mädchens wich ein wenig und machte einer nur Kindern bekannten Neugierde Platz. »Herr?«, fragte sie leise.

Firunian schien sich in den Augen des Mädchens zu verlieren. »Wie alt bist du, Kind?«, fragte er mühsam.

»Acht Götterläufe«, antwortete das Mädchen unsicher. Nervös spielten ihre Finger weiterhin mit der Schürze.

Firunians Lider schlossen sich. Hastig griff Kirian nach der Hand seines Bruders. Ein unwilliges Kopfschütteln Firunians beruhigte ihn. Er lebte noch.

»In meiner Satteltasche ...« Mehr brachte er nicht heraus.

Gehorsam öffnete Kirian die Tasche. Er erkannte sofort, was sein Bruder meinte. Denn diese Stoffpuppe gehörte bestimmt nicht ihm. Vorsichtig holte er sie hervor. »Deine?« Fragend schaute er das Kind an.

»Marita!«, stieß das Mädchen überrascht hervor, riss die Puppe aus seiner Hand und presste sie an sich. Dann lugte sie vorsichtig hinter der Puppe hervor und schaute zu seinem Bruder. »Danke, Herr.«

Firunian nickte nur. »Du wirst heil nach Hause kommen. Versprochen. Geh jetzt schlafen … es ist dunkel …«

»Aber, Herr …«

Kirian nahm das Mädchen an die Hand. »Komm schon … gehen wir …«

»Aber …«

Als sie an der Tür standen, ging Kirian vor ihr in die Hocke. »Ich weiß, dass die Sonne noch am Himmel steht. Geh hinunter und lass dir etwas zu essen und ein sauberes Kleid geben. Wir werden dafür sorgen, dass du zu deinen Eltern kommst. Keine Angst.«

»Und er?« Sie deutete zum Bett hinüber.

»Ich weiß es nicht.«

»Aber du bist doch ein Magier.«

Kluges Kind. Er seufzte schmerzlich. »Er will nicht, dass ich ihm mit Magie helfe. Er vertraut sich dem Schicksal an.«

»Es ist ungerecht, wenn er stirbt.« Das Mädchen schaute Kirian an. »Das können die Götter doch nicht wollen. Du hilfst ihm, oder?«

»Ich werde bei ihm sein.«

Er schob sie aus dem Raum und schloss die Tür hinter ihr. Firunians nächster Hustenanfall war schwach und gequält. Schwärzlicher Speichel rann aus seinem Mundwinkel. »Es geht zu Ende«, hörte er seinen Bruder murmeln.

»Nein, Firunian.«

»Praiodan.«

Kirian ging zu seinem Bruder zurück, wischte ihm

den Mund ab. Lange schauten sie sich nur an. Und zum ersten Mal erkannte Kirian, wie sehr es noch sein Bruder Firunian war und wie wenig er ihn doch verstand.

»Meine Mission ist beendet. Ich bin bereit, sein Urteil anzuerkennen«, murmelte Firunian gefasst.

»Sein Urteil?«

Firunian nickte müde. »Ja. Ich lege mein Leben in Praios' Hände. Falls ich diese Nacht überlebe, war es sein Wille.«

»Dann lass dir helfen.«

»Keine Magie!«

Kirian zuckte zusammen, als ihn diese Worte abermals trafen. Wie ein Vorwurf.

»Versprich es mir. Keine Magie.«

Unglücklich blickte Kirian auf seine Hände hinunter. Durfte er denn zusehen, wie sein Bruder starb? Nach allem, was geschehen war? Was Firunian für ihn getan hatte? Nach all den Jahren?

»Bitte, Kirian.« Firunians Stimme wurde deutlich schwächer, als habe er jetzt tatsächlich alle Kraft aufgebraucht. »Versprich es mir. Du schuldest mir das.«

Kirian nickte und drückte Firunians Hand. »Gut. Du hast mein Wort. Keine Magie.«

Sein Bruder lächelte dankbar, ein stilles, fast triumphierendes Lächeln. »Ich wusste, dass ich mich auf dich verlassen kann ... Danke, Bruder. Möge nun Praios sein Urteil fällen.«

Wieder perlte der Schweiß auf seiner Stirn. Er schien von innen her zu glühen, als trockne ihn das Gift aus. Erleichtert schloss der Bannstrahler die Augen. Er hatte tatsächlich bereits Abschied genommen und hoffte vielleicht, die Augen erst wieder in den himmlischen Gefilden zu öffnen, dachte Kirian und wischte sich verstohlen die Augen. Die Hoffnung war ein zähes Biest. Vielleicht geschah ein Wunder. Firunian hätte es zweifellos verdient.

»Warum?«

»Was?« Kirian schaute Silanandra verwirrt an.

»Warum hast du es ihm versprochen?«

Ihr Gesicht blieb ihm verschlossen – er konnte nicht darin lesen. Aber der leise Vorwurf traf ihn. »Es war sein Wille. Er bat mich darum. Er folgt Praios. Praios hasst Magie.«

»Aber steht dieser Praios nicht auch für Gesetze?«

Kirian nickte. »Das tut er.«

»Verpflichten dich nicht die Gesetze, deinem Bruder beizustehen?«

»Welche Gesetze meinst du?«

»Die Gesetze der Gemeinschaft. Gesetze der Familie.« Sie sah ihn ernst an. »Kirian, willst du ihn jetzt allein lassen?«

»Er hat sein Leben in Praios' Hand gelegt. Ich habe versprochen ...«

»Ihn sterben zu lassen?« Silanandra runzelte missbilligend die Stirn. Ihre Hand schloss sich fest um seine Rechte, führte sie zu Firunians schweißnasser Hand, zwang ihn, seinen Bruder zu berühren. »Iama. Folge deinem Herzen.«

Etwas streifte seinen Kopf. Kirian schrak aus seinem Schlaf auf. Sein Körper schmerzte von der vornübergebeugten Haltung. Er hatte sich nur einen Augenblick lang ausruhen wollen, nur einen Moment den Kopf auf die Arme gelegt, nur ... Er biss sich ärgerlich auf die Lippen und erkannte, was ihn berührt hatte. Die Hand seines Bruders war ihm wohl über das Haar gestrichen. Wie früher. Wenn er krank gewesen war und sein älterer Bruder ...

»Guten Morgen«, flüsterte Firunian. »Gut geschlafen?«

Kirian hätte weinen können. Da schlug er sich die Nacht um die Ohren und ausgerechnet der Sterbende stellte ihm diese Frage?

Silanandra, die sich neben Firunians Bett zusammengerollt hatte, regte sich leise.

»Wie geht es dir?«, fragte Kirian.

»Besser. Vermute ich.« Firunian deutete auf einen Becher, der auf dem Nachttisch stand, aber offenbar hatte er ihn aus eigener Kraft nicht erreichen können. »Durst.«

Kirian gab ihm zu trinken. Sein Bruder hatte fast schon wieder eine gesunde Hautfarbe. Er war noch blass, aber längst nicht mehr so totenbleich wie zuvor. Er streifte seine Wange. Ja, auch das Fieber war zurückgegangen. Zwar glänzten die hellblauen Augen noch verräterisch, aber sie blickten wieder mit Verstand, und Firunian schien ihn tatsächlich zu *sehen*.

»Du hast es geschafft.«

Firunian nickte schwach. »Praios hat entschieden.« Es klang fast enttäuscht. Vielleicht war es nicht ganz einfach, erst mit seinem Leben abzuschließen und dann zurückgeschickt zu werden. Wie dem auch sei – Firunian würde überleben, um seinem Gott weiterhin zu dienen. Das war die Hauptsache. »Meine Zeit war noch nicht gekommen.«

Kirian atmete erleichtert auf. »Ich muss mir noch mal deine Wunden ansehen.« Die Wundränder sahen besser aus – auch der üble Gestank war nicht mehr wahrzunehmen. Das Gift hatte seine Wirkung vollkommen verloren.

Als er Firunians Wunden mit frischen Heilkräutern bedeckt hatte und ihn wieder bandagierte, fiel Kirians Blick auf die leere Glasphiole, die nicht weit vom Becher stand, aber von diesem verdeckt gewesen war. Ihm wurde heiß und kalt.

Wenn sein Bruder sie jetzt bemerkte …

Er winkte Silanandra, seinen Bruder für einen Augenblick festzuhalten und machte eine übertrieben ausholende Geste, um einen Verband zu entrollen. Der weite Ärmel seiner Magierrobe wischte die Phiole vom Nachttisch, und Kirian übertönte das Geräusch, als sie auf den Boden fiel, mit einem Husten.

Firunian blickte auf. »Was war das?«

Kirian erstarrte. »Was?«

»Du wirst mir doch jetzt nicht krank werden?«

Kirian lachte nervös. »Nein, nein. Es ist schon gut.« Er tastete mit dem Fuß nach der Phiole, fand sie und zerdrückte sie unter seinem Stiefel zu feinem Glasstaub.

14. Kapitel

Ein dünnes Leichentuch aus spinnwebfeinen Schneeflocken hatte sich über das Land gebreitet. Das Licht hatte sich winterlich grau gefärbt und das Land um sie war so still und leer, als befänden sie sich gar nicht auf Dere, sondern in einer weit, weit entfernten Traumwelt.

Praiodan schlief fast.

In Augenblicken wie diesem, so schien es ihm, hielt ihn nur der starke, mit Kräutern versetzte Wein überhaupt noch am Leben. Seine Wunden schmerzten; aber er konnte sich noch keine Ruhe gestatten. Zu viel musste getan werden, zu drängend waren seine Aufgaben.

Er hatte versagt. Er hatte zwar die Mission beendet, den Paktierer zur Strecke gebracht und damit alles getan, was der Erwählte von ihm verlangt hatte. Aber er hätte alles gegeben, um nicht diesen furchtbaren Preis dafür zu zahlen.

Noch immer erwachte er mit Sandres' Namen auf den Lippen. Jeder Albtraum barg in seinem Innersten das Übelkeit erregende Gefühl von Stahl, der einen Kopf abtrennte. Sandres' Kopf. Sein Schwertarm erinnerte sich an dieses Gefühl; es war eine Erinnerung seines Körpers, nicht seines Geistes, und daher umso viel schwerer zu bannen. Der Wein, den ihm ein Medicus gemischt hatte, half gegen den Wundschmerz, aber nicht gegen die Qual, der seine Seele ausgesetzt war.

Er hatte getötet, was er liebte, und das würde er sich niemals verzeihen. Er hatte zugelassen, dass Sandres fiel, hatte ihn vielleicht sogar mit seinen Erwartungen in die Finsternis getrieben.

Er war nicht besser als Wulfjew, nicht einen Deut.

Kirian ritt an seiner Seite, hielt Bernsteins Zügel in behandschuhten Händen, führte ihn sicher und zuverlässig. Praiodan hätte niemandem die Zügel seines Schlachtrosses anvertraut, hätte er überhaupt eine Wahl gehabt.

»Wir sind bald da, Firunian. Schaffst du es noch?«

Praiodan hob müde den Kopf, musterte Kirian in seinem fellgefütterten Umhang, einen Schal um Ohren und Hals geschlungen. Kirian war ihm wie ein Fremder – und zugleich so vertraut. Jetzt, da er selbst gefallen und damit Praios' Gnade auch nicht mehr wert war, war es leichter, Kirians Magiernatur hinzunehmen. Und – nicht zuletzt hatte Kirian den Paktierer gerichtet. Mit Feuer.

»Sprich mit mir«, bat Praiodan gedämpft. »Ich möchte dich kennen lernen.« Außerdem musste er dann nicht selbst sprechen und konnte seine Kraft darauf verwenden, im Sattel sitzen zu bleiben, was anstrengend genug war.

Kirian lächelte erfreut. »Blakharon hat schon früher versucht, mir zu schaden. Meine Meisterin hat mich immer vor ihm geschützt, aber sie sagte, eines Tages müsse ich mich ihm entgegenstellen. Wir hielten ihn für einen Schwarzmagier, der eine Rechnung mit unserer Familie zu begleichen trachtete. Die Wahrheit habe ich erst viel später erfahren. Als ich mit Silanandra umherreiste, um Aufgaben meiner Meisterin zu erfüllen, traf ich auf seine Spur. Eingedenk ihrer Worte setzte ich mich auf seine Fersen. Ich ließ Silanandra in einem Gasthof zurück, weil ich Angst um sie und das Kind hatte. Natürlich ließ sie sich nicht einfach beschützen. Dafür hat sie viel zu sehr ihren eigenen Kopf.« Er tauschte einen innigen Blick mit der Elfe, der Praiodan bis ins Mark fuhr. »Ich glaubte, sie sei dort sicherer, als wenn sie an meiner Seite gegen ihn vorginge. Ich habe mich natürlich wieder einmal geirrt.« Enttäuscht zuckte sein Bruder mit den Schultern. »Wie so oft.«

»Du solltest dem Lied vertrauen«, warf Silanandra ein. »Du kannst nur einen Teil davon erfassen.« Ihre blauen Augen suchten kurz Praiodans, dieser aber senkte den Kopf.

Wieder in ihren Augen zu ertrinken ging über seine Kräfte. Ihm war elend zumute, wann immer Silanandra in der Nähe war, und umso mehr, wenn sie auch nur die geringste Zärtlichkeit mit Kirian tauschte. Erinnerungen peinigten ihn. Erinnerungen an Sünden, die er nicht bereuen konnte oder wollte, und die ihm damit jede Kraft raubten.

Praios, warum hast du mich nicht getötet? Ich wäre bereit gewesen. War ich es nicht wert? Verlangst du von mir als Buße ein Leben in Schmach und Schande?

»Sag mal«, wandte sich Kirian wieder an ihn. »Darf ich dich weiter Firunian nennen?«

»Ich bin nicht mehr Firunian«, flüsterte Praiodan. »Manchmal wünschte ich, ich wäre es noch. Aber es wäre eine Lüge.«

Kirian senkte betreten den Blick. »Entschuldige.«

»Ich weiß nicht mehr, wer ich bin.« Praiodan streckte fahrig eine Hand aus und legte sie Kirian auf die Schulter. »Das muss sich noch entscheiden.«

»Ohne dich hätte ich das nicht überlebt«, flüsterte Kirian nach einer Weile. »Danke dafür.«

Praiodan nickte matt. Er hatte seine Männer, Sandres, seinen Stolz und sich selbst auf dieser Reise verloren. Er konnte Kirian nicht sagen, was ihm das bedeutete. Niemand, der nicht in dieser Lage gewesen war, hätte es verstehen können.

Sie ritten, bis die Dämmerung hereinbrach – ein allmähliches Verdüstern des ohnehin dunklen Himmels – dann kam Burg Weißfels in Sicht.

Praiodan, der seit so vielen langen Jahren nicht mehr hier gewesen war und den Anblick Auraleths gewohnt war, erschien Weißfels als kleine, schäbige und doch überaus trutzige Burg, die sich gegen den bleiernen Himmel stemmte. Kein Vergleich mit Auraleth, doch vom selben unbeugsamen Geist durchdrungen.

Sie ritten in den Burghof.

Die Mehrzahl der Gesichter schien ihm vertraut und doch unvorstellbar gealtert. Es war, als kehre er aus einem Traum in die Welt seiner Kindheit zurück und als sei für ihn nur ein Tag, für die Welt aber viele Jahre vergangen.

Als er absitzen wollte, hielt das Knie sein Gewicht nicht und er stürzte. Der Schmerz erreichte ihn kaum. Er rappelte sich wieder auf, taumelte, selbst als Kirian ihn stützte. Jemand eilte herbei, um ihm zu helfen. Rothaarig mit silbernen Strähnen, kräftige Hände, eine kleine, ungemein zähe Gestalt mit warmen, freundlichen Augen. Eine weiße Eule auf der Schulter.

»Mutter …«

Malinja brachte ihn hinauf in das Kaminzimmer und Praiodan ließ sich widerstandslos von ihr führen. Dankbar stützte er sich auf sie.

Nur wenig später hatte sie ihm Mantel, Stiefel und Handschuhe ausgezogen und ihn in warme Decken gehüllt vor das prasselnde Kaminfeuer auf einige Felle gelegt. Dort schöpfte er etwas Kraft und Zuversicht aus heißem Wein, den ihm das Gesinde brachte, und ruhte mit geschlossenen Augen aus, während er aus einiger Entfernung Malinjas, Kirians und Silanandras Stimmen zu hören glaubte. Vorerst war er einfach nur dankbar für die Wärme und Ruhe, die ihn einhüllten.

Als sich schwere Schritte wie die Vorboten des Gewitters näherten, hob er instinktiv den Kopf. Er mochte gedöst haben, jetzt aber war er schlagartig wach.

In der Türöffnung stand ein urtümlicher Riese. Wulfjew von Weißfels war gealtert – tiefe Furchen zogen sich wie Narben durch sein Gesicht, Haar und Bart waren weiß geworden, die Schultern nach vorn gebogen, aber er ragte noch immer hoch und breit auf wie ein Berg, wie die Burg, in der er wie ein Bär in seiner Höhle lebte.

Praiodan streifte die Decken ab und erhob sich langsam, um zu verbergen, dass sein Körper sofort vor Schwäche und Erschöpfung zitterte.

»Malinja, die Magd sagte, wir hätten Gäste?«, donnerte Wulfjews Stimme.

»Das ist richtig, mein lieber Gemahl.« Auf ihr Zeichen hin erhoben sich auch Kirian und Silanandra von ihren Bänken, nur Praiodan trat vorerst nicht näher. Er war kein Gast. Wulfjew konnte in den Jahren seine Meinung nicht geändert haben. Und doch – er hatte Briefe an Ucurian Jago geschrieben, in denen er die Rückkehr seines Sohnes forderte. Wie man Besitz zurückforderte. Es war nicht Sehnsucht oder Liebe, was Wulfjew erfüllte, sondern noch immer der alte Hass, der ihn damals aus dem Haus getrieben hatte. Für einen Augenblick bereute Praiodan, sich nicht mehr Zeit zur Heilung gestattet zu haben. Er musste seinem Vater jetzt wieder die Stirn bieten, und er war unsicher, ob er genug Kraft haben würde.

Wulfjews schwerer Schädel wandte sich zu Kirian und Silanandra. »Willkommen«, brummte er, dann richteten sich seine tückischen kleinen Augen auf Praiodan. »Du.«

Nur das eine Wort. Kehlig gesprochen war es mehr ein Fluch als eine Anrede.

Praiodan nickte. »Ich.« Er trug zwar weder Abzeichen noch Ornat, doch würde er sich Wulfjew als das zu erkennen geben, was er war. *Was er gewesen war.* »Hauptmann Praiodan. Offizier des Bannstrahls.«

Seine Mutter sog scharf die Luft ein, und Praiodan

gewahrte, wie die weiße Eule ihn plötzlich musterte. Eine Eule. Eine gewöhnliche Eule. Und doch konnte es noch genau die sein, die seine Mutter damals gefunden hatte. Ja, er war sicher, sie wiederzuerkennen. Jalika. Keine Eule wurde so alt. Keine Eule blickte so klug.

Es durchfuhr ihn kalt. Das war also das Geheimnis. Er starrte seine Mutter an, deren Kräuter und Tränke die kleinen Blessuren seiner Kindheit geheilt hatten, deren Wissen nicht nur das Gesinde, sondern auch ihre Söhne vor Erfrierungen und Entzündungen bewahrt hatte. Er erinnerte sich an die Art, wie da plötzlich diese Fremdheit zwischen ihnen gewesen war, nach der Greifenvision.

Seine eigene Mutter – eine Hexe.

Ihn schwindelte. Das Blut, das in seinen Adern floss, war damit so verseucht wie das Blut der Elfe. Er war der Sohn einer Hexe.

»Also erinnerst du dich noch an mich?«, brummte sein Vater.

»Wie könnte ich Euch jemals vergessen, Baron?«, flüsterte Praiodan, zu verwirrt, um die Schärfe in seine Worte zu legen, die sich während all der Jahre in ihm angestaut hatte.

»Warum bist du hier?«

»Ich wollte Eure Vergebung erbitten, Baron, dafür, dass ich davongelaufen bin.« Die Worte kamen flüssig von seinen Lippen. Er wollte es so rasch wie möglich hinter sich bringen. Die letzten Rechnungen begleichen, damit ihn keine Schuld mehr belastete, damit er seine Familienangelegenheiten bereinigte, bevor er dem Erwählten wieder gegenübertrat.

Wulfjew schien verblüfft. Für einige Atemzüge war nur das Prasseln des Kaminfeuers zu hören. »Wirst du jetzt hier bleiben?«

»Zumindest so lange, bis ich wieder reisen kann«, erklärte Praiodan leise. »Ich hoffe, ich darf Eure Gastfreundschaft so lange in Anspruch nehmen.« *Gastfreundschaft! Als habe sich Wulfjew je um die Gebote der Götter geschert.* Praiodan schüttelte den Kopf. Er war nicht mehr der unmündige Knabe; und das würde auch Wulfjew feststellen, falls er es wagte, die Hand gegen ihn zu erheben.

»Gastfreundschaft sei dir gewährt«, erwiderte Wulfjew. »Du weißt, dass das hier von Rechts wegen dein Land ist, Firunian.«

Wieder die Lüge. Der falsche Name. Praiodan biss die Zähne aufeinander und nickte. »Das ist es. Ich bin dem Bannstrahl beigetreten, Baron. Ich kann nicht hier bleiben; ich werde woanders gebraucht.« Seine Worte klangen hohl in seinen Ohren. »Kirian ist klüger als ich. Er sollte das Land bekommen.«

Sein Bruder blickte ihn verwundert an, griff nach Silanandras Hand. »Es ist dein Besitz, Bruder.«

»Ich will es nicht«, flüsterte Praiodan. Er hätte jedes Gut der Welt dagegen getauscht, Silanandra an seiner Seite zu haben. Mochte Kirian Baron werden, wenn er dafür nur Silanandra behalten konnte.

»Du fieberst«, beschwichtigte Kirian sich selbst und Wulfjew.

»Und wer ist das Mädchen?«, fragte der Baron.

»Silanandra Sternenlicht«, sang die Elfe und neigte sacht den Kopf.

Ihre Hand verschwand fast in Wulfjews Pranke. »Ein schönes Kind. Mit welchem von den beiden wirst du den Traviabund schließen?«, fragte Wulfjew.

Praiodans Herz setzte für einen Schlag aus, auch Kirian zuckte zusammen.

Die Elfe blickte von einem zum anderen, zog ihre Hand aus Wulfjews Griff und war durch die Tür verschwunden, bevor noch einer der von Weißfels' die Fassung zurückerlangt hatte.

Hoffnung schlich sich in Praiodans Seele.

In Silanandras Blick hatte so viel mehr gelegen, als er zu hoffen gewagt hatte. Sie empfand etwas für ihn. Vielleicht gäbe es da eine Zukunft für ihn. Er blickte zu Kirian hinüber, der seinen Blick erwiderte. Sie hatten noch nicht darüber gesprochen. Niemand hatte den ersten Schritt gewagt. Kirian hatte ihn vielleicht schonen wollen. Jetzt aber sah er seinem Bruder an, dass dieser Silanandra nicht einfach aufgeben würde.

Wulfjew zuckte die Achseln. »Frauen.«

Nach dem Abendessen, dessen Unterhaltung Kirian – bis auf die Fragen der Eltern – allein bestritt, wurde Praiodan von einer Magd zu seiner Kammer gebracht.

Da er nicht schlafen konnte – noch nicht – ließ er sich einige Bögen Papier, Feder und Tinte bringen und setzte einen Brief an den Erwählten Ucurian Jago auf. Er hatte in Erwägung gezogen, den Brief vom Krankenlager aus zu diktieren, denn er schuldete Jago eine Erklärung. Womöglich suchte man bereits nach ihm. Er konnte sich nicht mehr entsinnen, wie lange es her war, dass er von Auraleth aufgebrochen war. Das Gift hatte seinen Geist getrübt.

Sorgfältig schnitt er die Feder zu und senkte den frischen Kiel in die schwarze Tinte, die ihm beinahe wie Blut erschien, glänzend im flackernden Kerzenlicht. Beinahe teilnahmslos beobachtete er, wie die Spitze Kreise und Linien zog, die wie magisch Buchstaben, Worte und ganze Sätze ergaben.

Er schrieb über den Verlauf der Mission, gab einen detaillierten Bericht der Vorkommnisse in Weiden, gab an, wo der Bannstrahl die bestatteten Gefallenen und ihre zurückgelassene Ausrüstung finden würde. Er schrieb, er sei schwer verletzt worden und befinde sich nun im Bornland, um Jagos Befehl zu befolgen, seine Angelegenheiten mit seinem Vater zu klären, und bat um Vergebung dafür, so viele gute Soldaten verloren zu haben. Dieser Teil fiel ihm am schwersten und wuchs sich zu einer wahren Tortur aus, als er Sandres' Verfehlungen gestand und sich selbst die Schuld gab, dass es hatte so weit kommen können. In knappen Sätzen handelte er den entscheidenden Kampf ab und verweilte etwas länger bei der Greifenerscheinung und dem Kampf mit dem Asquarathi.

Dann gab er sich in Ucurian Jagos Hände, unterzeichnete, faltete die Bögen und siegelte sie mit dem Ring, den ihm der Erwählte gegeben und der ihn doch nicht vor der Dunkelheit geschützt hatte.

Er fühlte sich, als sei er um fünf Dutzend Jahre gealtert. Es blieb nur noch, zum Bannstrahl zurückzukehren, um den Ring wieder an seinen rechtmäßigen Träger zu übergeben und seine Strafe in Empfang zu nehmen. Ein Teil von ihm sehnte sich gar nach dem Scheiterhaufen. Nur so konnte er endlich Frieden finden. Nur so sich selbst verzeihen.

Es klopfte an seiner Tür.

Praiodan wischte sich müde über die Augen. »Herein.«

Malinja trat ein, die Eule – als ein Zeichen ihrer Schuld, als Schandmal – auf ihrer Schulter.

Praiodan war zu erschöpft, um darüber entrüstet zu sein.

»Ich glaube, wir sollten über einige Dinge reden.«

»Ich habe dich bereits erkannt«, gestand Praiodan. »Du bist eine von ihnen.«

Malinja nickte sacht. »Das ist richtig.«

»Warum tust du mir das an?«, fragte Praiodan leise.

»Dasselbe sollte ich dich fragen, mein Sohn«, entgegnete sie. »Ich habe meinen Weg lange gewählt, bevor du durch das Licht geblendet wurdest.«

»Der Greif hat mir ein neues Leben geschenkt, als ich bereits verloren war.«

»Ich hätte dich auch gefunden.« Malinja streichelte

den Kopf der Eule. »Jalika war bereits da, damit du nicht erfrierst. Sie hätte dich wach gehalten, während ich die Soldaten überzeugte.«

Er zuckte die Achseln. »Das tut nichts mehr zur Sache, nicht wahr? Du bist eine Hexe, ich bin ein Praiosdiener. Das ist mein Schicksal. Und auch deines.«

Sie legte den Kopf schräg. »Wie meinst du das?«

»Falls du der Dunkelheit dienst, wirst du gerichtet werden. Ich kann es nicht mehr. Ich habe selbst zu schwer gesündigt, um mir noch anzumaßen, gerecht zu sein.«

Malinja atmete scharf ein. »Ist denn Praios unfähig zur Gnade?«

Er zuckte wieder die Schultern. »Ich weiß es nicht. Früher war ich sicher, er kenne Gnade. Ich bin nicht mehr sicher. Ich weiß gar nichts mehr.«

Sie blickten sich für lange Zeit an. Wie lebendig sie selbst im Winter wirkte, als leuchte ihre Lebenskraft von innen her. Es half, die betäubende Kälte und Dunkelheit des Winters leichter zu ertragen. Wie viele Menschen hatte sie wohl geheilt? Wie viel Leben gegeben? Wie oft Gnade erwirkt? Wie konnte er es wagen, seine Mutter, die ihm selbst das Leben geschenkt hatte, zu richten?

»Kannst du mich verstehen, Mutter?«, fragte er beschämt.

»Was ist dir da draußen widerfahren?«

»Wulfjew hat vor langer Zeit dem Dämon der Rache einen Mann zugetrieben. Kirian hat ihn in Weiden aufgehalten. Er war es auch, der sagte, er habe ihn schon einmal gesehen, vor langer Zeit, hier bei euch.«

Sie nickte. »Das hat Kirian auch mir berichtet. Ich denke, ich weiß, wer es war. Unser alter Hofmagus. Wulfjew geriet mit ihm in Streit, warum weiß ich nicht mehr, aber er trieb ihn hinaus in den Winter, wie auch dich. Nur kam dieser Mann niemals zurück. Ich hatte gehofft, er sei umgekommen.« Malinja schauderte. »Weil er schwor, er werde sich an jedem einzelnen unserer Familie dafür rächen. Und er nannte den Namen des Dämons …«

»Der Herr der Rache ist bekannt dafür, jenen willig zu helfen, die ihn in höchster Not anrufen.« Praiodan seufzte. »Er verpfändete seine Seele, um Rache zu üben. Der Dämon muss ihn damals gerettet haben, und jetzt, Jahre später, sah er eine Gelegenheit, seinen Plan in die Tat umzusetzen.« *Fast hätte er mich meinen eigenen Bruder töten lassen*, setzte er still hinzu. Er wusste nicht, ob das von Anfang an alles ein Plan des Paktierers gewesen war. Einen Praiosdiener zu treffen, seine Seele zu brechen – was für einen Triumph musste dass für Praios' Gegenspieler bedeuten …? Zwei Mächte, unfassbar gewaltig, hatten um seine Seele gestritten – und so, obwohl Blakharaz weder Sieg noch Trophäe davongetragen hatte, war Praiodan nicht sicher, ob Praios jetzt noch Wert auf ihn legte. Vielleicht war er durch den Streit zu schwer in seinem Glauben beschädigt worden, als dass Praios ihn noch zu den Seinigen zählen wollte. Wie ein Spielzeug, das beim Streit zweier Kinder zerbrach.

Malinja trat etwas näher. »Es tut mir so Leid.«

»Mir auch«, gestand Praiodan und nahm ihre Hand. Die Hand, die ihn gestreichelt hatte, die ihn gefüttert und beschützt und geherzt hatte. Sie war eine Hexe, aber sie war nicht böse, konnte es unmöglich sein, wenn sie sich so aufopferungsvoll um andere kümmerte. Wenn sie ohne Klage bei Wulfjew blieb, sein Gesinde vor seinem Zorn beschützte. Malinja war immer die gute Seele dieses Ortes gewesen. Unmöglich, von ihr als etwas anderem zu denken.

Ihre Fähigkeiten hatten ihn geheilt, ihm vielleicht sogar das Leben gerettet, als man ihn halb erfroren aus dem Wald zurückgebracht hatte. Praios hatte damals nicht gewollt, dass er starb. Was, wenn der Götterfürst sich Malinjas Fähigkeiten bedient hätte, um sein Leben zu bewahren?

Ketzerei.

Wahrheit?

Er betrachtete unschlüssig ihre Hand, dann hob er sie an die Lippen und küsste sie. »Mutter, kannst du mir vergeben?«

»Nur, wenn dein Herz nicht krank vor Hass ist«, flüsterte sie leise. »Wenn du erkennst, dass es keine mächtigere Kraft als die Liebe gibt, und dass diese viele Gesichter haben kann ...«

Keine mächtigere Kraft als die Liebe.

Silanandra.

»Meine Wunden werden heilen«, flüsterte Praiodan.

Sandres hatte ihn nicht geliebt. Liebe versklavte nicht. Wahre Liebe führte nicht in die Dunkelheit. Praios, wie sehr das schmerzte! Er würde ein Gelübde für Sandres' Seele ablegen, jedes Gelübde, je strenger, desto besser. Vielleicht gelang es ihm dann, Sandres die Qualen der Niederhöllen zu ersparen.

»Mögen die Götter dir dabei helfen«, flüsterte Malinja und küsste ihn auf die Stirn. Sie würde ihn nicht verzaubern, das spürte er. So, wie er ihre Fähigkeiten anerkannte, so nahm sie hin, dass er damit nichts zu tun haben wollte.

»Bin ich hier willkommen?«, fragte er leise.

»Du bist und bleibst mein Sohn.« Sacht strich sie ihm über die Wange, die Berührung heilte eine Wunde, deren Schmerz er sein ganzes Leben lang als Nagen in seinem Herzen gespürt hatte.

Er war nicht mehr allein; sie würde immer bei ihm sein und für ihn da sein, wann immer er sie brauchte.

Wie üblich war er aufgewacht, bevor die Sonne aufgegangen war, hatte sich angekleidet und seine Gebete verrichtet und war durch die kalte und noch schlafend daliegende Burg gewandert. Die Ahnengalerie, zu der er um nichts in der Welt eines Tages dazugehören wollte, der Aufstieg zum Turmzimmer Malinjas, die Ställe, der Innenhof, die Küche. Wie ein ruheloser Geist auf der Suche nach etwas, das er nicht verstand und das längst entschwunden war, durchstreifte er die Mauern.

Er hatte geplant, Sandres mitzubringen, wenn er seinem Vater gegenübertrat. Sandres war nun tot und bestattet, eine Boroni hatte Gebete über seinem Grab gesprochen, und Praiodan hatte daneben gestanden wie eine Statue aus Marmor, und keine Regung zeigen können – aus Angst, seine dünne Maske aus Selbstbeherrschung zerbreche.

Und Imera – sie hatte ihm zum Abschied die Hand gedrückt, ihn im Namen Hesindes gesegnet. Sie mochte ihm verziehen haben, wie auch er keinen Groll mehr gegen sie hegte. Er hatte sich, was sie betraf, geirrt, und die Schmach, sie so ruppig behandelt zu haben, verengte ihm die Kehle. »Hauptmann, bemüht Euch darum, die Dinge zu sehen, wie sie wahrhaftig sind. Das Forschen nach Wissen und Erkenntnis ist nicht immer böse – auch der Sonnenstrahl des Praios dringt auf den Grund und die Seele eines jeden Wesens«, hatte sie ihm geraten und war dann nach Honingen zurückgekehrt.

In diese Gedanken versunken, stieg er den Turm hinauf, von dem aus er als Junge immer die Baronie überblickt hatte. Er hätte nicht geglaubt, dass sich zu dieser Stunde jemand an diesem Ort befand, aber er erkannte die Stimmen sofort.

Kirian und Silanandra.

»Wulfjew verlangt eine Entscheidung. Er spürt das Alter in den Knochen. Weißfels braucht einen Erben und Firunian ist noch nicht bereit dazu.«

»Er kann sein Lied nicht mehr hören.«

»Er hat es nie gehört«, erklärte Kirian traurig. »Mein Bruder hat immer nur auf Befehle gehört, nie auf sein eigenes Herz. Er ist ein Soldat, durch und durch.«

»Und doch seid ihr euch ähnlich.«

Praiodan stockte der Atem in der Kehle. Es gehörte sich nicht, sie zu belauschen, und er wich einen Schritt zurück. Richtig, er war ein Soldat. Aber anders als ein selbstherrlicher Magier kannte er seinen Platz in der Ordnung der Welt. Er maßte sich nicht an, Dinge zu entscheiden, die zu entscheiden nur die Götter ein Recht hatten. Er wusste, dass er Befehlen zu gehorchen hatte. Dass sein Wille letztlich unbedeutend war, und dass man sich der göttlichen Ordnung unterwarf oder Gefahr lief, zum Fraß der Dämonen zu werden.

»Ja, vielleicht.« Kirian versank für einige Atemzüge in brütendes Schweigen. »Nichtsdestotrotz. Vater erwartet, dass einer von uns das Erbe übernimmt. Das würde allerdings bedeuten, dass der neue Baron hier bleiben müsste. Ich könnte nicht mehr reisen, Silanandra. Und ich weiß, wie wichtig dir die Freiheit ist.«

»Es ist mehr als das, Kirian.«

»Ich weiß.« In der Stimme seines Bruders klang jetzt fast Verzweiflung mit. »Auch du wirst dich entscheiden müssen. Silanandra, er ist ein Bannstrahler. Wenn er nicht mein Bruder wäre, hätte er mich wohl sofort getötet. Weil ich ein Magier bin.«

»Ich kenne ihn.«

»Du kennst ihn nicht«, widersprach Kirian leidenschaftlich, »oh, du kennst ihn nicht. Er müsste den Orden verlassen, um mit dir zu leben. Aber er hat dem Orden alles geopfert. Sogar seinen klaren Verstand.«

Praiodans Fäuste ballten sich.

Silanandra schwieg noch immer.

»Silanandra, bitte hör mir zu. Er kann nicht mit dir leben und niemals dein Gefährte sein. Hörst du mich?«

»Ihr Menschen seid so schwierig«, murmelte die Elfe. »Willst du mich oder das Kind, Kirian?«

»Ich liebe dich, Silanandra. Und wenn ich muss, werde ich um dich kämpfen.«

Praiodan hatte genug gehört. Oder besser: bereits zu viel.

Langsam schlich er zurück, den Turm herab, hinunter in den Innenhof. Dort ließ Wulfjew sich gerade sein Pferd bringen, um einen Rundritt anzutreten. Kurz entschlossen befahl er dem Stallburschen, Bernstein zu bringen.

Sein Vater hatte es sich zur Gewohnheit gemacht, vor den stärksten Schneefällen noch einmal die Baronie abzureiten, um sich zu vergewissern, dass alles in Ordnung war. Zumindest sagte Wulfjew das, als er ihn fragte.

Mit der Rückkehr Borbarads, des Dämonenmeisters, hatten sich die Kräfte in Aventurien stark verschoben. Reiche der Finsternis waren entstanden und die Dunkelheit bemühte sich, noch weiter auszugreifen und hatte das benachbarte Tobrien ergriffen, wodurch das Bornland vom Mittelreich abgetrennt worden war. Somit bedeutete Wulfjews Vorsicht nicht mehr nur die Aufmerksamkeit eines sorgenden Grundherrn, sondern auch die lebenswichtige Vorsicht eines Belagerten. Wulfjew musste vorsichtig sein, oder die Dunkelheit würde ihn ebenso überraschen wie den Dachs in seiner Höhle.

Und dann wäre es zu spät.

Wulfjew sprach nicht viel, aber Praiodan konnte ihm ansehen, dass dieser bornländische Baron nicht im Traum hätte verstehen können, welches andere Leben es fernab der Heimat geben konnte. Sollte die Dunkelheit auf das Bornland übergreifen, so würde Wulfjew eher mit der Waffe in der Hand zugrunde gehen, als das Land seiner Vorfahren zu verlassen.

Für Praiodan war es jedoch nur irgendein Land, die Leute darauf nur irgendwelche Leute, in nichts anders oder gar besser als andere Aventurier. Er hatte seine Wurzeln verloren, wann und wo, vermochte er nicht zu sagen. Nichts hielt ihn hier. Im Gegenteil – sein Herz strebte, wie schon damals, mit aller Macht von hier fort. Nur: Diesmal würde er nicht die Flucht ergreifen. Wenn er nun ginge, ginge er aus freien Stücken.

Als sie so durch den Schnee ritten, jeder in seine eigenen Gedanken vertieft, klangen Silanandras Worte in ihm nach.

Es ist mehr als das, Kirian.

Hatten ihre Küsse, ihr Seufzen, ihr wollüstiges Erschaudern unter seinen Liebkosungen doch nicht getrogen? Begehrte sie ihn? Liebte sie ihn? Oder sah sie doch nur Kirian in ihm?

Er verzog zynisch die Lippen. Er überragte Kirian um mehr als einen Kopf, und wenn Kirian ein schlanker und flinker Rehbock war, so wäre er, Praiodan, der kapitale Hirsch. Unmöglich, sie wirklich zu verwechseln. Was war es dann, das ihnen Ähnlichkeit verlieh?

»Warum bist du zurückgekehrt?«, fragte Wulfjew.

»Weil ich gelernt habe, dass ich damals nur davongelaufen bin. Ein Diener Praios' läuft nicht davon, Baron.«

»Also nur wegen Praios.«

»*Nur* wegen Praios.« Praiodan schnaubte. »Als sei der Götterfürst nicht Grund genug.«

»Was ist mit deiner Familie?«

Praiodan dachte an die Ahnengalerie, dachte an das Schwert ihrer Familie, das im Geschirr von Wulfjews Pferd ruhte. Bald in Kirians Hand liegen würde. Er gönnte es ihm. Kirian würde mit diesem Land verwurzelt sein, für alle Zeiten, und nach ihm seine Kinder und Kindeskinder. »Praios hat bestimmt, dass man seiner Familie Loyalität schuldet und ein Vorbild an Mut, Wahrheit und Glauben sein soll.«

»Und was ich dich gelehrt habe …?«

Praiodan blickte seinem Vater fest in die Augen. »Auch dafür bin ich Euch dankbar, Herr Baron. Ich danke Euch für alles. Ohne Euch wäre ich niemals so stark geworden. Ich bin nun hier. Wenn Ihr mir noch etwas zu sagen habt, dann tut es jetzt.«

Wulfjew wandte den Blick zur Seite. »Ich habe es nicht anders erwartet.«

»Doch, das habt Ihr. Aber ich werde nicht lügen, um Euch zu besänftigen. Ich habe Euch vergeben, was Ihr mir angetan habt. Ich kann Euch aber nicht von allen Euren Taten freisprechen. Dieses obliegt mir nicht. Mögen sich die Götter Eures kalten Herzens erbarmen, Baron. Ich werde für Euch beten.«

»Woher nimmst du dir das Recht …!?«, polterte Wulfjew los, aber Praiodan lachte auf, was seinen Vater verblüfft verstummen ließ.

»Wer hat entschieden, was Recht und Unrecht ist? Eure Taten, Baron, haben Euch eingeholt. Kirian tötete einen Mann, den Ihr damals in die Finsternis getrieben hattet. Ihr seid schuld an seinen Untaten, denn ohne Euch wäre es nie so weit gekommen. Mich habt Ihr damals ebenfalls in die Finsternis treiben wollen, stattdessen fand mich das Licht. In allem liegt eine tiefere Gerechtigkeit, eine tiefere Wahrheit. Im Gegensatz zu Euch, Baron, erkenne ich diese Wahrheit und beuge mich ihr. Mehr Recht nehme ich mir nicht.« Er blickte Wulfjew an und spürte, dass er seinem Vater tatsächlich vergeben hatte. Da war kein Zorn in ihm. Keine Rachegedanken. Wulfjew würde seine Strafe erhalten, doch nicht von ihm.

Diesmal würde Blakharaz leer ausgehen. Praios' Widersacher hatte ihn in Versuchung geführt und er hatte die Anfechtung abgewehrt.

Wulfjew zügelte sein Pferd so scharf, dass es unwillig auf die Hinterbeine stieg. »Dann haben wir nichts mehr zu besprechen.« Er riss sein Tier herum, stieß ihm die Sporen hart in die Flanken und preschte durch den Schnee zur Burg zurück.

Praiodan blickte ihm nach, die Arme auf den Sattel gestützt.

Er hatte das Joch seines Vaters für alle Zeiten abgeschüttelt.

Da sah er ein Licht durch die Bäume funkeln, ein gelbliches Licht, vielleicht den Schein einer Fackel oder Laterne.

Reisende?

Das Licht bewegte sich nicht. Praiodan lenkte Bernstein darauf zu. Der winterliche Wald lag schweigend vor ihm, umgab ihn; schwer lastete Schnee auf den schwarzen Ästen und sein Atem und der des Pferdes bildeten große weiße Wolken.

Praiodan hatte sich hoch im Sattel aufgerichtet, spähte nach der Ursache des Lichtes. Reisende im Winter? Er glaubte nicht daran. Um sich dieser Tortur auszusetzen, brauchte man in der Tat einige überaus gewichtige Gründe. Insbesondere im Bornland.

Er lenkte Bernstein einen Wildwechsel entlang, der auf das Licht zuführte. Der Weg war ihm vertraut. Diesmal aber griffen keine Schatten nach ihm. Sein Körper schmerzte zwar, aber er musste den Weg nicht entlang taumeln – wie beim letzten Mal.

Bei den Göttern, war das wirklich schon so lange her?

Unwillkürlich schauderte er, trieb Bernstein zu größerer Eile an. Sein Schlachtross kaute verspielt auf dem Gebiss und fiel in einen verwegenen Trab, der rings um sie weichen Pulverschnee aufstieben ließ.

Der Lichtkreis wurde größer. Hatte Praiodan ihn vorhin noch mit einer Hand abdecken können, so erfüllte es bald den ganzen Wald vor ihm. Praiodan flüsterte ein Gebet und zügelte das Pferd.

Die Lichtung.

Wo der Findling …

Er stieg ab.

Nicht einmal dreißig Schritt von ihm entfernt war der Boden nicht schneebedeckt, sondern sommerlich grün. Hatte der Winter den Ort jemals wieder berühren können?

»Praios, leite mich. Hab Erbarmen.«

Vergib mir.

Langsam ging er auf die Lichtung zu. Als die Bäume sich vor ihm öffneten, sah er, wie sich das Licht um den Findling konzentrierte. Keine Gestalt, keine Umrisse, nur Licht. Praiodan trat aus dem Wald und fiel auf die Knie. Sein Gesicht war heiß, als brenne die Sommersonne auf ihn herab, und die Haut seiner Hände spannte sich.

»Ich habe getan, wofür du mich erwählt hast, Götterfürst. Und doch habe ich versagt«, flüsterte er, den Kopf gesenkt.

»Ich war ein unwürdiger Diener; ich habe mich verblenden und in die Irre führen lassen. Ich habe voreilig gehandelt, ich habe ...« Jedes dieser Worte brannte wie Feuer in seiner Kehle. Er hatte sie sich eigentlich für Ucurian Jago zurecht gelegt. Für den Inquisitor, der seinen Fall untersuchen würde. Er hatte auch seine Verteidigungen schon ausgearbeitet. Jetzt aber gestand er nur eines: die Wahrheit. Er konnte sich hier vor dieser Erscheinung nicht rechtfertigen; jede Verteidigung wäre ihm wie eine Lüge erschienen.

Praios verlangt von dir, was du niemals erfüllen kannst! Sandres' Worte hallten für eine Weile in ihm nach, aber anders als von Herldis' Stimme wusste er nun genau, dass es nur Erinnerungen waren. Seine eigenen Zweifel, die ihn quälten. Kein Gift, kein Wahnsinn.

»Ich nehme meine Strafe auf mich, Fürst der Götter. In allem, was ich tat, wollte ich deinen Willen tun. In allem, was ich sagte, glaubte ich, die Wahrheit zu sprechen. Aber dein Diener war schwach und feige und dumm. Ich tat das den Menschen Mögliche, wenn es auch zu wenig war. Erbarme dich meiner.«

Die Hitze wurde immer stärker. Praiodan konnte das Zischen von verdampfendem Wasser hören, unmittelbar vor sich. Das Licht kam näher.

Praiodan schloss seine tränenden Augen.

Zu schwach, um in die Sonne zu blicken, dachte er. Vollkommene Wahrheit und vollkommene Reinheit sind dem Menschen in der Tat unerträglich. Aber war es nicht das Streben danach, was den Gläubigen ausmachte? Ein unerreichbares Ziel anzustreben? Vollendung?

Sieh mich an, Sterblicher.

Die Stimme gestattete keinen Widerspruch. Praiodan hob das Kinn, dann öffnete er die Augen. Er wusste, dass er blind werden würde. Es kümmerte ihn nicht länger. Er war ein Soldat des Praios. Er würde immer gehorchen, wenn sein Gott ihm befahl.

Es war so hell, dass er nichts erkennen konnte, nur ein mit nichts zu vergleichendes Strahlen, hellgelb und weiß, so durchdringend, dass kein Schatten es verdunkeln könnte.

Es gibt noch mehr für dich zu tun. Die Finsternis greift nach dem, was sie noch nicht erobert hat.

»Ich höre und gehorche.«

Das Licht verblasste nicht, vorerst nicht, sondern stieg wieder gen Himmel auf, aber der Wald blieb in Licht getaucht. Er blinzelte, versuchte, wieder klar zu sehen, und wartete, fürchtete innerlich, der Befehl der Erscheinung habe ihm das Augenlicht geraubt. Die Blendung ging vorüber, bald tanzten keine bunten Kreise und Flecken mehr vor seinen Augen, die stattdessen von einem goldenen Leuchten angezogen wurden. Vor ihm auf dem Boden der Lichtung lag etwas feurig Leuchtendes, etwas länger als seine Hand, doch nicht ganz so breit.

Vorsichtig tastete er danach – aber die Feder war nicht mehr heiß, nur noch warm. Sie war wie aus Metall geschmiedet, aber viel zu fein, um wirklich Metall zu sein. Eine Greifenfeder. Praiodan presste sie mit einer Hand gegen sein Herz und wandte den Blick gen Himmel, hinauf zu der winterlichen Sonne, die als blasser Kreis durch das Grau zu ihm hinunterblickte.

Ihm fehlten die Worte für einen Dank, ihm fehlten die Worte für einen Eid, aber seine Seele heilte, während er auf der Lichtung kniete, wo sich schon einmal sein Leben entschieden hatte.

15. Kapitel

Die dick in Fellmäntel gehüllten Wachen öffneten Praiodan bereits das Tor, als sie ihn von Weitem sahen. Im Innenhof stieg er ab und vertraute Bernsteins Zügel einem Stallmädchen an. Für einen Augenblick verharrte er, drehte sich einmal um sich selbst. Der Turm, der Wehrgang, die trotzigen Zinnen – wie lange mochte es dauern, bis sie Satinavs Hörnern nicht länger widerstehen konnten? Würden es seine Krallen sein, oder die Schwerter und Rammböcke und Katapulte von Menschen, die letztlich die Burg niederrissen?

Würde man sich in tausend Jahren noch derer erinnern, die hier gelebt, geliebt und gehofft hatten? Würden ihre Namen zwischen den Ruinen von den Nachgeborenen gelesen werden? Und wenn erst die Namen auf den Grabsteinen verwittert waren?

Ein Hauch von Ewigkeit streifte ihn mit schwarzen Samtflügeln – und Praiodan schauderte. Was konnte er als Sterblicher dieser Ewigkeit entgegensetzen? Wie konnte er hoffen, dem Vergessen zu entgehen? Und welchen Lohn hatte diese Welt zu bieten, wenn doch der wirkliche Lohn jenseits des Todes bei Praios lag?

Mägde, Knechte, Wäscherinnen und Köche beobachteten ihn – er konnte ihre Blicke spüren. Sie beäugten ihn ehrfürchtig, versuchten, ihm jeden Wunsch von den Augen abzulesen, als sei er tatsächlich der Erbe dieses Landes. Er war es gewohnt, dass man ihn mit so viel Respekt betrachtete, ja, auch mit Furcht. Doch ihre hündische Ergebenheit rührte nicht von dem Ruf, den er erworben hatte, oder von seinen Verdiensten her. Sie versuchten nur, es dem Nächsten von Weißfels recht zu machen, da dieser ein weniger unbarmherziges Regiment führen sollte als sein Vater.

Das hier war nicht seine Welt.

Seine Hand berührte die Greifenfeder unter seinem Wams, um sich zu vergewissern, dass dies wirklich geschehen war. Schon einmal hatte Praios ihm seinen Boten gesandt – wohin aber deutete dieses neuerliche Zeichen? Wieder fort? Aber wohin? Zum Bannstrahl?

Heimat. Einst war es Weißfels gewesen. Dann der Orden. Und nun? Ucuri leuchtete nachts in jeden Winkel Aventuriens. Und die Praiosscheibe leuchtete über Auraleth wie über Weißfels.

Ucurian Jago. Erst eine lange, gefährliche Reise zurück nach Auraleth, danach der nicht weniger gefährliche Bericht an den Erwählten. Er hatte sich des Siegelrings als unwürdig erwiesen. Warum aber dann die Greifenfeder?

Warum sollte er bleiben? Was hielt ihn denn hier?

Silanandra.

Praiodan schloss die Augen. Er hatte seinen Vater abgeschüttelt. Er war dem Alten von Weißfels ebenbürtig, wenn nicht überlegen. Und Silanandra … Warum musste sie eine Elfe sein? Konnte sie keine einfache Bornländerin sein?

Aber da war Kirian. Sein Bruder. Der Vater des Kindes.

Wehmütig dachte Praiodan an seine Kindheit. Damals hatte es nichts gegeben, das zwischen ihm und seinen Bruder stand. Heute gab es so vieles. Hatte die Begegnung mit Praios' Boten ihn zum Feind seines Bruders gemacht?

Er schüttelte den Kopf. Nein. Silanandra war der Grund, der Abgrund, der sich zwischen ihnen auftat.

Er hörte Sandres' Stimme. *Verfluchtes Elfenpack!*

Aber diese Elfe war weder verflucht noch schuldig. Sie gehörte einer viel älteren Rasse an, einer Rasse, die alt gewesen war, noch bevor die Menschen mit ihren Göttern kamen. Auf ewig unschuldig, auf ewig Heiden. Man konnte sie bekehren – aber vernichten?

Praiodan schüttelte den Kopf. Seine Aufgabe war es, zu schützen und Praios' Willen durchzusetzen, und zwar mit dem Schwert, wenn es sein musste. Um den Preis seines Lebens. Praios schätzte die Elfen nicht, aber er verlangte auch nicht ihre Ausrottung. Sandres hatte, wie so oft, bereits vorauseilend gehorchen wollen. Das hatte seinen Untergang besiegelt.

Da er verzichtet hatte, war nun Kirian der Erbe Wulfjews. Er würde mit Kirian darüber reden müssen; einer musste bleiben. Das Land brauchte einen Herrn.

Mit einem Blick prüfte er den Stand der Praiosscheibe. Damals hatte Kirian um diese Zeit ein kleines Mahl in seinem Zimmer zu sich genommen, weil er nie bis zum gemeinsamen Abendessen warten konnte. Praiodan fragte sich, ob sein Bruder diese Angewohnheit aus Kindertagen beibehalten hatte.

Er kannte den Weg, hätte ihn noch schlafend gefunden. Auch hier wichen ihm die Diener ängstlich aus. Als ob Wulfjew die Gänge entlangpolterte, auf der Suche nach jemandem, an dem er seinen Zorn auslassen konnte. Der Gedanke versetzte ihm einen schmerzhaften Stich. Hatte er die Brücke zu seinem Vater nur abgebrochen, um letztlich wie er zu werden?

Hauptmann oder nicht – als Baron konnte er tun und lassen, was er wollte. Hatte alle Annehmlichkeiten. Alle Freiheiten. Sein eigenes Gesetz.

Praiodan spürte die Wärme der Greifenfeder an seinem Herzen. Er hatte sich entschieden.

Vor der dunklen Eichentür verharrte er, legte bedächtig die Hand auf die Klinke. Er wollte es sich nicht eingestehen, aber er lauschte nach Silanandras Stimme. Doch die war nicht zu hören.

Ruhig klopfte er gegen die Tür.

»Komm rein, Fi- Praiodan«, erklang Kirians Stimme.

Er öffnete die Tür, betrat den Raum, schloss die Tür hinter sich, bewegte sich dabei mit steifen, sorgfältig abgezirkelten Bewegungen, die nichts darüber verrieten, was in ihm vorging.

Sein Bruder saß an einem kleinen Tisch und aß dampfende Suppe, ein Kanten Brot lag daneben, von dem er sich Scheiben abgeschnitten hatte, und zwei verschrumpelte süße Winteräpfel. Ganz wie in alten Zeiten.

»Setz dich doch.«

Er nickte, schlug den Umhang zur Seite und setzte sich seinem Bruder gegenüber. Kirian hatte seine Magierrobe mit dem Gewand eines bornländischen Adeligen getauscht, das weiße Fuchsfell, mit dem der feine, blaue Wollstoff abgesetzt war, stand ihm gut zu Gesicht. Verwöhnt, verweichlicht und eitel. Und doch gutherzig, opferbereit und mutig. Schwer, diese Eigenschaften miteinander in Einklang zu bringen.

Auch Kirian studierte ihn, sah die gefütterten Reithosen, die Stiefel, von denen der tauende Schnee tropfte, das grobe, weiße Wollhemd und das gefütterte Wams darüber. Kaum als seien sie Brüder. Mehr als berichte der Waffenmeister seinem Herrn, dem Bronnjaren.

»Du bist hier wegen …«

»Dem Baron.«

Kirian versuchte, seine Schroffheit mit Geplänkel abzulenken. »Willst du auch etwas Suppe?«

Praiodan hob abwehrend die Hand. »Nein. Ich bin nicht hungrig.«

»Keine Sorge, sie ist nicht vergiftet.«

Praiodan verzog das Gesicht. Dummer Scherz. Genauso überflüssig wie fehl am Platze.

Kirian senkte den Kopf. »Entschuldige.«

»Du hast mich nur an meine Fehler erinnert. Was sollte daran falsch sein?«, erwiderte Praiodan kalt.

Ursprünglich wollte er nur mit Kirian reden. Jetzt artete es zu einem Gefecht aus. Seine Antwort auf Kirians Angriff fiel so instinktiv wie eine Attacke aus, die geradewegs auf eine Parade folgte. Auch Gespräche gehorchten dem Gesetz des Kampfes. Kirian musste wissen, dass er mit der Erwähnung von Gift in die Wunde schlug, die Sandres' Tod hinterlassen hatte.

»Einer muss das Land weiterführen.« Zielsicher zum Kern. Und dann wieder raus hier. Er fühlte sich unwohl. Zwei Feuerbecken erfüllten den Raum mit stickiger Hitze. Er sehnte sich nach der Kühle und Weite des Landes, sehnte sich danach, wieder unter freiem Himmel zu sein.

»Ja, und …«

»Das wirst du sein«, vollendete Praiodan den Satz.

Kirian erwiderte nichts, sondern blickte ihn nur an. Lange Zeit. Praiodan wich dem Blick nicht aus, spürte, dass sein Bruder zu ergründen versuchte, was in ihm vorging. Sollte er – daran waren schon ganz andere gescheitert.

»Warum, Praiodan?«

»Das geht dich nichts an.«

»Und warum nicht?«

»Weil es meine Gründe sind.«

»Ich bin dein Bruder.«

»Das ist kein Grund.«

»Du glaubst, Silanandra so eher haben zu können.«

Attacke, Parade. Sie führten ihre Worte wie Klingen gegeneinander. Trotz allem blieb es nur Geplänkel.

Praiodans Mundwinkel zuckten. Es war nicht wegen Silanandra. Sollte sie doch hier bei Kirian bleiben und glücklich werden. Aber würde eine Elfe wirklich ihr Leben in einer Burg verbringen? Fiel es ihm vielleicht tatsächlich auch deswegen so leicht, all dem hier den

Rücken zu kehren? Weil er wusste, dass sie dann auch nicht bei Kirian bliebe?

»Es ist nicht wegen ihr.«

»Lüg mich nicht an, Bruder.«

Was bildete sich dieser Magier eigentlich ein? Ihn eines solchen Verbrechens zu beschuldigen? »Ich lüge nicht.«

»Doch, das tust du. Belügst du dich auch selbst?«

»Schweig!« Praiodans Stimme war lauter geworden und fuhr wie eine Klinge zwischen sie.

Kirians grüne Augen verengten sich. *Wie eine Raubkatze, die zuschlagen will.* »Praiodan, ich …«

»Du schweigst!«, brauste Praiodan auf. Er wollte es nicht hören. Diese Anschuldigungen. Nicht von dem Mann, der ihm *die Frau wegnahm, die er liebte.* Er erschrak über seine eigenen Gedanken.

»Ich werde mir in meiner Burg von meinem Bruder nicht das Wort verbieten lassen!« Äußerlich war Kirian ruhig, aber seine Fingerknöchel wirkten weiß.

»Ich bin Hauptmann des Bannstrahls.«

»Aber kein Geweihter.«

Wieder ein Treffer in diesem Duell – und wieder für Kirian. Praiodan zuckte zusammen, als habe ihn eine Klinge aus Stahl getroffen. »Was wäre denn geschehen, hätte ich nicht auf Silanandra und dein ungeborenes Kind aufgepasst? Du hast sie im Stich gelassen.«

Kirian sprang so heftig auf, dass der Hocker umfiel. Zufrieden beobachtete Praiodan dies. Jetzt war es sein Treffer.

»Es war sicherer für meine Geliebte …«

»*Deine* Geliebte?«, höhnte Praiodan. »Bist du dir da so sicher, dass sie nur *deine* Geliebte war? Das muss ja ein starkes Band sein, das euch miteinander verbindet …«

Noch bevor Kirian sich weit genug gefasst hatte, um etwas zu entgegnen, öffnete sich die Tür. Silanandra kam herein, blickte erstaunt und verunsichert erst Praiodan, dann Kirian an. Ihre Stimme klang sanft wie immer. »Was tut ihr beiden hier?«

Praiodan schenkte ihr ein Lächeln. Mit Genugtuung sah er Kirian zusammenzucken, als Silanandra es auf ihre ganz eigene Art und Weise erwiderte.

»Ich wollte ohnehin gerade gehen.«

Er nickte ihr knapp zu und verließ den Raum, ohne sich noch einmal zu seinem Bruder umzudrehen.

Praiodan stieg die Treppen zum alten Turm hoch. Der Schmerz und die Anstrengung des Rittes, des Streites und des Aufstieges machten sich bemerkbar. Er öffnete die Tür, kehrte an den Ort zurück, wo er sich damals für den Streit mit seinem Vater gewappnet hatte. Langsam – sich die schmerzende Seite haltend – trat er zu den Burgzinnen, die längst nicht mehr so breit und hoch erschienen. Seine Erinnerung trog ihn. Er war dieser Burg und ihrem Schutz mittlerweile entwachsen. Vorzugeben, er gehöre noch hierher, war, als presse man einen frisch gezogenen Zahn in die Wunde zurück. Für wenige Augenblicke mochte man sich täuschen, doch nicht für lange.

Weißfels hätte ihm gehören können. Er hätte nur danach zu greifen brauchen und es dann festhalten müssen. Festhalten mit der Sturheit, die seiner ganzen Familie zu eigen war.

Es war kalt hier oben auf den Zinnen und der Wind fuhr ihm ins Gesicht, während sich die Dämmerung auf das weiß funkelnde Land legte. Allein die Greifenfeder unter seinem Wams spendete ihm Wärme.

Was fühlte er wirklich für Silanandra? War es Liebe? Oder nur Begierde? Ließ sich das eine so leicht vom anderen trennen oder gab es nicht vielmehr einen kaum merklichen Übergang?

Was hätte der alte Ungulf dazu gesagt, der Leibeigene, der ihm damals, als er noch ein Kind gewesen war, immer beigestanden hatte? In jenem Winter war er gestorben, in jenem Winter, als er fortgegangen war. Praiodan hätte jetzt den Rat eines alten erfahrenen Mannes gebraucht. Eines Vaters, keines Beichtbruders oder Vorgesetzten. Doch Ungulf war seit Jahren tot.

Er würde fortgehen. Mit Silanandra? Mit ihr zum Bannstrahl?

Er lachte leise auf, stieß weiße Atemwolken in die Dämmerung. Was täte der Bannstrahl mit ihr? Was mit ihm?

Er kannte die Antwort. Durfte das sein? Warum zweifelte er daran? Musste er nicht hinter seinem Orden stehen? Voller Überzeugung, wie früher? Glaubte er nicht mehr an den Bannstrahl?

Er glaubte an Praios.

Was hatten ihm der Paktierer, das Gift, Silanandra angetan, dass er zögerte wie ein zitteriger Greis? Etwas hatte sich gewandelt, hatte seine frühere Stärke und seine Überzeugung mit sich fortgenommen. Er senkte den Blick. Er war nur noch ein Schatten seiner selbst. Diese Wunden mochten heilen, aber sie würden Monate, wenn nicht Jahre brauchen. Bis er wieder der Mann sein konnte, der er zuvor gewesen war.

Falls er um Silanandra kämpfte, verriet er seinen Orden und seinen Bruder. Seine Hände verkrampften sich um den kalten Stein der Zinnen.

Sie war es wert. Wenn es jemand wert war dann …

Praios.

Natürlich. Allein Praios galt sein Leben. Es gab kein Leben mit einer Elfe für ihn. Der Bannstrahl würde sie foltern und töten; sie hatte ihre Hexenkraft eingesetzt, um einen Ordensbruder zu verführen. Nur Praiodan ahnte, dass es anders war, und niemand, das wusste er aus Erfahrung, würde den Beteuerungen des *Opfers* glauben. Nein, sie würden glauben, damit seine Seele zu retten.

Mit vor Kälte zitternder Hand holte er die Greifenfeder erneut hervor. Schon als er sie berührte, spürte er keine Kälte mehr – und als er sie dann stumm betrachtete, war sie ihm Antwort genug.

Er schloss die Augen und atmete tief durch.

Silanandra? Nein.

Der Bannstrahl? Vielleicht.

Praios. Auf ewig.

Er fand seinen Bruder und Silanandra im Innenhof der Burg, lachend und fröhlich wie Kinder. Kirian zeigte ihr gerade das alte Versteck über den Stallungen. Einer der Orte, wo Kirian und er sich immer versteckt hatten, um einer Abreibung zu entgehen.

»Wir haben nie die Leiter genommen«, erklärte Kirian. Seine Hand hielt Silanandras fest umschlossen, als fürchte er, sie könne ihm entfliehen. »Wir sind an den Balken hochgeklettert. Das war unauffälliger.« Er war so vertieft, dass er Praiodan gar nicht kommen hörte.

»Silanandra. Kirian.« Praiodan räusperte sich.

Beide drehten sich zugleich um und blickten ihn an, Silanandra fragend, Kirian misstrauisch. Aber da war mehr in Silanandras Blick, etwas, das er nicht deuten konnte. Wäre sie ein Mensch gewesen, hätte er es wohl als Nachdenklichkeit gedeutet.

»Ich werde gehen, Kirian. Ich kehre zum Bannstrahl zurück.«

Ein wenig erheitert betrachtete er das Wechselbad der Gefühle, durch die sein Bruder ging. Erst Erleichterung und dann Begreifen, was das bedeutete.

»Das kannst du nicht tun, Firunian!«

»Praiodan«, korrigierte er.

»Gleichgültig.« Kirian wischte den Einwand zur Seite, als sei er nie geäußert worden. Er ließ Silanandra los, die immer noch ruhig dastand und weder überrascht noch besorgt wirkte. Vielleicht traurig.

»Du gehst nicht dorthin zurück. Sie werden dich verbrennen!«

»Das hatte ich mit dir auch vor. Es wäre nur die gerechte Strafe für mein voreiliges und falsches Urteil über dich.«

»Du bist mein Bruder. Ich werde das nicht zulassen …«

Praiodan verzog die Lippen zu einem kalten Lächeln. »Nur wenn man mich der Hexerei oder schwarzen Magie überführte, würde man mich verbrennen. Und nicht einmal die Folter wird mich dazu bringen, etwas zu gestehen, was ich nicht getan habe. Falls man beschließt mich zu töten, wird man mich enthaupten, wie es das Vorrecht eines Adeligen ist.«

»Ich werde das nicht zulassen. Ich kann dich zwingen, hier zu bleiben! Ich habe die Macht dazu.«

Tyrannei. Oder Magie.

»Ach? Bist du dir sicher? Willst du es versuchen?« Praiodan hielt den Spott nicht zurück. »Verträgt sich das mit deiner Ehre?«

Kirian ballte die Hand zur Faust. »Geh nicht zurück. Das sind Fanatiker!«

»Sie glauben.«

»Aber sie machen so vieles falsch! Bruder, das ist nicht dein Weg.«

»Wer bist du, dass du …« Er funkelte Kirian mit einem Anflug von Zorn an. »… dir das Recht nimmst, über uns zu richten?«

»Bist du immer noch so verblendet, Fi- Praiodan?« Kirian packte ihn am Handgelenk. Als wolle er ihn festhalten, wie er ihn jedes Mal hatte halten wollen, ob er auf Abenteuer auszog oder auf geheime Raubzüge in die nächtliche Küche, oder um nach dem Knacken auf dem Dachboden zu sehen. Schon damals war Kirian zu schwach, um ihn zurückzuhalten, aber diesmal löste Praiodan die Hand seines Bruders nicht, blickte nur kurz missbilligend darauf hinab.

»Kirian. Meine Entscheidung steht fest. Ich folge Praios.«

»Das heißt nicht, dass du zum Bannstrahl musst!« Kirian schrie ihn fast an: »Es gibt andere Möglichkeiten. Die Geißler sind nicht dein Weg! Du bist der lebende Beweis.«

Praiodan atmete tief durch. Sein Bruder wies ihn auf das Dilemma hin, das er auch schon sah und nicht zu lösen imstande war.

»Geh einen anderen Weg, Praiodan. Der Orden der Hüter wäre eine Möglichkeit.«

»Ich bin ein Kämpfer …«

»Aber du bist kein Vernichter der Magie. Du bist kein Fanatiker, der Unschuldige tötet!«

»Der Bannstrahl auch nicht!«

»Tatsächlich?«, fragte Kirian.

In Gedanken folgte Praiodan dem Verlauf der Reise. Der Überfall, der Bauernhof, das Dorf. Jeder Schritt war ein Schritt vom Bannstrahl fort. Er hatte seine Leute verloren und in Silanandra eine Freundin gefunden; Sandres verloren und seinen Bruder zurückbekommen. War das der Sinn? Blakharaz, Dämon der Rache, hatte mit ihm, seinen Gefühlen und seiner Vergangenheit gespielt, ein schreckliches Spiel, das Verlierer und keinen Gewinner zurückließ.

Was war mit Kirian und Silanandra? Welche Macht hatte sie ihm als Beistand geschickt?

»Der Bannstrahl mag nicht ohne Fehler sein. Aber ich muss zurück und Bericht erstatten. Das ist meine Pflicht.« Ihm kamen die Worte schwerer von den Lippen, als er gedacht hätte. Seine Zweifel drohten, ihn aufzufressen.

»Sie werden dich richten.« Kirian senkte den Blick und ließ ihn los.

»Ich muss gehen. Wenn ich nicht zurückkehre, vernichte ich alles, was ich gewesen bin. Meine Ehre. Meine Treue. Ich habe Eide geschworen, Kirian, und ich habe keine Angst vor dem Tod. Ich folge Praios' Geboten, wohin auch immer er mich lenkt. Verstehe das. Versuche es zumindest.«

»Du …« Kirian wollte aufbegehren, doch Silanandra legte ihre Hand auf seine Schulter.

»Kirianiama. Lass ihn.«

»Ich kann ihn doch nicht in sein Verderben laufen lassen …«

Silanandra strich mit der Hand zärtlich über Kirians Wange, liebkoste sie dann mit ihren weichen Lippen.

Praiodan schauderte. Er wusste, wie sich das für Kirian anfühlte.

Sein Bruder legte die Arme um Silanandra und verbarg das Gesicht an ihrer Schulter. »Ich will ihn nicht wieder verlieren. Ich will ihn nicht verlieren.«

Praiodan wandte sich ab.

Er verbrachte die Tage im Sattel, in der Kälte, oder auf jener Lichtung. Er brachte Praios dort Opfer und Gebete dar. Dankte ihm für seine Gnade, dafür, ihn vor der Finsternis bewahrt zu haben.

Obwohl er seine Wunden auskurieren musste, hielt ihn nichts auf der Burg. Er machte sogar seine Schwertkampfübungen im Wald, um so wenig wie möglich von Kirian und Silanandra sehen zu müssen. Außerdem ersparte ihm das die Neugierde des Gesindes und die wohlgemeinte Hilfe seiner Mutter.

Die Übungen gingen ihm zuerst nicht leicht von der Hand – zu tief waren die Wunden gewesen, sein Körper noch wund und steif und empfindlich, sodass er vor Schmerz schrie, wenn er eine falsche Bewegung machte. Aber auch das ging vorüber. Nur nicht einrosten. Der Weg zurück barg Hunderte möglicher Gefahren. Er würde sich keine Blöße geben.

Wieder einmal kehrte er abgekämpft und müde nach Weißfels zurück. Nachdem er Bernstein in den Stall gebracht, abgerieben und gefüttert hatte, schlug er gerade den Weg zur Küche ein, als er Kirians Stimme hörte.

»Praiodan!«

Müde blieb er stehen, überließ es seinem Bruder, zu ihm zu kommen. Er hatte sich seither nicht wieder mit ihm gestritten und war auch Silanandra aus dem Weg gegangen. Seine Worte taten ihm längst Leid, aber er konnte sich auch nicht entschuldigen. Die Zeit würde die Wunden heilen. Langsam drehte er sich um.

Kirian, Silanandra an seiner Seite. Sie trug ein langes feines Wollkleid, in jenem dunklen Blau, das ihre Augen noch tiefer und weiter erscheinen ließ. Es war aufwändig bestickt und hätte jede Baronin mehr als geziert, doch bei ihr wirkte es, als ziere sie das Kleid.

»Was gibt es?« Er ahnte es bereits.

»Du sollst es als Erster erfahren. Wir waren gerade bei unseren Eltern, und …«

»Ihr werdet den Traviabund schließen.«

Kirian zuckte zusammen.

Praiodan lachte. So viel Kälte hatte er nicht erwartet.

»Praiodan … ich …«

»Schon gut.« Ihm war nicht der Sinn nach einem Gespräch. Er wusste bereits alles, was sie zu sagen hatten. Er musste sich das nicht anhören.

Silanandra trat vor. Ihre Hand berührte seine Wange und unwillkürlich senkte er den Blick.

»Du wirst immer einen Platz in meinem Herzen haben, *iama*.« Praiodan hörte nur das eine Wort. *Iama*. Obwohl er kein Elfisch verstand, las er die Bedeutung in ihren Zügen. Wie von selbst umschlangen seine Arme ihren Körper, hielten sie fest.

»Ich werde nicht …«

»Doch, Praiodan. Du hast deine Entscheidung getroffen. Du hast einen Weg gewählt, dem ich nicht folgen kann. Lange, bevor wir uns trafen.« Sanft klangen ihre Worte, traurig, aber nicht bitter.

Er spürte, wie sie ihm langsam entglitt. Zärtlich drückten ihre Hände gegen seine Brust. Drückten ihn von ihr fort. Sie hatte Recht. Sie gehörte zu Kirian; mehr als die Magie, mehr als das Kind verband sie. Er konnte daran keinen Anteil haben. Mehr stand zwischen ihr und ihm als der Bannstrahl. Dieser Abgrund war nur so schmal wie eine Greifenfeder, und doch unendlich tief.

Er konnte nichts erwidern.

Silanandra löste sich von ihm, trat an Kirians Seite.

»Malinja und Wulfjew haben dem Versprechen des Bundes zugestimmt«, sagte Kirian.

Praiodan nickte hölzern. Warum hätten sie auch dagegen sein sollen? Ein Adelsstamm, in dem sich Elfenblut fand. Was der Bannstrahl als Makel betrachtete, galt woanders als Veredelung.

Sein Blick fiel auf seinen Bruder. Für einen Moment wollte er ihn zerreißen. Doch – konnte Silanandra irgendwo besser aufgehoben sein als bei ihm?

»Du bleibst hier in der Burg?« Konnte man einen Schmetterling in einem Käfig aus Stein und Kälte fangen?

»Nein.« Silanandra lächelte. »Ich werde die Wälder besuchen, mit Kirian reisen. Wir werden nicht immer hier sein.«

»Wir werden einen Vogt bestellen, wenn keiner sonst da ist. Weißfels wird uns Heim, niemals Gefängnis werden«, bestätigte Kirian.

Praiodan nickte erneut. So wollte er Weißfels auch in Erinnerung behalten. Ob er dazu imstande war, würde die Zukunft zeigen. »Wann werdet ihr den Bund schließen?«

Kirian drückte zärtlich Silanandras Hand. Sie dankte ihm mit einem Kuss auf die Wange. »Auf den Tag in einem Jahr, Praiodan. Du bist« – Kirian zögerte mit den Worten – »natürlich eingeladen, dabei zu sein.«

»Das werde ich. Versprochen.« Praiodan schluckte hart, trat einige Schritte zurück. Sie hatten einander verdient. Sie konnten einander verstehen, einander ergänzen. Kirian gehörte ihr mit Haut und Haar, so, wie er selbst Praios gehörte. Er hätte nicht zwei Herren dienen können. Sie liebten einander, und wenn er auch noch Schmerzen dabei empfand, den glühenden Stich der Eifersucht, so mochte es ihm irgendwann gelingen, diesen Neid zu überwinden und sie so wiederzulieben, wie sie es verdient hatten.

»Praiodan ... wenn du zum Bannstrahl gehst, dann ...«

»Ich werde da sein.«

Damit war für Praiodan das Thema beendet. Er würde sich nicht rechtfertigen oder den Orden verteidigen. Er hatte gewählt.

Sie gingen und ließen ihn allein, sahen nicht, wie er sich umdrehte und dass sein Gesicht für einen Augenblick all den Schmerz offenbarte, den er empfand. Nach Sandres hatte er nun auch Silanandra verloren. Er war allein, und auch die Reise zurück würde er allein antreten müssen, nur begleitet von den Schatten seiner gefallenen Gefährten und den Erinnerungen an sie.

Praios hatte gewählt. Er hatte ihn in der Nacht, als er mit dem Tode rang, nicht zu sich geholt. Praios hatte Pläne mit ihm, und er würde sich diesen nicht verweigern. Was auch immer ihn das kosten mochte.

Er ging in die Küche und nahm dort ein rasches, karges Mahl ein. Danach packte er seine Satteltaschen. Er hatte eine lange Reise vor sich. Obwohl es bereits Nachmittag war, war er entschlossen, heute noch aufzubrechen. Er hatte Pflichten, und er war soweit wieder hergestellt, dass er die Reise antreten konnte. Sich noch länger an diesem Ort zu verkriechen, wäre Feigheit gewesen.

Wohin würde er zurückkehren? Er hatte gelernt, dass Magie allein nicht schlecht war. Das widersprach dem Dogma des Bannstrahls. In der Praioskirche mochte es einige wenige geben, die ihn verstanden. Im Bannstrahl – niemanden.

Er griff nach dem Geschirr und führte Bernstein zum Tor. Die Wachen nahmen Haltung an, als er vorüber ging. Diesmal war es seine Entscheidung zu gehen. Er wurde nicht wie ein nichtsnutziger Hund vor das Tor geworfen, sondern ging als einer derer von Weißfels.

»Praiodan!«

Er blieb vor dem Tor stehen, drehte sich um. Kirian und Silanandra liefen ihm nach. Konnten sie nichts mehr alleine tun?

»Wir wollten dich verabschieden, *iama*.«

Praiodans bittere Gedanken wurden von diesem einen Wort beiseite gefegt. Ihr konnte er nicht böse sein.

»Du weißt, Praiodan, dass du hier immer ein Zuhause finden wirst.«

Praiodan verzog das Gesicht. »Und du, Bruder, weißt, dass ich ein anderes Zuhause wählte.«

»Zuhause ist, wo deine Freunde sind, Praiodaniama.« Silanandras offenen Augen konnte er nichts entgegensetzen.

»Du hast Recht.« Was hätte er sonst sagen sollen?

Kirian legte seiner Geliebten den Arm um die Hüfte.

Die Eifersucht brannte schon weniger heiß und Praiodan dankte den Göttern dafür. Die Wunde würde heilen. Eines Tages.

Merkwürdig. Aber er verstand nun, dass es so gewollt gewesen war. Von dem Greifenwunder seiner Kindheit über Weiden bis hierher. Und vielleicht, möglicherweise, hatte er sich auch bewährt und nicht völlig versagt. Die Greifenfeder mochte ein Zeichen der Gunst des Götterfürsten sein.

»Kirian. Eines noch.«

»Ja, Praiodan?«

»Pass auf Silanandra auf. Und – sollte ich dich jemals mit schwarzer Magie hantieren sehen, so werde ich dich persönlich auf den Scheiterhaufen bringen.«

Kirians offenes Lachen entschädigte ihn für vieles,

das er hatte erdulden müssen. »Das wärst du mir verdammt noch mal schuldig, Bruder. Nach allem, was ich für dich getan habe.«

Wie seltsam. Und doch – er *war* es Kirian schuldig.

Es würde nicht im Zorn oder Hass geschehen, und Rache hatte keinen Anteil daran. Er konnte die Rache und die Wut abstreifen wie eine alte Haut, die ihm zu eng geworden war.

Er saß auf, nahm die Zügel und blickte zu den beiden hinunter. »Praios mit euch. Er möge euch hüten und schützen und eure Tage mit Licht erfüllen, auf dass die Dunkelheit euch nicht mehr zu schrecken vermag.«

»Praios mit dir, Bruder.«

Silanandra sang etwas in ihrer Sprache.

Praiodan lenkte Bernstein den Hügel hinunter. Er wusste, dass sie ihm nachblickten, drehte sich aber nicht zu ihnen um. Er hatte alles gesagt, was es zu sagen gab, und er hasste lange Abschiede.

Er trieb Bernstein vorwärts, gen Praios, zurück nach Auraleth. Dort würde er seinem Schicksal ins Gesicht sehen. Es würde Ucurian Jagos Gesicht sein. Er würde seinen Bericht abgeben, vor diesen kalten, grauen Augen, die jeden seiner Fehler bloßlegten.

Was danach geschah? Wer wusste das schon? Der Bannstrahl würde über den Bannstrahler Praiodan richten; was immer er auch entschiede, Praiodan wusste eines sicher: Rache würde nie wieder Macht über ihn bekommen. Er hatte Blakharaz getrotzt und den Untergang seiner Familie abgewendet. Wenn Praios ihm nun die Gnade schenkte, seinen Schwur zu halten, in einem Jahr bei Kirians und Silanandras Traviazeremonie zugegen zu sein, so konnte er alles andere erdulden, denn er wusste, dass er niemals wirklich allein sein würde.

Praios war mit ihm.

Glossar

Personen

Alwenna – acht Jahre alt. Vom Paktierer entführt
Angar – Schüler Praiodans
Askir – Korporal des Bannstrahls
Blakharon Glutauge – Paktierer mit Blakharaz
Bosjew – Schreiber von Wulfjew von Weißfels
Dramina – Hauptfrau des Bannstrahls, Praiodans ehemalige Vorgesetzte
Erend – Schüler Praiodans
Firunian – ältester Sohn von Wulfjew von Weißfels
Fioa – Torolfs Tochter
Gristan – Bannstrahler
Herldis – Bannstrahlerin
Inga – Jägerin in Wulfjews Diensten
Imera Silberbrück – Draconiterin des Tempels zu Honingen
Jalika – zahme Eule von Malinja von Weißfels
Koj der Gnadenlose – Urgroßvater von Firunian von Weißfels
Kirian von Weißfels – zweiter Sohn von Wulfjew von Weißfels, Magier
Marita – Alwennas Puppe
Malinja von Weißfels – Ehefrau Wulfjews
Praiodan von Weißfels – Hauptmann des Bannstrahls
Rordrim – Ausbilder des Bannstrahls
Sandres Atjan – Praiodans erster und bester Schüler
Silanandra Sternenlicht – Elfe, Reisegefährtin von Praiodan, Imera und Sandres
Saria – Tochter eines Gastwirtes, die unter den Verdacht der Hexerei gerät

Torolf – Schmied, der vom Bannstrahl hingerichtet wurde
Ucurian Jago – Hochmeister des Bannstrahlordens
Ungulf – Leibeigener von Wulfjew von Weißfels
Wanja der Gütige – Großvater Firunians
Wulfjew – bornländischer Baron, despotischer Herrscher über die Baronie Weißfels und seine Familie

Götter

Praios: Gott der Sonne und des Gesetztes, oberster der Zwölfgötter
Rondra: Göttin des Krieges und des Sturmes
Travia: Göttin der Gastfreundschaft, des Herdfeuers und der ehelichen Liebe
Boron: Gott des Todes und des Schlafes
Firun: Gott des Winters und der Jagd
Rahja: Göttin des Weines, des Rausches und der Liebe

Maßeinheiten

Rechtsschritt: ein Meter

Begriffe

Alveran: Feste und Wohnsitz der Götter
Alveranier: Bote oder Diener der Götter
Auraleth: Hauptsitz und Burg des Bannstrahls des Praios
Aventurien: Kontinent, der Handlungsschauplatz ist. Vor Urzeiten von den Güldenländern aus dem legendären Güldenland besiedelt.
Al-Anfa: Mächtige Stadt im Süden des Kontinents, die für ihren Sklavenhandel und ihren sehr weltlichen Boronkult bekannt ist.
Asquarathi: Auch Irrhalke genannt, viergehörnter Dämon des Blakharaz. Seine Gestalt ist das Zerrbild eines Greifen.

Bannstrahler: Mitglied im Bannstrahl Praios'. Laienorden der Praioskirche, der mit dem Schwerte dem Götterfürsten dient.
Bornland: Land im Nordosten Aventuriens. Ein Land, das von Kälte und rauer Natur geprägt ist.
Bronnjaren: Adelige Herrscher des Bornlandes. Berüchtigt für ihre Grausamkeit, die einer kindlichen Selbstgerechtigkeit entspringt.
Bernstein: Edelstein, dem Praios zugeordnet. Auch der Name des Pferdes von Praiodan.
Borongeweihte: Diener des Totengottes. Auch verantwortlich für Begräbnisriten.
Borbarad: Halbgöttlicher Sohn des Nandus, auch ›Sphärenschänder‹ genannt. Er führte einen Feldzug gegen die Menschen Aventuriens und konnte nur mit vereinter Kraft gestoppt werden. Mächtigster Schwarzmagier aller Zeiten.
Beilunk: Stadt in den schwarzen Landen. Dank einem Wunder des Praios konnte diese Stadt von den schwarzen Heeren gerettet werden. Heute ist es eine Praiokratie, die als Symbol des Widerstandes gegen die Finsternis gilt.
Blakharaz: Erzdämon der Rache und Verfolgung. Gegenstück zu Praios.
Blitz dich find: Blendzauber

Darpatien: Fürstentum des Mittelreiches, das an die schwarzen Lande grenzt.
Dämonenmeister: Borbarad
Dere: Welt, auf der sich Aventurien befindet.
Draconiter: Orden der Hesinde. Sie fühlen sich vor allem den hohen Drachen Naclador verpflichtet, der zum Gefolge der Hesinde gehört. Sie sehen es als ihre Aufgabe, den Missbrauch von Wissen beziehungsweise Magie zu verhindern.
Dumpfschädel: Krankheit, die schwere Kopfschmerzen verursacht.
Der Dreizehnte: Bezeichnung für den Namenlosen, den Gegenspieler der Zwölfgötter.

Ehernes Schwert: Unüberwindbares Hochgebirge im Osten, das Aventurien vom Riesland trennt.

Erwählter: Titel, den Ucurian Jago für sich in Anspruch nimmt.

Erzdämonen: Die zwölf Erzdämonen sind die Gegenspieler der Zwölfgötter, die jeweils die dunkle Seite des jeweiligen Gottes verkörpern. Etwa Blakharaz (Rache) und Praios (Gerechtigkeit).

Elfen: Spitzohriges, magiebegabtes Volk, das sehr naturverbunden lebt.

Exposami Creatur: Zauber, um die Anwesenheit von Lebewesen in der Umgebung zu spüren.

Festum: Drittgrößte Stadt Aventuriens. Die Metropole des Bornlandes, auch wenn es nominell nicht dazu gehört.

Fürst der Fürsten: Bezeichnung für Praios

Frevel Madas: Laut den Annalen des Götterzeitalters war es Mada, Tochter Hesindes, die den Elementarkristall der Magie zerstörte. Seitdem fließt die Magie frei und kann auch von den Menschen genutzt werden.

Fulminictus: Angriffszauber, der den Geist des Opfers selbst angreift und nach außen nicht sichtbar ist.

Feydha: ›ich bin/ich heiße‹ (Isdira)

Gareth: Größte Stadt des Kontinents. Hauptstadt des Mittelreiches und damit Kaisersitz.

Gaukler: Wandernde Künstler, fahrendes Volk

Geißler: Abfälliger Begriff, unter dem die Bannstrahler wegen ihrer Selbstgeißelungen im Volk bekannt sind.

Geweihte: Dienerin einer Göttin, die durch einen Initiationritus in Berührung mit der Göttlichkeit gekommen ist.

Geweihtenschaft: Sammelbegriff für die Geweihten einer Gottheit

Glücksritter: Wanderer, die ihr Glück in Abenteuern suchen.

Grauer Magier: Magier, der sich der großen grauen Gilde des Geistes angeschlossen hat. Die Gilde tritt für das Gleichgewicht der Kräfte ein und setzt vor allem die Forschung nach Wissen als hohes Prinzip, das aber von einigen moralischen und ethischen Vorstellungen im Gegensatz zur schwarzen Gilde im Zaum gehalten wird.

Greif: Diener und Bote des Praios. Ein Wesen mit dem Kopf und den Schwingen eines Adlers und dem Körper eines Löwen. Der Greif selbst ist von beachtlicher Größe und überragt Menschen.

Grimmfrostöde: Region im Norden Aventuriens, die für ihre Kälte bekannt ist.

Götterfalke: Ucuri, eingeborener Sohn des Praios. Herold der Götter.

Götterfürst: Praios

Götterlauf: Ein Jahr

Garethi: Sprache der Menschen des Mittelreiches

Gezeichnete: Sieben Auserwählte, die sich gegen Borbarad stellten und mit deren Hilfe er schließlich besiegt wurde.

Gilborn von Punin: Heiliger der Praioskirche. Sinnbild für den Kampf gegen Dämonen und schwarze Magie.

Hexe: Magiebegabte. Nennen sich auch selbst Töchter Satuarias und praktizieren eine stark naturverbundene instinkthafte Magie. Meist werden sie von ihrem Vertrauten, einem Tier, begleitet.

Hexe von Elmswald: Berühmt-berüchtigte böse Hexe, die im Dorf Elmswald ihr Unwesen getrieben hat.

Hexenflüche: Mächtige magische Rituale, die allein den Hexen zu Verfügung stehen und die sie ihren Feinden entgegenwerfen können.

Honingen: Stadt im Königreich Albernia

Heptagramm: Siebenstern

Heshtoth, Heshtothim: Niederer Dämon des Blakharaz. Erscheint als eine in schwarze Kutte gehüllte Gestalt, von deren Gesicht nur zwei rotglühende Augen zu erkennen sind. Er führt Schwert und Peitsche.

Inquisition: Organisation der Kirchen, die es sich zum Ziel gesetzt hat, alles, was wider der zwölfgöttlichen Ordnung ist, zu bekämpfen und eben diese Ordnung wiederherzustellen. Vor allem Schwarzmagier und böse Hexen sind das Ziel der auch vom Volke gefürchteten Organisation. Sie ist für ihre Unerbittlichkeit bekannt.

Isdira: Sprache der Elfen

Ignifaxius Flammenstrahl: Zauberspruch, um einen Flammenstrahl gegen seine Gegner zu werfen.

Iama: Elfisches Wort sowohl für ›Freund‹ als auch für ›Geliebter‹ und alle Zwischennuancen.

Karmesinfieber: Der irdischen ›Grippe‹ vergleichbare Krankheit

Kelmon: Lähmendes Gift, das am Ende tödlich wirkt

Khom: Große Wüste im Süden Aventuriens

Mannslänge: Längenbeschreibung. Länge eines durschnittlichen Mannes

Mandra: Elfisches Wort für die magische Kraft eines Wesens

Magus: Titel, den ein Magier nach zwölf Jahren Erfahrung erhalten kann.

Madamal: Mond

Magier: Magiebegabter, der in einer der drei Gilden seine Ausbildung genossen hat. Magiebegabter, der die Magie wissenschaftlich betrachtet und mit ihr umgeht.

Magiergilde: Eine von drei Magiergilden, in denen sich die Magierschaft Aventuriens organisiert. Es gibt den Bund des weißen Pentagramms (weiße Gilde), die große graue Gilde des Geistes (graue Gilde) und den Bund der Wissenden (schwarze Gilde).

Magistra: Titel, der übersetzt Lehrmeisterin heißt.

Magister: Titel, der übersetzt Lehrmeister heißt.

Magierfesseln: Üblicherweise bestimmte Gerätschaften aus Metall, die verhindern sollen, dass der Magier seine Kraft einsetzt. Dazu gehören Hand-, und Fußfesseln, die Praioskrause (ein Metallring um den Hals) und ein metallener Stirnreif.

Metze: Hure, Dirne

Mittelreich: Kaiserreich der Menschen. Größtes Reich, das im Zentrum des Landes liegt.

Noinit: Mitglied des Ordens der heiligen Noiona, der sich um Schwachsinnige kümmert.

Namenloser: der dreizehnte Gott, Widersacher der Zwölfgötter

Niederhöllen: die siebte Sphäre, Reich der Dämonen

Norburg: Große Stadt im Bornland

Öffner der Tore: Elfische Bezeichnung Borbarads
Orks: schwarzbefellte kulturschaffende Rasse, die mit den Menschen immer wieder Kriege führt.
Orden der Hüter: Praiosorden, der es sich zur Aufgabe gemacht hat, gefährliches Wissen und Artefakte zu verschließen.

Paktierer: Person, die in einem Pakt ihre Seele an einen Erzdämon verkauft.
Phexkinder: Sterne
Premer Feuer: Starker Schnaps
Praiosscheibe: Sonne
Pentagramm: fünfzackiger Stern
Punin: Große Stadt in Almada

Rechtgläubiger: Gläubiger der richtigen Gottheit
Rahjadienerinnen: Geweihte der Göttin Rahja
Rohalsedikt: Erlass Rohals, der vor über 400 Jahren im Mittelreich regierte.
Rahjadienst: Sexualakt
Rohal der Weise: Bruder Borbarads, Halbgott, weiser und mächtiger Magier

Siebenzackiger Stern: Heptagramm, wird benutzt um Dämonen anzurufen.
Sanya bha, telor: »Ich grüße dich mit Vorsicht, Mensch« (Isdira)
Sphärenschänder: Beiname Borbarads
Siebenstreich: Legendäre Klinge, die der Legende nach jedes Wesen spätestens mit dem siebten Hieb tötet.
Salamandersteine: Gebirge nördlich des Mittelreiches, Wohnstatt der Waldelfen
Satinav: Beherrscher der Zeit
Schwarzmagier: Magier, der Mitglied in der Bruderschaft der Wissenden ist.
Schwarze Lande: Gebiete, die im letzten Krieg von Borbarads Dienern erobert wurden und immer noch von ihnen beherrscht werden.
Sumu: Urgöttin, die Erde selbst

Trollpforte: Pass zwischen zwei Gebirgen, wo die Schlacht geschlagen wurde, bei der Borbarad bezwungen wurde.
Thorwaler: Groß gewachsenes Seemannsvolk, das für seine rauen Sitten bekannt ist.
Theaterorden: Ehemaliger Orden, dessen Hauptsitz im Bornland war, und der an seiner Dekadenz zugrunde gegangen ist.
Tobrien: Herzogtum im Osten des Mittelreiches, das zu großen Teilen im letzten Krieg an die Diener Borbarads fiel.

Ucuri: Sternbild, Götterfalke

Verbotene Pfade: Rückgriff eines Magiers auf seine Lebenskraft, die er einsetzen kann, um zu zaubern.

Wehrheim: größte Stadt in der Nähe von Auraleth
Wehe walle Nebula: Zauber, der magischen Nebel hervorruft.
Weiden: Herzogtum im Norden des Mittelreiches
Weißfels: Hauptsitz von Praiodans Familie im Bornland

Zeichen dämonischer Präsenz: Kälte, Tiere verhalten sich seltsam, Pferde sind nass geschwitzt, Geruch nach Schwefel.
Zwölfe / Zwölfgötter: Bezeichnung für die Zwölfgötter in ihrer Gesamtheit
Zerza'taubra: elfische Bezeichnung für vernichtende, schlechte Magie

Das Schwarze Auge

1. Band: Ulrich Kiesow, *Der Scharlatan* · 06/6001
2. Band: Uschi Zietsch, *Túan der Wanderer* · 06/6002
3. Band: Björn Jagnow, *Die Zeit der Gräber* · 06/6003
4. Band: Ina Kramer, *Die Löwin von Neetha* · 06/6004
5. Band: Ina Kramer, *Thalionmels Opfer* · 06/6005
6. Band: Pamela Rumpel, *Feuerodem* · 06/6006
7. Band: Christel Scheja, *Katzenspuren* · 06/6007
8. Band: Uschi Zietsch, *Der Drachenkönig* · 06/6008
9. Band: Ulrich Kiesow (Hrsg.), *Der Göttergleiche* · 06/6009
10. Band: Jörg Raddatz, *Die Legende von Assarbad* · 06/6010
11. Band: Karl-Heinz Witzko, *Treibgut* · 06/6011
12. Band: Bernhard Hennen, *Der Tanz der Rose* · 06/6012
13. Band: Bernhard Hennen, *Die Ränke des Raben* · 06/6013
14. Band: Bernhard Hennen, *Das Reich der Rache* · 06/6014
15. Band: Hans Joachim Alpers, *Hinter der eisernen Maske* · 06/6015
16. Band: Ina Kramer, *Im Farindelwald* · 06/6016
17. Band: Ina Kramer, *Die Suche* · 06/6017
18. Band: Ulrich Kiesow, *Die Gabe der Amazone* · 06/6018
19. Band: Hans Joachim Alpers, *Flucht aus Ghurenia* · 06/6019
20. Band: Karl-Heinz Witzko, *Spuren im Schnee* · 06/6020
21. Band: Lena Falkenhagen, *Schlange und Schwert* · 06/6021
22. Band: Christian Jentzsch, *Der Spieler* · 06/6022
23. Band: Hans Joachim Alpers, *Das letzte Duell* · 06/6023
24. Band: Bernhard Hennen, *Das Gesicht am Fenster* · 06/6024
25. Band: Niels Gaul, *Steppenwind* · 06/6025
26. Band: Hadmar von Wieser, *Der Lichtvogel* · 06/6026
27. Band: Lena Falkenhagen, *Die Boroninsel* · 06/6027
28. Band: Barbara Büchner, *Aus dunkler Tiefe* · 06/6028
29. Band: Lena Falkenhagen, *Kinder der Nacht* · 06/6029
30. Band: Ina Kramer (Hrsg.), *Von Menschen und Monstern* · 06/6030
31. Band: Johan Kerk, *Heldenschwur* · 06/6031
32. Band: Gun-Britt Tödter, *Das letzte Lied* · 06/6032
33. Band: Barbara Büchner, *Das Galgenschloß* · 06/6033
34. Band: Karl-Heinz Witzko, *Tod eines Königs* · 06/6034
35. Band: Hadmar von Wieser, *Der Schwertkönig* · 06/6035
36. Band: Barbara Büchner, *Schatten aus dem Abgrund* · 06/6036
37. Band: Barbara Büchner, *Seelenwanderer* · 06/6037

Das Schwarze Auge

38. Band: Hadmar von Wieser, *Der Dämonenmeister* · 06/6038
39. Band: Christel Scheja, *Das magische Erbe* · 06/6039
40. Band: Linda Budinger, *Der Geisterwolf* · 06/6040
41. Band: Momo Evers, *Und Altaia brannte* · 06/6041
42. Band: Barbara Büchner, *Blutopfer* · 06/6042
43. Band: Lena Falkenhagen, *Die Nebelgeister* · 06/6043
44. Band: Karl-Heinz Witzko, *Die beiden Herrscher* · 06/6044
45. Band: Bernhard Hennen, *Die Nacht der Schlange* · 06/6045 Hardcover
46. Band: Barbara Büchner, *Das Wirtshaus* Zum lachenden Henker · 06/6046
47. Band: Karl-Heinz Witzko, *Die Königslarve* · 06/6047
48. Band: Tobias Frischhut, *Geteiltes Herz* · 06/6048
49. Band: Hadmar von Wieser, *Erde und Eis* · 06/6049
50. Band: Britta Herz (Hrsg.), *Gassengeschichten* · 06/6050
51. Band: Heike Kamaris & Jörg Raddatz, *Sphärenschlüssel* · 06/6051
52. Band: Alexander Huiskes, *Die Hand der Finsternis* · 06/6052
53. Band: Martina Nöth, *Zwergenmaske* · 06/6053
54. Band: Gun-Britt Tödter, *Koboldgeschenk* · 06/6054
55. Band: Heike Kamaris & Jörg Raddatz, *Blutrosen* · 06/6055
56. Band: Ulrich Kiesow, *Das zerbrochene Rad: Dämmerung* · 06/6056
57. Band: Ulrich Kiesow, *Das zerbrochene Rad: Nacht* · 06/6057
58. Band: Jesco von Voss, *Der Letzte wird Inquisitor* · 06/6058
59. Band: Olaf Flatergast, *Druiden-Rache* · 06/6059
60. Band: Alexander Wichert & Christian Thon, *Blakharons Fluch* · 06/6060
61. Band: Alexander Lohmann, *Die Mühle der Tränen* · 06/6061 (in Vorb.)
62. Band: Karl-Heinz Witzko, *Westwärts, Geschuppte!* · 06/6062 (in Vorb.)
63. Band: Thomas Finn, *Das Greifenopfer* · 06/6063 (in Vorb.)

Sonderausgabe des 15., 19. und 23. Roman in einem Band:
Hans Joachim Alpers, *Die Piraten des Südmeers* · 06/9185

Weitere Bände in Vorbereitung

Das Schwarze Auge

1. Band: Ulrich Kiesow, *Der Scharlatan* · 06/6001
2. Band: Uschi Zietsch, *Túan der Wanderer* · 06/6002
3. Band: Björn Jagnow, *Die Zeit der Gräber* · 06/6003
4. Band: Ina Kramer, *Die Löwin von Neetha* · 06/6004
5. Band: Ina Kramer, *Thalionmels Opfer* · 06/6005
6. Band: Pamela Rumpel, *Feuerodem* · 06/6006
7. Band: Christel Scheja, *Katzenspuren* · 06/6007
8. Band: Uschi Zietsch, *Der Drachenkönig* · 06/6008
9. Band: Ulrich Kiesow (Hrsg.), *Der Göttergleiche* · 06/6009
10. Band: Jörg Raddatz, *Die Legende von Assarbad* · 06/6010
11. Band: Karl-Heinz Witzko, *Treibgut* · 06/6011
12. Band: Bernhard Hennen, *Der Tanz der Rose* · 06/6012
13. Band: Bernhard Hennen, *Die Ränke des Raben* · 06/6013
14. Band: Bernhard Hennen, *Das Reich der Rache* · 06/6014
15. Band: Hans Joachim Alpers, *Hinter der eisernen Maske* · 06/6015
16. Band: Ina Kramer, *Im Farindelwald* · 06/6016
17. Band: Ina Kramer, *Die Suche* · 06/6017
18. Band: Ulrich Kiesow, *Die Gabe der Amazone* · 06/6018
19. Band: Hans Joachim Alpers, *Flucht aus Ghurenia* · 06/6019
20. Band: Karl-Heinz Witzko, *Spuren im Schnee* · 06/6020
21. Band: Lena Falkenhagen, *Schlange und Schwert* · 06/6021
22. Band: Christian Jentzsch, *Der Spieler* · 06/6022
23. Band: Hans Joachim Alpers, *Das letzte Duell* · 06/6023
24. Band: Bernhard Hennen, *Das Gesicht am Fenster* · 06/6024
25. Band: Niels Gaul, *Steppenwind* · 06/6025
26. Band: Hadmar von Wieser, *Der Lichtvogel* · 06/6026
27. Band: Lena Falkenhagen, *Die Boroninsel* · 06/6027
28. Band: Barbara Büchner, *Aus dunkler Tiefe* · 06/6028
29. Band: Lena Falkenhagen, *Kinder der Nacht* · 06/6029
30. Band: Ina Kramer (Hrsg.), *Von Menschen und Monstern* · 06/6030
31. Band: Johan Kerk, *Heldenschwur* · 06/6031
32. Band: Gun-Britt Tödter, *Das letzte Lied* · 06/6032
33. Band: Barbara Büchner, *Das Galgenschloß* · 06/6033
34. Band: Karl-Heinz Witzko, *Tod eines Königs* · 06/6034
35. Band: Hadmar von Wieser, *Der Schwertkönig* · 06/6035
36. Band: Barbara Büchner, *Schatten aus dem Abgrund* · 06/6036
37. Band: Barbara Büchner, *Seelenwanderer* · 06/6037

Das Schwarze Auge

38. Band: Hadmar von Wieser, *Der Dämonenmeister* · 06/6038
39. Band: Christel Scheja, *Das magische Erbe* · 06/6039
40. Band: Linda Budinger, *Der Geisterwolf* · 06/6040
41. Band: Momo Evers, *Und Altaia brannte* · 06/6041
42. Band: Barbara Büchner, *Blutopfer* · 06/6042
43. Band: Lena Falkenhagen, *Die Nebelgeister* · 06/6043
44. Band: Karl-Heinz Witzko, *Die beiden Herrscher* · 06/6044
45. Band: Bernhard Hennen, *Die Nacht der Schlange* · 06/6045 Hardcover
46. Band: Barbara Büchner, *Das Wirtshaus* Zum lachenden Henker · 06/6046
47. Band: Karl-Heinz Witzko, *Die Königslarve* · 06/6047
48. Band: Tobias Frischhut, *Geteiltes Herz* · 06/6048
49. Band: Hadmar von Wieser, *Erde und Eis* · 06/6049
50. Band: Britta Herz (Hrsg.), *Gassengeschichten* · 06/6050
51. Band: Heike Kamaris & Jörg Raddatz, *Sphärenschlüssel* · 06/6051
52. Band: Alexander Huiskes, *Die Hand der Finsternis* · 06/6052
53. Band: Martina Nöth, *Zwergenmaske* · 06/6053
54. Band: Gun-Britt Tödter, *Koboldgeschenk* · 06/6054
55. Band: Heike Kamaris & Jörg Raddatz, *Blutrosen* · 06/6055
56. Band: Ulrich Kiesow, *Das zerbrochene Rad: Dämmerung* · 06/6056
57. Band: Ulrich Kiesow, *Das zerbrochene Rad: Nacht* · 06/6057
58. Band: Jesco von Voss, *Der Letzte wird Inquisitor* · 06/6058
59. Band: Olaf Flatergast, *Druiden-Rache* · 06/6059
60. Band: Alexander Wichert & Christian Thon, *Blakharons Fluch* · 06/6060
61. Band: Alexander Lohmann, *Die Mühle der Tränen* · 06/6061 (in Vorb.)
62. Band: Karl-Heinz Witzko, *Westwärts, Geschuppte!* · 06/6062 (in Vorb.)
63. Band: Thomas Finn, *Das Greifenopfer* · 06/6063 (in Vorb.)

Sonderausgabe des 15., 19. und 23. Roman in einem Band:
Hans Joachim Alpers, *Die Piraten des Südmeers* · 06/9185

Weitere Bände in Vorbereitung